**IDENTIDADE E VIOLÊNCIA**

## OS LIVROS DO OBSERVATÓRIO

O Observatório Itaú Cultural dedica-se ao estudo e à divulgação dos temas de política cultural, hoje um domínio central das políticas públicas. Consumo cultural, práticas culturais, economia da cultura, cultura e educação, gestão da cultura, cultura e cidade, direitos culturais: tópicos como esses impõem-se cada vez mais à atenção de pesquisadores e gestores do setor público e privado. OS LIVROS DO OBSERVATÓRIO formam uma coleção voltada para a reflexão sobre as tendências atuais da política cultural mundial, em chave comparada, e a investigação da cultura contemporânea em seus diversos modos e dinâmicas. Num mundo em que as inovações tecnológicas reelaboram com crescente rapidez o sentido não só da cultura como do que se deve entender por ser humano, a investigação aberta sobre os conceitos e usos da cultura é a condição necessária para a formulação de políticas públicas de fato capazes de contribuir para o desenvolvimento humano.

# IDENTIDADE E VIOLÊNCIA
A ILUSÃO DO DESTINO

Amartya Sen

TRADUÇÃO DE

José Antonio Arantes

Realização

Coleção *Os Livros do Observatório*
dirigida por Teixeira Coelho

*Publicado por* Itaú Cultural e Editora Iluminuras
Copyright © 2015

Copyright @ 2006 by Amartya Sen
Lançado originalmente nos EUA em 2006 sob o título
*Identity & Violence: The Illusion of Destiny*. Edição Brasileira
publicada mediante acordo com W.W. Norton & Company Inc.

*Projeto gráfico*
Eder Cardoso | Iluminuras

*Capa*
Michaella Pivetti
sobre foto de Steen Skovhus

*Produção Editorial*
Andréia Briene e Luciana Modé | Itaú Cultural
Renata Nascimento | Iluminuras

*Revisão técnica*
Teixeira Coelho

*Revisão*
Bruno D'Abruzzo

*Tradução*
José Antonio Arantes

**Equipe Itaú Cultural**
*Presidente*
Milú Villela

*Diretor*
Eduardo Saron

*Superintendente administrativo*
Sérgio Miyazaki

**Núcleo de Inovação/Observatório**
*Gerente*
Marcos Cuzziol

*Coordenador do Observatório*
Luciana Modé

*Produção*
Andréia Briene

CIP-BRASIL. CATALOGAÇÃO-NA-FONTE
SINDICATO NACIONAL DOS EDITORES DE LIVROS, RJ

S477i
    Sen, Amartya
        Identidade e violência : a ilusão do destino / Amartya Sen ; tradução José
Antonio Arantes. - 1. ed. - São Paulo : Iluminuras : Itaú Cultural, 2015.
        208 p. ; 23 cm.

    Tradução de: Identity and violence: the illusion of destiny

    ISBN 978-85-7321-470-3 (Iluminuras)
    ISBN 978-85-7979-070-6 (Itaú Cultural)

    1. Literatura - História e crítica I. Título.

15-22909          CDD: 809
                    CDU: 82.09

2015
EDITORA ILUMINURAS LTDA.
Rua Inácio Pereira da Rocha, 389 - 05432-011 - São Paulo - SP - Brasil
Tel./Fax: 55 11 3031-6161
iluminuras@iluminuras.com.br
www.iluminuras.com.br

*Para Antara, Nandana, Indrani e Kabir,*
*com a esperança de um mundo menos aprisionado pela ilusão*

# ÍNDICE

PRÓLOGO    9
PREFÁCIO    13

**CAPÍTULO 1**
A VIOLÊNCIA DA ILUSÃO    19

**CAPÍTULO 2**
ENTENDER A IDENTIDADE    35

**CAPÍTULO 3**
CONFINAMENTO CIVILIZACIONAL    55

**CAPÍTULO 4**
FILIAÇÕES RELIGIOSAS E HISTÓRIA MUÇULMANA    73

**CAPÍTULO 5**
OCIDENTE E ANTIOCIDENTE    97

**CAPÍTULO 6**
CULTURA E CATIVEIRO    115

**CAPÍTULO 7**
GLOBALIZAÇÃO E VOZ    131

**CAPÍTULO 8**
MULTICULTURALISMO E LIBERDADE    157

**CAPÍTULO 9**
LIBERDADE DE PENSAMENTO    177

Índice remissivo    193
Índice onomástico    203

# PRÓLOGO

Há alguns anos, quando eu voltava à Inglaterra de uma breve viagem ao exterior (na época eu era diretor do Trinity College, em Cambridge), o funcionário do controle de imigração do aeroporto de Heathrow que examinou minuciosamente meu passaporte indiano fez uma pergunta filosófica de certa complexidade. Olhando para meu endereço no formulário de imigração (Residência do Diretor, Trinity College, Cambridge), perguntou-me se o diretor, de cuja hospitalidade eu evidentemente desfrutava, era um grande amigo meu. Isso me fez parar e pensar, porque não estava totalmente claro para mim se eu poderia afirmar ser um amigo de mim mesmo. Ponderando um pouco, cheguei à conclusão de que a resposta tinha de ser "sim", uma vez que muitas vezes trato a mim mesmo de forma amigável e, além do mais, quando digo tolices, logo percebo que, com amigos como eu, não preciso de inimigos. Visto que tudo isso levou um tempo para ser formulado, o funcionário do controle de imigração quis saber exatamente por que eu hesitara e, em especial, se havia alguma irregularidade na minha presença na Grã-Bretanha.

Bem, essa questão prática foi ao fim resolvida, mas a conversa foi um lembrete, se fosse necessário, de que identidade pode ser um assunto complicado. Não há, claro, grande dificuldade em nos persuadirmos de que um objeto é idêntico a si mesmo. Wittgenstein, o grande filósofo, uma vez afirmou que "não há melhor exemplo de uma proposição inútil" do que dizer que algo é idêntico a si mesmo, mas em seguida argumentou que a proposição, embora totalmente inútil, está contudo "ligada a um certo jogo da imaginação".

Quando deslocamos nossa atenção da noção de *idêntico a si mesmo* para a de *compartilhamento de uma identidade com outros* de um determinado grupo (forma que a ideia de identidade social assume com frequência), a complexidade aumenta ainda mais. De fato, muitas questões políticas e sociais contemporâneas giram em torno de alegações conflitantes de identidades díspares que envolvem diferentes grupos, uma vez que a concepção de identidade influencia, de várias maneiras, nossos pensamentos e ações.

As violências e as atrocidades dos últimos anos introduziram um período de terrível confusão e pavorosos conflitos. A política de confrontação global é vista como um corolário das ou culturais no mundo. Com efeito, o mundo é cada vez mais visto, ao menos implicitamente, como uma federação de religiões ou civilizações, ignorando, assim, todas as demais formas pelas quais as pessoas se veem a si mesmas. Subjacente a essa linha de pensamento está a antiga conjetura de que os povos do mundo podem ser classificados unicamente de acordo com algum sistema de divisão *singular e abrangente*. A compartimentação da população mundial segundo suas civilizações ou religiões produz uma abordagem "solitarista" da identidade humana, que vê os seres humanos como membros de um grupo determinado (nesse caso, definido por civilização ou religião, em contraposição ao esteio anterior das nacionalidades ou classes).

Uma abordagem solitarista pode ser uma boa forma de entender mal quase todos no mundo. Em nossas vidas normais, vemo-nos como membros de uma variedade de grupos — pertencemos a todos eles. A mesma pessoa pode ser, sem qualquer contradição, um cidadão norte-americano, de origem caribenha, com antepassados africanos, cristão, liberal, mulher, vegetariano, corredor de longa distância, professor, romancista, feminista, heterossexual, defensor dos direitos de gays e lésbicas, amante do teatro, ativista ambientalista, um entusiasta do tênis, jazzista e alguém totalmente convencido de que existem seres inteligentes no espaço cósmico com os quais é de extrema urgência nos comunicarmos (de preferência em inglês). Cada uma dessas coletividades, às quais essa pessoa pertence simultaneamente, oferece-lhe uma identidade específica. Nenhuma delas pode ser considerada como a única identidade ou categoria singular na qual uma pessoa se encaixa. Em virtude de nossas inevitáveis identidades plurais, temos de decidir sobre a importância relativa das nossas diferentes associações e filiações em qualquer contexto específico.

Fundamentais para a condução de uma vida humana, portanto, são as responsabilidades de escolha e raciocínio. Em contraste, a violência é promovida pelo cultivo de uma percepção da inevitabilidade de uma identidade presumivelmente única — com frequência, beligerante — que supostamente devemos ter e que aparentemente nos faz exigências extensas (às vezes do tipo mais desagradável). A imposição de uma identidade supostamente única é, muitas vezes, um componente crucial dessa "arte marcial" que é a fomentação de confrontações sectárias.

Lamentavelmente, muitos esforços bem-intencionados de pôr fim a tal violência também sofrem do que se percebe como ausência de escolha de nossas identidades, e isso pode prejudicar seriamente nossa capacidade para derrotar a violência. Quando as expectativas de boas relações entre diferentes seres humanos são vistas (como cada vez mais o são) primordialmente em termos de "amizade entre civilizações", "diálogo entre grupos religiosos" ou "relações amistosas entre diferentes comunidades" (ignorando-se as grandes e bem diferentes maneiras pelas quais as pessoas relacionam-se entre si), uma grave diminuição dos seres humanos precede os programas planejados para a paz.

Nossa humanidade compartilhada é selvagemente desafiada quando as múltiplas divisões no mundo são unificadas em um sistema de classificação supostamente dominante — em termos de religião, comunidade, cultura, nação ou civilização (tratando cada uma como singularmente poderosa no contexto daquela abordagem específica à guerra e à paz). O mundo visto apenas como algo dividido é muito mais desagregador do que o universo plural e as diversas categorias que formam o mundo em que vivemos. Vai não só contra a antiquada crença de que "nós, seres humanos, somos iguais" (que hoje em dia tende a ser ridicularizada — não inteiramente sem razão — por demasiado simplória) como também contra o menos discutido, porém muito mais plausível, entendimento de que somos *diversamente diferentes*. A esperança de harmonia no mundo contemporâneo reside, em grande parte, em um entendimento mais claro das pluralidades da identidade humana e no reconhecimento de que elas se interconectam e atuam contra uma nítida separação ao longo de uma única linha solidificada impenetrável de divisão.

Com efeito, a confusão conceitual, e não apenas as más intenções, contribui significativamente para a barafunda e a barbaridade que vemos ao nosso redor. A ilusão do destino, especialmente quanto a algumas identidades singulares (e suas supostas implicações), alimenta a violência no mundo por meio de omissões e ações. Precisamos entender claramente que temos muitas filiações distintas e podemos interagir de muitas maneiras diferentes (não obstante o que nos digam os instigadores da violência ou seus aturdidos oponentes). A possibilidade de determinarmos nossas prioridades existe.

Passar por cima da pluralidade de nossas filiações e da necessidade de escolha e raciocínio obscurece o mundo em que vivemos. Empurra-nos na direção das apavorantes perspectivas retratadas por Matthew Arnold em "Dover Beach" [Praia de Dover]:

> E aqui estamos como numa planície ameaçadora
> Varridos por confusos alarmes de combate e fuga,
> Onde exércitos ignorantes chocam-se à noite.[1]

Podemos fazer melhor do que isso.

---

1 And we are here as on a darkling plain/ Swept with confused alarms of struggle and flight,/ Where ignorant armies clash by night. (N.T.)

# PREFÁCIO

Oscar Wilde fez esta afirmação enigmática: "A maioria das pessoas são outras pessoas". Pode parecer uma de suas charadas mais extravagantes, mas neste caso Wilde defendia seu ponto de vista com um notável poder de convicção: "Seus pensamentos são as opiniões de outras pessoas, suas vidas, uma imitação, suas paixões, uma citação". Somos de fato influenciados em espantosa medida pelas pessoas com as quais nos identificamos. Ódios sectários ativamente fomentados podem espalhar-se com rapidez, como vimos recentemente no Kosovo, na Bósnia, em Ruanda, no Timor, em Israel, na Palestina, no Sudão e em muitos outros lugares do mundo. Com o incentivo adequado, um sentimento reforçado de identidade com um grupo de pessoas pode ser transformado em poderosa arma para brutalizar o outro.

Com efeito, muitos dos conflitos e da barbárie no mundo são sustentados pela ilusão de uma identidade única e sem alternativa. A arte de fabricar o ódio assume a forma de uma invocação do poder mágico de uma identidade supostamente predominante que afoga outras filiações e, em uma forma convenientemente belicosa, pode também subjugar qualquer simpatia humana ou bondade natural que possamos normalmente ter. O resultado pode ser uma violência doméstica rudimentar ou engenhosos modos de violência e terrorismo em escala global.

De fato, uma grande fonte de possível conflito no mundo contemporâneo é a presunção de que as pessoas podem ser categorizadas unicamente com base na religião ou na cultura. A crença implícita no poder abrangente de uma classificação singular pode tornar o mundo completamente inflamável. Uma visão unicamente desagregadora vai contra não só a antiquada crença de que todos os seres humanos são iguais mas também contra o menos discutido, porém muito mais plausível, entendimento de que somos diversamente diferentes. O mundo é com frequência visto como um conjunto de religiões (ou de "civilizações" ou "culturas"), ignorando-se as demais identidades que as pessoas têm, e prezam, envolvendo classe, sexo, profissão, língua, ciência, ética e política. Essa divisão única é muito mais conflitiva do que o universo de classificações plurais e diversas que formam o mundo em que na realidade vivemos .O reducionismo de uma teoria refinada pode fazer uma importante contribuição, muitas vezes inadvertidamente, à violência da política rasteira.

Além disso, esforços globais para sobrepujar tal violência sofrem frequentemente de uma confusão conceitual, com a aceitação — explícita ou por ilação — de uma identidade única que intercepta muitos dos óbvios caminhos de resistência. Como consequência, a violência de inspiração religiosa pode acabar sendo contestada não pelo fortalecimento da sociedade civil (por mais claro que seja esse curso), mas pelo recurso a diferentes líderes religiosos aparentemente "moderados" que são encarregados de derrotar os extremistas em uma batalha intrarreligiosa, possivelmente redefinindo de modo adequado as exigências da religião em questão. Quando relações interpessoais são vistas em termos de intergrupo singular, como "amizade" ou "diálogo" entre civilizações ou etnias religiosas, sem atentar para outros grupos aos quais as mesmas pessoas também pertencem (envolvendo ligações econômicas, sociais, políticas ou culturais), então muito do que é importante na vida humana perde-se completamente e os indivíduos são colocados em compartimentos.

Os efeitos aterradores desse apequenamento das pessoas são o assunto deste livro. Eles requerem um reexame e uma reavaliação de alguns temas bem estabelecidos, como globalização econômica, multiculturalismo político, pós-colonialismo histórico, etnicidade social, fundamentalismo religioso e terrorismo global. As possibilidades de paz no mundo contemporâneo podem bem residir no reconhecimento da pluralidade de nossas filiações e no uso da reflexão como habitantes comuns de um mundo vasto, e não em fazer de nós mesmos prisioneiros rigidamente encarcerados em compartimentos estreitos. Precisamos, sobretudo, de um entendimento lúcido da importância da liberdade que podemos ter ao determinarmos nossas prioridades. E, relacionado a esse entendimento, precisamos de um reconhecimento apropriado da função e da eficácia da voz pública racional — em cada país e no mundo inteiro.

Este livro surgiu de seis conferências que fiz sobre identidade na Universidade de Boston entre novembro de 2001 e abril de 2002, em resposta ao gentil convite do professor David Fromkin, do Pardee Center. O centro dedica-se ao estudo do futuro, e o título escolhido para a série de conferências foi

"The Future of Identity" [O futuro da identidade]. Contudo, com uma pequena ajuda do poeta T.S. Eliot, pude convencer-me de que "Time present and time past,/ Are both perhaps present in time future."[1] Quando foi concluído, este livro ocupava-se tanto com a função da identidade em situações históricas e contemporâneas quanto com os prognósticos do porvir.

De fato, dois anos antes das conferências de Boston, em novembro de 1998, fiz uma outra conferência aberta ao público na Universidade de Oxford sobre a função da reflexão na escolha da identidade, com o título "Reason before Identity" [A razão antes da identidade]. Embora a organização totalmente formal das Conferências Romanes,[2] proferidas regularmente na Universidade de Oxford (William Gladstone proferiu a primeira delas em 1892; Tony Blair proferiu a de 1999) resultou na minha retirada da sala (em uma procissão encabeçada pelas autoridades universitárias vestindo estranhas roupas rituais) assim que a última frase da palestra foi pronunciada (antes que qualquer um dos presentes tivesse a oportunidade de fazer qualquer pergunta), posteriormente pude obter alguns comentários úteis devido a um pequeno panfleto impresso que teve a conferência como base. Utilizei a Conferência Romanes ao escrever este livro e recorri ao texto original e também às observações perspicazes dos comentários que recebi.

De fato, fui bastante beneficiado por comentários e sugestões após várias outras conferências que proferi sobre uma série de temas relacionados (com alguma ligação com identidade), incluindo, entre outras, a conferência anual de 2000 da Academia Britânica, a conferência especial no College de France (apresentada por Pierre Bourdieu), as conferências de Ishizaka, em Tóquio, uma palestra aberta ao público na Catedral de São Paulo, em Londres, a conferência no Memorial Phya Prichanusat do Vajiravudh College, em Bancoc, as conferências Dorab Tata, em Bombaim e Deli, a conferência Eric Williams no Banco Central de Trinidad e Tobago, a conferência Gilbert Murray da OXFAM, as conferências Hitchcock na Universidade da Califórnia, em Berkeley, a conferência Penrose na American Philosophical Society, e a conferência B. P. 2005 no Museu Britânico. Tive também debates proveitosos após apresentações nas quais expus minhas ideias nos últimos sete anos, em diferentes partes do mundo: Amherst College, Universidade Chinesa de Hong Kong, Universidade de Columbia

---

1 "Presente e passado/ talvez estejam ambos presentes no futuro." (N.T.)
2 As Conferências Romanes, dedicadas às artes, literatura e ciência, acontecem anualmente na Christ Church [Igreja de Cristo] da Universidade de Oxford, Inglaterra, desde 1891 quando foram criadas graças a uma dotação de John Romanes. A Christ Church é uma prestigiosa faculdade da Universidade de Oxford; dela saíram treze primeiros-ministros da Inglaterra e nela estudaram, entre outros, John Locke e W.H. Auden. (N.T.)

PREFÁCIO 15

em Nova York, Universidade de Dhaka, Universidade de Hitotsubashi em Tóquio, Universidade de Koc em Istanbul, Mt. Holyoke College, Universidade de Nova York, Universidade de Pavia, Universidade da França Pierre Mendès em Grenoble, Universidade de Rodes em Grahamstown, África do Sul, Universidade Ritsumeikan em Kyoto, Universidade Rovira Virgili em Tarragona, Universidade Santa Clara, Scripps College em Claremont, Universidade St. Paul's, Universidade Técnica de Lisboa, Universidade de Tóquio, Universidade de Toronto, Universidade da Califórnia em Santa Cruz, e Universidade de Villanova, além, evidentemente, da Universidade de Harvard. Esses debates ajudaram-me muitíssimo a trabalhar com vistas a um melhor entendimento dos problemas envolvidos.

Por todos os comentários e sugestões úteis, sou grato a Bina Agarwal, George Akerlof, Sabina Alkire, Sudhir Anand, Anthony Appiah, Homi Bhabha, Akeel Bilgrami, Sugata Bose, Lincoln Chen, Martha Chen, Meghnad Desai, Antara Dev Sen, Henry Finder, David Fromkin, Sakiko Fukuda-Parr, Francis Fukuyama, Henry Louis Gates Jr., Rounaq Jahan, Asma Jahangir, Devaki Jain, Ayesha Jalal, Ananya Kabir, Pratik Kanjilal, Sunil Khilnani, Alan Kirman, Seiichi Kondo, Sebastiano Maffetone, Jugnu Mohsin, Martha Nussbaum, Kenzaburo Oe, Siddiq Osmani, Robert Putnam, Mozaffar Qizilbash, Richard Parker, Kumar Rana, Ingrid Robeyns, Emma Rothschild, Carol Rovane, Zainab Salbi, Michael Sandel, Indrani Sen, Najam Sethi, Rehman Sobhan, Alfred Stepan, Kotaro Suzumura, Miriam Teschl, Shashi Tharoor e Leon Wieseltier. A minha compreensão das ideias de Mahatma Gandhi sobre identidade foi imensamente beneficiada pelas conversas que tive com o seu neto, Gopalkrishna, escritor e governador da Bengala Ocidental.

Robert Weil e Roby Harrington, meus editores na Norton, foram bastante prestativos ao oferecerem muitas sugestões importantes, e também beneficiei-me de conversas com Lynn Nesbit. Amy Robbins fez um excelente trabalho de edição do manuscrito, cuja ordem deixava a desejar, e Tom Mayer foi admirável na coordenação de tudo.

À parte a atmosfera acadêmica positiva na Universidade de Harvard, onde leciono, beneficiei-me também dos recursos no Trinity College, em Cambridge, Inglaterra, em especial durante os meses de verão. O Centro de História e Economia do King's College, em Cambridge, ajudou-me fornecendo uma base de pesquisa extraordinariamente eficiente; e sou muitíssimo grato a Inga Huld Markam por cuidar dos muitos problemas relacionados à pesquisa. O trabalho de Ananya Kabir no centro sobre temas relacionados também me foi de grande utilidade. Pela excelente assistência nas pesquisas, sou grato a David Mericle e Rosie Vaughan. Por fazer face aos custos materiais das atividades de pesquisa, sou muitíssimo grato pelo apoio conjunto da Fundação Ford, da Fundação Rockefeller e da Fundação Mellon.

Finalmente, devo também agradecer os benefícios que obtive de uma ampla variedade de debates, envolvendo participantes de vários países, no Fórum da Civilização Mundial, organizado pelo governo japonês em Tóquio em julho de 2005, o qual tive o privilégio de presidir. Beneficiei-me ainda dos debates de 2004 do Glocus et Locus, em Turim, mediados por Pietro Bassetti, e do Simpósio Symi 2005, realizado em julho em Heraclion, Creta, sobre o tema relacionado da democracia global, conduzido por George Papandreou.

Embora o interesse e o engajamento atuais do público em questões de violência global resultem de eventos terrivelmente trágicos e perturbadores, é bom que essas questões estejam recebendo ampla atenção. Uma vez que tento argumentar com o maior vigor possível em favor de uma utilização mais difundida de nossas vozes no funcionamento da sociedade civil global (que deve ser distinguida de iniciativas militares e atividades estratégicas de governos e suas alianças), sinto-me encorajado por esses desenvolvimentos interativos. Suponho que isso me torna um otimista, mas muito dependerá de como enfrentaremos o desafio com que nos deparamos.

*Amartya Sen*
Cambridge, Massachusetts
outubro de 2005

CAPÍTULO 1

# A VIOLÊNCIA DA ILUSÃO

Langston Hughes, o escritor afro-americano, descreve em sua autobiografia de 1940, *The Big Sea* [O grande mar], a animação que tomou conta dele ao deixar Nova York rumo à África. Jogou os livros norte-americanos no mar: "Foi como arrancar um milhão de tijolos do meu coração". Estava a caminho de sua "África, terra natal do povo negro!". Logo ele iria conhecer "a coisa real, a ser tocada e vista, não simplesmente lida num livro".[1] Um sentimento de identidade pode ser uma fonte não só de orgulho e alegria, mas também de força e segurança. Não surpreende que a ideia de identidade seja tão amplamente admirada, desde a recomendação popular de amar o próximo até as altas teorias do capital social e da autodefinição comunitária.

E, no entanto, a identidade também pode matar — e matar com desembaraço. Um forte — e exclusivo — sentimento de pertencer a um grupo pode, em muitos casos, conter a percepção da distância e da divergência em relação a outros grupos. A solidariedade dentro de um grupo pode ajudar a alimentar a discórdia entre grupos. Podemos, de repente, ser informados de que somos não apenas ruandeses mas especificamente hutus ("odiamos tutsis"), ou de que não somos realmente meros iugoslavos mas na verdade sérvios ("não gostamos de muçulmanos de jeito nenhum"). Das lembranças de menino que tenho dos tumultos hindu-muçulmanos nos anos 1940, relacionados à política de partição, recordo-me da velocidade com que os tolerantes seres humanos do mês de janeiro foram subitamente transformados nos hindus implacáveis e muçulmanos violentos do mês de julho. Centenas de milhares sucumbiram nas mãos de pessoas que, lideradas pelos comandantes da carnificina, mataram outras em nome de seu "próprio povo". A violência é fomentada pela imposição de identidades singulares e beligerantes a pessoas crédulas, defendida por competentes artífices do terror.

1 Langston Hughes, *The Big Sea: An Autobiography* (Nova York: Thunder's Mouth Press, 1940, 1986), pp. 3-10.

O sentimento de identidade pode fazer uma importante contribuição à força e ao calor de nossas relações com os outros, tais como vizinhos, membros da mesma comunidade, concidadãos ou adeptos da mesma religião. Nosso foco em identidades específicas pode enriquecer nossos laços e levar-nos a fazer muitas coisas para cada um, e pode ajudar a levar-nos além de nossa vida egoísta. Os estudos recentes sobre "capital social", explorados convincentemente por Robert Putnam e outros, revelaram de forma bastante clara como uma identificação com outros na mesma comunidade social pode melhorar significativamente a vida de todos nessa comunidade; um sentimento de pertencer a uma comunidade é, pois, visto como um recurso — como capital.[2] Tal compreensão é importante, mas tem de ser complementada pelo reconhecimento mais extenso de que um sentimento de identidade pode excluir resolutamente muitas pessoas, mesmo enquanto generosamente inclui outras. A comunidade bem integrada na qual os residentes instintivamente fazem coisas absolutamente maravilhosas para uns e outros com grande proximidade e solidariedade pode ser a mesma comunidade na qual tijolos são atirados pelas janelas de imigrantes que chegam à região vindos de outra parte. A adversidade da exclusão pode acabar de mãos dadas com as dádivas da inclusão.

A violência cultivada associada a conflitos de identidade parece repetir-se no mundo inteiro com uma persistência cada vez maior.[3] Embora o equilíbrio de poder em Ruanda e no Congo possa ter mudado, continua com a mesma força a prática de um grupo ter outro como objeto de ataque. O alinhamento de uma identidade sudanesa islâmica agressiva com a exploração de divisões raciais acarretou a violação e a matança de vítimas subjugadas no sul daquele estado espantosamente militarizado. Israel e Palestina continuam a vivenciar a fúria de identidades dicotomizadas prontas para infligir punições abomináveis ao outro lado. O Al Qaeda conta fortemente com o cultivo e a exploração de uma identidade islâmica militante dirigida especificamente contra os povos ocidentais.

E, de Abu Ghraib e outras partes, continuam a chegar relatos de que as atividades de alguns soldados norte-americanos ou britânicos enviados para lutar

2 Ver Robert D. Putnam, *Bowling Alone: The Collapse and the Revival of the American Community* (Nova York: Simon & Schuster, 2000).

3 Existem importantes evidências empíricas de que o etnocentrismo não acompanha necessariamente a xenofobia (ver, por exemplo, Elizabeth Cashdan, "Ethnocentrism and Xenophobia: A Cross-cultural Study", *Current Anthropology* 42, 2001). E no entanto em muitos casos proeminentes, lealdades étnicas, religiosas, raciais ou outras seletivas foram utilizadas de forma exagerada para fomentar a violência contra outros grupos. Aqui a questão central é a vulnerabilidade à instigação "solitarista".

pela causa da liberdade e da democracia incluíam o que se chama de "amacia-mento" de prisioneiros de formas totalmente desumanas. O poder ilimitado sobre a vida de suspeitos de serem combatentes inimigos, ou pretensos crimi-nosos, bifurca de maneira cortante os prisioneiros e os guardiões em uma linha visionistas ("eles são uma raça distinta da nossa"). Parece excluir, com frequên-cia demais, qualquer consideração de outras características menos conflitantes das pessoas no lado oposto da ruptura, incluindo, entre outras coisas, a associa-ção compartilhada com a espécie humana.

## RECONHECIMENTO DE FILIAÇÕES RIVAIS

Se o pensamento com base na identidade pode ser suscetível a essa mani-pulação brutal, onde se pode encontrar o remédio? Dificilmente pode ser buscado ao se tentar suprimir ou refrear o recurso à identidade em geral. Uma razão é que a identidade pode ser uma fonte de riqueza e generosidade, ao mesmo tempo que de violência e terror, e faria pouco sentido tratar a identi-dade como um mal geral. Preferivelmente, temos de deter-nos na compreensão de que a força de uma identidade belicosa pode ser desafiada pelo poder de identidades *rivais*. Estas podem, claro, incluir a ampla comunidade de nossa humanidade compartilhada, mas também muitas outras identidades que todo mundo tem simultaneamente. Isso leva a outras maneiras de classificar as pes-soas, que podem coibir a exploração de um uso especificamente agressivo de uma determinada categorização.

Um trabalhador hutu de Kigali pode ser coagido a ver-se somente como um hutu e incitado a matar tutsis, e no entanto ele não é somente um hutu, mas é também um kigalês, um ruandês, um africano, um trabalhador e um ser humano. Junto com o reconhecimento da pluralidade de nossas identidades e suas diversas implicações, existe uma necessidade criticamente importante de compreender o papel da *escolha* ao determinar a validade e pertinência de cer-tas identidades que são inevitavelmente diversas.

Isso talvez seja bastante claro, mas é importante compreender que essa ilusão recebe o apoio bem-intencionado, porém um tanto desastroso, de pro-fissionais de uma variedade de escolas respeitadas — e de fato altamente respeitáveis — de pensamento intelectual. Entre elas estão membros dedicados de uma comunidade que consideram a identidade da comunidade incompa-rável e suprema em uma forma predeterminada, como se por natureza, sem qualquer necessidade da vontade humana (apenas o "reconhecimento", para

A VIOLÊNCIA DA ILUSÃO 23

usar um conceito muito apreciado), e também teóricos culturais que dividem as pessoas do mundo em pequenos compartimentos de civilizações díspares.

Na vida normal, nós nos vemos como membros de vários grupos — pertencemos a todos eles. A cidadania, a residência, a origem geográfica, o sexo, a classe, a política, a profissão, o emprego, os hábitos alimentares, os interesses esportivos, o gosto musical, os compromissos sociais etc. de uma pessoa são o que a tornam membro de vários de grupos. Cada um desses agrupamentos, aos quais a pessoa pertence simultaneamente, dá a ela uma identidade específica. Nenhum deles pode ser considerado como a única identidade da pessoa ou a categoria singular de associação.

## RESTRIÇÕES E LIBERDADE

Muitos pensadores comunitários tendem a argumentar que uma identidade comunal dominante é apenas uma questão de autorrealização, não de escolha. Contudo, é difícil acreditar que uma pessoa realmente não tenha a escolha de decidir qual a importância relativa a ser ligada aos vários grupos aos quais ela pertence, e que deva apenas "descobrir" suas identidades, como se fosse um fenômeno puramente natural (como concluir se é dia ou noite). De fato, todos nós fazemos escolhas constantemente, ainda que só implicitamente, quanto às prioridades a serem incorporadas às diferentes filiações e associações. A liberdade de decidir nossas lealdades e prioridades entre os diferentes grupos a todos os quais possamos pertencer é uma liberdade especialmente importante que temos razão para reconhecer, prezar e defender.

A existência de uma escolha evidentemente não indica que não haja restrições que limitem a escolha. Com efeito, escolhas são sempre feitas dentro dos limites do que parece viável. No caso das identidades, as viabilidades dependerão de características e circunstâncias individuais que definem as outras possibilidades abertas para nós. Isso, contudo, *não é* um fato notável. É apenas o modo como cada escolha em qualquer área é encarada na realidade. Na verdade, nada pode ser mais elementar e universal do que o fato de que escolhas de todos os tipos em todas as áreas são sempre feitas dentro de determinados limites. Por exemplo, quando decidimos o que comprar no mercado, mal podemos ignorar o fato de que há limites no quanto podemos gastar. A "restrição orçamentária", como os economistas a chamam, é onipresente. O fato de que todo comprador tem de fazer escolhas não indica que não haja restrição orçamentária, mas somente que escolhas têm que ser feitas *dentro* da restrição orçamentária disponível.

O que é verdadeiro em economia básica também é verdadeiro em decisões políticas e sociais complexas. Mesmo quando uma pessoa é inevitavelmente vista — tanto por si mesma quanto por outras — como francesa, judia, brasileira ou afro-americana ou (especialmente no contexto da turbulenta situação atual) como árabe ou muçulmana, ainda é preciso decidir que importância exata atribuir a essa identidade em relação à pertinência das outras categorias às quais também se pertence.

## CONVENCER OS OUTROS

Contudo, mesmo quando está claro o modo como desejamos ver a nós mesmos, ainda podemos ter dificuldade em conseguir persuadir os *outros* a ver-nos da mesma maneira. Uma pessoa não branca em uma África do Sul dominada pelo apartheid não podia insistir em ser tratada apenas como um ser humano, independentemente das características étnicas. Ela teria sido tipicamente colocada na categoria que o Estado e os membros dominantes da sociedade lhe reservavam. Nossa liberdade para fazer valer nossas identidades pessoais pode às vezes ser extraordinariamente limitada aos olhos dos outros, não importa como vejamos a nós mesmos.

De fato, às vezes podemos não estar plenamente conscientes de como os outros nos identificam, o que pode diferir da percepção de si mesmo. Há uma interessante lição em uma antiga história italiana — datada dos anos 1920, quando o apoio à política fascista espalhava-se rapidamente pela Itália — que diz respeito a um recrutador político do Partido Fascista que procura persuadir um socialista rural a aliar-se ao Partido Fascista. "Como poderia eu", disse o possível recruta, "aliar-me ao seu partido? Meu pai era socialista. Meu avô era socialista. Não posso de jeito nenhum aliar-me ao Partido Fascista." "Mas que tipo de argumento é esse?", replicou o recrutador fascista, sensatamente. "O que você faria", perguntou ao socialista rural, "se o seu pai tivesse sido um assassino e o seu avô também tivesse sido um assassino? Então o que é que você faria?" "Ah, então", disse o possível recruta, "então, claro, eu me aliaria ao Partido Fascista."

Esse pode ser um caso de atribuição consideravelmente razoável, até mesmo benigna, mas quase sempre a imputação se faz acompanhar da calúnia, que é usada para incitar violência contra a pessoa difamada. "O judeu é um homem", argumentou Jean-Paul Sartre em *Retrato do Antissemita*, "que os outros homens consideram judeu; [...] é o antissemita que *faz* o judeu".[4] Imputações acusatórias podem incorporar duas distorções distintas, porém inter-relacionadas: descrição errônea de pessoas que pertencem a uma categoria visada e uma insistência de que as características erroneamente descritas são os únicos traços pertinentes da identidade da pessoa visada. Ao opor uma imposição externa, uma pessoa pode tentar resistir à imputação de características específicas e apontar para outras identidades que ela tem, assim como Shylock tentou fazer na brilhantemente tumultuada história de Shakespeare: "Um judeu não tem olhos? Não tem um judeu mãos, órgãos, dimensões, sentidos, sentimentos, paixões? Nutrido com a mesma comida, ferido com as mesmas armas, sujeito às mesmas doenças, curado pelos mesmos meios, aquecido e esfriado pelo mesmo inverno e verão que um cristão é?"[5]

A afirmação de pertencer à comunidade humana tem sido uma parte da resistência às imputações degradantes em diferentes culturas em diferentes momentos no tempo. No épico indiano *Mahabharata*, que remonta a cerca de dois mil anos atrás, Bharadvaja, um interlocutor que argumenta, responde à defesa do sistema de castas por Bhrigu (um pilar do sistema) com a pergunta: "Ao que parece, todos nós somos afetados pelo desejo, pela ira, pelo medo, pela dor, pela aflição, pela fome e pelo trabalho; como é possível então que tenhamos diferenças de casta?"

Os alicerces da degradação incluem não só deformações descritivas como também a ilusão de uma identidade singular que outros devem imputar à pessoa a ser aviltada. "Antes existia um eu em mim", disse o ator inglês Peter Sellers em famosa entrevista, "mas tratei de removê-lo cirurgicamente." Essa remoção é um desafio considerável, mas não menos radical é a implantação cirúrgica de um "eu real" por outros que estão resolvidos a tornar-nos diferentes do que pensamos ser. A imputação organizada pode preparar o terreno para a perseguição e o sepultamento.

Além do mais, mesmo que em circunstâncias específicas as pessoas tenham dificuldade em convencer os outros a reconhecer a pertinência de identidades que não sejam as empregadas para fins de difamação (junto com distorções descritivas da identidade imputada), isso não é motivo suficiente para ignorar aquelas outras identidades quando as circunstâncias são diferentes. Isso aplica-se, por exemplo, a judeus em Israel hoje, em vez de na Alemanha dos

4 Jean-Paul Sartre, *Portrait of the Anti-Semite*, trad. Erik de Mauny (Londres: Secker & Warburg, 1968), p. 57.
5 *The Merchant of Venice*, ato 3, cena 1, linha 63.

anos 1930. A vitória do nazismo teria sido prolongada se as barbaridades dos anos 1930 tivessem eliminado para sempre a liberdade e a capacidade de um judeu de invocar qualquer outra identidade que não fosse sua condição de judeu.

Da mesma forma, o papel da escolha racional carece de ênfase na resistência à imputação de identidades singulares e ao recrutamento de soldados na sanguinária campanha para aterrorizar as vítimas visadas. Campanhas para modificar identidades que as pessoas percebem como suas foram responsáveis por muitas atrocidades no mundo, transformando velhos amigos em novos inimigos e sectários detestáveis em líderes políticos subitamente poderosos. A necessidade de reconhecer o papel do raciocínio e da escolha no pensamento baseado na identidade é, por conseguinte, tanto difícil quanto extremamente importante.

## NEGAÇÃO DA ESCOLHA E DA RESPONSABILIDADE

Se escolhas existem, contudo, pressupõe-se que não, o uso do raciocínio pode muito bem ser substituído pela aceitação acrítica do comportamento conformista, não importando o quanto ele possa ser rejeitado. Normalmente, tal conformismo tende a ter implicações conservadoras e atua com o fim de proteger costumes e práticas antigos contra o escrutínio inteligente. De fato, as desigualdades tradicionais, como o tratamento desigual de mulheres em sociedades sexistas (e até mesmo a violência contra elas), ou a discriminação contra membros de outros grupos étnicos, sobrevivem graças à aceitação total de crenças aprendidas (inclusive os papéis servis do desfavorecido tradicional). Muitas práticas antigas e identidades hipotéticas desmoronaram em resposta ao questionamento e ao esmiuçamento. Tradições podem mudar mesmo em um país e uma cultura específicos. Vale talvez recordar que *The Subjection of Women* [A sujeição das mulheres], livro de John Stuart Mill publicado em 1874, foi recebido por muitos de seus leitores britânicos como a prova definitiva de sua excentricidade, e, aliás, o assunto interessava tão pouco que esse foi o único livro de Mill com o qual o editor perdeu dinheiro.[6]

No entanto, a total aceitação de uma identidade social nem sempre tem implicações tradicionalistas. Pode também envolver uma reorientação radical

---

6 Ver Alan Ryan, *J. S. Mill* (Londres: Routledge, 1974), p. 125. Mill observou que seus pontos de vista sobre o sufrágio feminino foram entendidos como "caprichos meus" (John Stuart Mill, *Autobiography* [1847; reimpressão, Oxford: Oxford University Press, 1971], p. 169).

da identidade que em seguida poderia ser vendida como pretensa "descoberta" sem escolha racional. Isso pode desempenhar um papel formidável na fomentação da violência. Minhas perturbadoras lembranças dos distúrbios hindu-muçulmanos na Índia dos anos 1940, que já mencionei antes, incluem ver — com os olhos perplexos de uma criança — as vastas mudanças de identidade que se seguiram às políticas divisionistas. As muitas identidades das pessoas como indianas, como subcontinentais ou asiáticas, ou como membros da espécie humana, pareceram dar lugar — bem de repente — à identificação sectária com comunidades hindus, muçulmanas ou siques. O massacre que se seguiu teve muito a ver com o comportamento rudimentar "de manada" pelo qual as pessoas viram-se forçadas a "descobrir" as recém-detectadas identidades beligerantes, sem submeter o processo a um exame crítico. As mesmas pessoas de repente ficaram diferentes.

## APRISIONAMENTO DAS CIVILIZAÇÕES

Um uso extraordinário da singularidade imaginada encontra-se na ideia classificatória básica que serve de pano de fundo intelectual para a tese muito debatida do "choque de civilizações" que tem sido defendida recentemente, sobretudo após a publicação do influente livro de Samuel Huntington, *The Clash of Civilizations and the Remaking of the World Order* [O choque de civilizações e a recomposição da Ordem Mundial].[7] A dificuldade dessa abordagem começa com a categorização única, bem antes de a questão de um choque — ou não — ser sequer levantada. Com efeito, a tese de um *choque* de civilizações é conceitualmente parasita do poder dominante de uma *categorização* única junto com as chamadas linhas civilizacionais, que, na verdade, acompanham de perto as divisões religiosas às quais se presta uma atenção singular. Huntington compara a civilização ocidental com a "civilização islâmica", a "civilização hindu", a "civilização budista", e assim por diante. Os pretensos confrontos das diferenças religiosas são incorporados a uma visão nitidamente construída de um divisionismo dominante e empedernido.

De fato, evidentemente, as pessoas neste mundo podem ser classificadas de acordo com muitos outros sistemas de compartimentação, cada um deles com alguma — muitas vezes de amplas consequências — pertinência em nossas vidas, como nacionalidades, localização, classes, profissões, condições

---

7 Samuel P. Huntington, *The Clash of Civilizations and the Remaking of the World Order* (Nova York: Simon & Schuster, 1996).

sociais, idiomas, política, e muitos outros. Embora categorias religiosas tenham sido bastante divulgadas nos últimos anos, não se pode presumir que elas eliminem outras distinções e menos ainda que possam ser vistas como o único sistema pertinente de classificação de pessoas no globo. Ao compartimentar a população mundial entre aqueles que pertencem ao "mundo islâmico", ao "mundo ocidental", ao "mundo hindu", ao "mundo budista", o poder divisionista da prioridade classificatória é usado implicitamente para situar as pessoas firmemente dentro de um conjunto único de compartimentos rígidos. Outras divisões (digamos, entre os ricos e os pobres, entre membros de diferentes classes e profissões, entre pessoas de política diferente, entre distintas nacionalidades e locais residenciais, entre grupos idiomáticos etc.) são todas submersas por esse modo pretensamente primordial de ver as diferenças entre as pessoas.

A dificuldade com a tese do choque de civilizações começa bem antes de chegarmos à questão de um choque inevitável; começa com a presunção da pertinência única de uma classificação singular. Com efeito, a pergunta "as civilizações entram em choque?" é fundada na presunção de que a humanidade pode ser preeminentemente classificada em civilizações distintas e separadas, e que as relações *entre diferentes seres humanos* podem de algum modo ser vistas, sem grave perda de compreensão, em termos de relações *entre diferentes civilizações*. A falha básica da tese precede bastante o ponto em que se pergunta se as civilizações devem *chocar-se*.

Essa visão reducionista combina-se tipicamente, a meu ver, com uma percepção assaz nebulosa da história do mundo, que fecha os olhos, em primeiro lugar, à extensão das diversidades *internas* dentro dessas categorias civilizacionais, e, em segundo, ao alcance e à influência das *interações* — tanto intelectuais quanto materiais — que atravessam as fronteiras regionais das chamadas civilizações (esse aspecto voltará a ser abordado no Capítulo 3). E seu poder de confundir é capaz de enganar não só aqueles que gostariam de defender a tese de um choque (indo de chauvinistas ocidentais a fundamentalistas islâmicos) mas também aqueles que gostariam de *contestá-la* e, contudo, tentam reagir dentro da camisa de força de seus termos pré-especificados de referência.

As limitações de tal pensamento com base na civilização podem revelar-se tão traiçoeiras para programas de "diálogo entre civilizações" (algo que hoje em dia parece estar no topo das agendas) como para as teorias de um choque de civilizações. A nobre e sublime busca da amizade entre os povos, vista como amizade entre civilizações, reduz rapidamente cada ser humano de múltiplos aspectos a uma dimensão e silencia a variedade de envolvimentos que propiciaram elementos ricos e diversos para interações entre fronteiras ao longo de muitos séculos, incluindo artes, literatura, ciência, matemática, jogos, comércio, política e outras arenas dos interesses humanos compartilhados. Esforços bem-intencionados de perseguir a paz global podem ter consequências bastante contraprodutivas quando tais esforços estão baseados em uma compreensão fundamentalmente ilusória do mundo dos seres humanos.

## MAIS DO QUE UMA FEDERAÇÃO DE RELIGIÕES

A confiança cada vez maior depositada na classificação dos povos mundiais com base na religião também tende a tornar a resposta ocidental ao terrorismo e aos conflitos globais especialmente inadequada. O respeito por "outros povos" é mostrado elogiando-se seus livros religiosos, mais do que prestando atenção aos envolvimentos e às realizações multiformes, tanto nos campos religiosos como não religiosos, das diferentes pessoas em um mundo globalmente interativo. Ao enfrentar o chamado "terrorismo islâmico", no confuso vocabulário da política global contemporânea, a força intelectual da política ocidental visa de modo bastante substancial tentar definir — ou redefinir — o islamismo.

Contudo, focar apenas na importante classificação religiosa não só deixa escapar outras preocupações e ideias significativas que movem as pessoas como também cria o efeito de geralmente ampliar a voz da autoridade religiosa. Os clérigos muçulmanos, por exemplo, são então tratados como os porta-vozes *ex-officio* do chamado Mundo Islâmico, mesmo que um grande número de pessoas que são muçulmanas em termos religiosos tenham divergências profundas com o que é proposto por um ou outro mulá. Não obstante nossas *diversas diversidades*, o mundo é subitamente visto não como um agrupamento de pessoas, mas como uma federação de religiões e civilizações. Na Grã-Bretanha, uma visão confusa do que uma sociedade multiétnica deve fazer levou a incentivar o desenvolvimento de escolas muçulmanas, hindus, siques etc., todas financiadas pelo Estado, com o propósito de suplementar as escolas cristãs apoiadas pelo Estado já existentes, e crianças pequenas são resolutamente colocadas no território de filiações singulares bem antes de terem a capacidade de raciocinar sobre os diferentes sistemas de identificação que possam chamar-lhes a atenção. Anteriormente, escolas sectárias estatais na Irlanda do Norte nutriram o distanciamento político de católicos e protestantes ao longo de uma linha de categorização divisionista fixada na infância, e a mesma predeterminação de identidades "descobertas" está agora sendo permitida e, na verdade, incentivada para semear ainda mais alienação dentro de um setor diferente da população britânica.

A classificação religiosa ou civilizacional pode, claro, ser também uma fonte de distorção beligerante. Pode, por exemplo, assumir a forma de crenças rudimentares bem exemplificadas pela declaração clamorosa — e hoje conhecida — do general de divisão norte-americano William Boykin ao descrever sua batalha contra muçulmanos com uma franca vulgaridade: "Eu sabia que meu Deus era maior do que o deles" e que o Deus cristão "era um Deus real, e [o dos muçulmanos] era um ídolo".[8] A estupidez de tal intolerância obtusa é, evidentemente, fácil de diagnosticar, e por essa razão creio que haja um perigo relativamente limitado no lançamento mal-educado de tais mísseis não guiados. Existe, em comparação, um problema muito mais sério no uso da orientação pública ocidental de "mísseis guiados" intelectuais que apresentam uma visão superficialmente mais nobre para persuadir ativistas muçulmanos a se distanciarem da oposição por meio da estratégia aparentemente benigna de definir o islamismo de forma apropriada. Eles tentam arrancar os terroristas islâmicos da violência ao insistirem que o islamismo é uma religião de paz, e que um "verdadeiro muçulmano" deve ser um indivíduo tolerante ("pois então pare com isso e seja pacífico"). A rejeição de uma visão conflitante do islamismo é decerto apropriada e extremamente importante nos dias de hoje, mas também temos de perguntar-nos se afinal é necessário ou útil, ou mesmo possível, tentar definir em termos amplamente políticos como deve ser um "muçulmano de verdade".[9]

## MUÇULMANOS E DIVERSIDADE INTELECTUAL

Não é necessário que a religião de uma pessoa seja uma identidade que tudo inclui e exclusiva. Em especial, o islamismo, como religião, não elimina a escolha responsável dos muçulmanos nas várias esferas da vida. Na verdade, é possível para um muçulmano adotar uma visão conflitante e para outro tolerar totalmente a heterodoxia sem que nenhum deles deixe de ser muçulmano apenas por esse motivo.

A reação ao fundamentalismo islâmico e ao terrorismo ligado a ele torna-se também particularmente confusa quando não se consegue distinguir entre a

8 Citado no *International Herald Tribune*, 27 de agosto de 2001, p. 6.
9 Essa questão é examinada nos Capítulos 4 e 8.

história islâmica e a história do povo muçulmano. Os muçulmanos, como todas as outras pessoas no mundo, têm muitas atividades diferentes, e nem todos os seus valores e prioridades precisam ser encaixados em sua identidade singular de serem islâmicos (abordarei essa questão com mais detalhes no Capítulo 4). Não surpreende, portanto, que os defensores do fundamentalismo islâmico desejem subjugar todas as outras identidades dos muçulmanos em favor de serem somente islâmicos. Mas é muitíssimo estranho que aqueles que querem solucionar as tensões e os conflitos ligados ao fundamentalismo islâmico também pareçam incapazes de ver os muçulmanos em qualquer outra forma que não seja apenas islâmica, o que se combina com esforços para redefinir o islamismo, em vez de entender a natureza multidimensional de diferentes seres humanos que por acaso são muçulmanos.

As pessoas se veem — e têm motivos para se verem — de várias maneiras. Por exemplo, um muçulmano de Bangladesh não é só muçulmano mas também bengali e de Bangladesh, caracteristicamente bastante orgulhoso da língua, da literatura e da música bengali, para não mencionar as outras identidades que ele possa ter ligadas a classe, sexo, profissão, política, gosto estético, e assim por diante. A separação de Bangladesh do Paquistão de modo algum se baseou em religião, uma vez que uma identidade muçulmana era compartilhada pela maioria da população nas duas alas do Paquistão indiviso. As questões separatistas relacionavam-se a língua, literatura e política.

Da mesma forma, não há qualquer razão empírica pela qual os defensores do passado muçulmano, ou, no tocante a isso, da herança árabe, tenham de concentrar-se especificamente apenas em crenças religiosas, e não também em ciência e matemática, para as quais as sociedades árabes e muçulmanas tanto contribuíram, e que podem também fazer parte de uma identidade muçulmana ou árabe. Apesar da importância dessa herança, classificações grosseiras tenderam a colocar ciência e matemática na cesta da "ciência ocidental", deixando que outras pessoas explorassem seu orgulho nas águas profundas da religião. Se o descontente ativista árabe de hoje pode orgulhar-se somente da pureza do islamismo, em vez da múltipla riqueza da história árabe, priorizar unicamente a religião, compartilhada por guerreiros de ambos os lados, desempenha um papel importante no aprisionar pessoas na cela de uma identidade singular.

Mesmo a frenética busca ocidental pelo "muçulmano moderado" confunde a moderação em convicções políticas com a moderação na fé religiosa. Uma pessoa pode ter uma forte fé religiosa — islâmica ou não — juntamente com uma política tolerante. O imperador Saladino, que lutou bravamente pelo islamismo nas cruzadas do século 12, pôde oferecer a Maimônides, sem qualquer contradição, um lugar honrado na corte real egípcia enquanto aquele distinto filósofo judeu fugia de uma Europa intolerante. Quando, na virada do século 16, o herético Giordano Bruno foi queimado na fogueira no Campo dei Fiori, em Roma, o imperador grão-mogol Akbar (que nasceu e morreu como muçulmano) tinha concluído, em Agra, seu grande projeto de codificar legalmente os direitos das minorias, incluindo a liberdade religiosa para todos.

O detalhe que requer atenção especial é que, embora Akbar estivesse livre para continuar com sua política liberal sem deixar de ser muçulmano, tal liberalidade não estava, de modo algum, estatuída — nem, claro, proibida — pelo islamismo. Outro imperador mogol, Aurangzeb, podia negar direitos das minorias e perseguir não muçulmanos sem por esse motivo deixar de ser muçulmano, exatamente da mesma forma que Akbar não cessou de ser muçulmano devido a sua política tolerantemente pluralista.

## AS CHAMAS DA CONFUSÃO

A insistência, ao menos implicitamente, em uma singularidade sem escolhas da identidade humana não só diminui a todos nós como também torna o mundo mais inflamável. A alternativa ao divisionismo de uma categorização preeminente não é uma afirmação irreal de que no fundo todos somos iguais. Isso não somos. Mais exatamente, a grande esperança de harmonia em nosso mundo conturbado reside na pluralidade de nossas identidades, que se inter-relacionam e atuam contra divisões nítidas em torno de uma única linha enrijecida de uma veemente divisão a que pretensamente não se pode resistir. Nossa humanidade compartilhada é selvagemente contestada quando nossas diferenças são reduzidas a um elaborado sistema de categorização extraordinariamente poderosa.

Talvez o pior dano venha da negligência — e da rejeição — do papel do raciocínio e da escolha, que resulta do reconhecimento de nossas identidades plurais. A ilusão da identidade única é muito mais divisionista do que o universo de classificações plurais e diversificadas que caracterizam o mundo em que vivemos realmente. A fraqueza descritiva da singularidade sem escolhas tem o efeito de exaurir seriamente o poder e o alcance de nosso raciocínio social e político. A ilusão do destino impõe um preço extraordinariamente alto.

CAPÍTULO 2

# ENTENDER A IDENTIDADE

Em uma interessante passagem de *A Turn in the South* [Uma volta pelo Sul], V. S. Naipaul expressa uma preocupação com a perda do passado e a identidade histórica da pessoa no processo de mudanças e incertezas do presente.

> Em 1961, quando eu viajava pelo Caribe para escrever meu primeiro livro de viagens, lembro-me do choque, da sensação de mácula e aniquilação espiritual que tive quando vi alguns dos indígenas da Martinica, e comecei a entender que eles tinham sido absorvidos pela Martinica, que de modo algum eu poderia compartilhar a visão de mundo daquelas pessoas cuja história, em determinado momento, fora semelhante à minha, mas que agora tinham, em termos étnicos e outros, se transformado em outra coisa.[1]

Considerações desse tipo não só indicam ansiedade e inquietação, mas também apontam, de forma esclarecedora, para a importância positiva e construtiva que as pessoas tendem a dar a uma história compartilhada e a um sentimento de filiação com base nessa história.

E no entanto história e antecedentes não são a única maneira de vermos a nós mesmos e aos grupos aos quais pertencemos. Há uma grande variedade de categorias às quais pertencemos simultaneamente. Eu posso ser, ao mesmo tempo, um cidadão asiático, um indiano, um bengali com antepassados de Bangladesh, um residente dos Estados Unidos ou da Inglaterra, um economista, um diletante em filosofia, um escritor, um sanscritista, um adepto convicto do secularismo e da democracia, um homem, uma feminista, um heterossexual, um defensor dos direitos dos gays e lésbicas, com um estilo de vida não religioso, de antecedentes hindus, um não brâmane, um descrente na vida após a morte (e ainda, caso se faça a pergunta, também um descrente em um "antes da vida"). Essa é apenas uma pequena amostra das diversas categorias a cada

1 V. S. Naipaul, *A Turn in the South*. (Londres: Penguin, 1989), p. 33.

uma das quais posso pertencer simultaneamente — existem também, claro, muitas outras categorias de associação que, dependendo das circunstâncias, podem instigar-me e envolver-me.

Pertencer a cada um dos grupos pode ser muito importante, dependendo das condições específicas. Quando competem entre si por atenção ou prioridade (nem sempre necessariamente, pois é possível não haver conflito entre as exigências de diferentes lealdades), as pessoas têm de decidir a importância relativa a dar às respectivas identidades, as quais, mais uma vez, dependerão das condições específicas. Existem duas questões distintas aqui. A primeira delas é o reconhecimento de que identidades são fortemente plurais e de que a importância de uma identidade não tem de eliminar a importância das outras. A segunda é que uma pessoa tem de fazer escolhas — explicitamente ou por ilação — quanto a que importância relativa dar, em condições específicas, a lealdades e prioridades divergentes que possam competir por precedência.

A identificação com outros, em várias maneiras diferentes, pode ser extremamente importante para a vida em sociedade. Contudo, não tem sido sempre fácil persuadir analistas sociais a ajustar a identidade de forma satisfatória. Em especial, parece que dois tipos diferentes de reducionismo existem em abundância na literatura formal de análise social e econômica. Um pode ser chamado de "desconsideração pela identidade", e assume a forma de ignorar, ou negligenciar totalmente, a influência de qualquer sentimento de identidade com outros, o que valorizamos e como nos comportamos. Por exemplo, muitas teorias econômicas contemporâneas se comportam como se, na escolha de seus desígnios, objetivos e prioridades, as pessoas não tivessem — ou não prestassem atenção a — qualquer sentimento de identidade com ninguém a não ser consigo mesmas. O poeta inglês John Donne pode ter advertido que "Nenhum homem é uma ilha inteira em si", mas os seres humanos apresentados pela teoria econômica pura são com frequência levados a se ver como consideravelmente "inteiros".

Em contraposição à "desconsideração pela identidade", há um tipo diferente de reducionismo, que podemos chamar de "filiação singular" ou "única", o qual assume a suposição de que qualquer pessoa pertence acima de tudo, para todos os fins práticos, somente a um grupo — nem mais nem menos. Sabemos de fato, é claro, que qualquer ser humano real pertence a muitos grupos diferentes, por nascimento, associações e alianças. Cada uma dessas identidades de grupo pode dar — e às vezes dá — à pessoa um sentimento de filiação e lealdade. Apesar disso, a suposição da filiação única é surpreendentemente popular, nem que seja apenas implicitamente, entre diversos grupos de teóricos sociais. Parece atrair com muita frequência tanto pensadores comunitários quanto aqueles teóricos de política cultural que gostam de classificar a população mundial em categorias civilizacionais. As complexidades de grupos plurais e lealdades múltiplas são apagadas quando se vê cada pessoa como firmemente encaixada em exatamente uma filiação, substituindo a riqueza de uma vida humana abundante pela estreita fórmula da insistência de que qualquer pessoa está "situada" em apenas um pacote orgânico.

Certamente, a suposição da singularidade é não só o alimento básico de muitas teorias da identidade, mas também, como observei no capítulo anterior, uma arma com frequência usada por ativistas sectários que desejam que as pessoas visadas ignorem completamente todas as outras ligações que poderiam restringir sua lealdade ao rebanho especialmente marcado. O incentivo para ignorar todas as filiações e lealdades que não sejam aquelas que provenham de uma identidade restritiva pode ser profundamente enganosa e também contribuir para a tensão e para a violência sociais.[2]

Dada a poderosa presença desses dois tipos de reducionismo no pensamento social e econômico contemporâneo, ambos merecem atenção cuidadosa.

## DESCONSIDERAÇÃO PELA IDENTIDADE E O TOLO RACIONAL

Começo com a desconsideração pela identidade. A suposição de que os indivíduos pensam apenas em si mesmos obviamente pareceu "natural" a muitos economistas modernos, e a estranheza dessa suposição tornou-se ainda mais radical pela insistência mais extensa, também bastante comum, de que isso é o que a "racionalidade" — nada menos — invariavelmente exige. Há um argumento — um argumento pretensamente decisivo — com que nos deparamos muitas vezes. Ele assume a forma desta pergunta: "se não é de seu interesse, por que resolveu fazer o que fez?". Esse ceticismo de espertalhões faz de Mohandas Ghandi, Martin Luther King Jr., Madre Teresa e Nelson Mandela grandes idiotas, e do resto de nós idiotas um tanto menores, ao ignorar completamente a variedade de motivações que movem os seres humanos que vivem em sociedade, com várias filiações e compromissos. O ser humano egoísta e simplista, que fornece os fundamentos comportamentais de muitas teorias econômicas, tem sido muitas vezes decorado por uma nomenclatura elogiosa, como ser chamado de "o homem econômico" ou "o agente racional".

2 Ver também Leon Wieseltier, *Against Identity* (Nova York: Drenttel, 1996).

Evidentemente, tem havido críticas da presunção do comportamento econômico egoísta e simplista (até mesmo Adam Smith, com frequência considerado o fundador do "homem econômico", expressou um profundo ceticismo quanto a essa suposição), mas muito da teoria econômica moderna tendeu a se comportar como se tais dúvidas fossem de pouco interesse e pudessem ser facilmente desconsideradas.[3] Nos últimos anos, essas críticas gerais têm sido, contudo, complementadas por análises vindas de resultados de jogos experimentais e outros testes comportamentais, que puseram em relevo sérias tensões entre a suposição do egoísmo puro com a filiação singular e o modo como o comportamento das pessoas é realmente observado. Essas observações reforçaram empiricamente as dúvidas conceituais sobre a coerência e sustentabilidade da pretensa constituição mental de tais pessoas com um foco único, devido à limitação filosófica e psicológica envolvida na incapacidade de fazer qualquer distinção eficaz entre perguntas inteiramente distinguíveis: "o que devo fazer?", "o que convém mais ao meu interesse?", "que decisões promoverão mais os meus objetivos?", "o que devo decidir racionalmente?" Uma pessoa que age com consistência e previsibilidade impecáveis, mas que *nunca* pode dar respostas diferentes a essas perguntas distintas, pode ser considerada como sendo uma espécie de "tola racional".[4]

Neste contexto, é de especial importância tentar incorporar a percepção e a compreensão da identidade à caracterização da preferência e comportamento em economia.[5] Isso ocorreu de diversas formas em publicações recentes. A inclusão de considerações de identidade com outras em um grupo compartilhado — e o funcionamento do que o economista George Akerlof chama de "filtros de lealdade" — pode influenciar com eficácia a conduta e as interações do indivíduo, as quais podem assumir formas substancialmente divergentes.[6]

3 Ver meu livro *On Ethics and Economics* (Oxford: Blackwell, 1987).

4 Procurei analisar as limitações intelectuais dessa figura peculiarmente imaginada em partes da economia predominante em "Rational Fools: A Critique of the Behavioral Foundations of Economic Theory", *Philosophy and Public Affairs* 6 (1977), reimpresso em *Choice, Welfare and Measurement* (Oxford: Blackwell, 1982; Cambridge, Massachusetts: Harvard University Press, 1997) e também em Jane J. Mansbridge, org., *Beyond Self-Interest* (Chicago: Chicago University Press, 1990).

5 Ver George Akerlof, *An Economic Theorist's Book of Tales* (Cambridge: Cambridge University Press, 1984); Shira Lewin, "Economics and Psychology: Lessons for Our Own Day from the Early 20th Century", *Journal of Economic Literature* 34 (1996); Christine Jolls, Cass Sunstein e Richard Thaler, "A Behavioral Approach to Law and Economics", *Stanford Law Review* 50 (1998); Matthew Rabin, "A Perspective on Psychology and Economics", *European Economic Review* 46 (2002); Amartya Sen, *Rationality and Freedom* (Cambridge, Massachusetts: Harvard University Press, 2002), ensaios 1–5; Roland Benabou e Jean Tirole, "Intrinsic and Extrinsic Motivation", *Review of Economic Studies* 70 (2003).

6 Ver, entre outras colaborações, George Akerlof e Rachel Kranton, "Economics and Identity", *Quarterly Journal of Economics* 63 (2000); John B. Davis, *The Theory of the Individual in Economics: Identity and Value* (Londres e Nova York: Routledge, 2003); Alan Kirman e Miriam Teschl, "On the Emergence of Economic

Claro que se deve reconhecer que a rejeição do comportamento puramente egoísta não indica que as ações de uma pessoa sejam necessariamente influenciadas por um sentimento de identificação com outros. É bem possível que o comportamento de uma pessoa seja motivado por outros tipos de considerações, como a adesão a algumas normas de conduta aceitável (por exemplo, honestidade financeira ou sentimento de justiça), ou pelo sentimento de dever — ou responsabilidade fiduciária — para outros com quem não se identifica em um sentido óbvio. Contudo, um sentimento de identificação com outros pode ser uma influência muito importante — e bastante complexa — sobre o comportamento de uma pessoa que pode ir facilmente contra uma conduta estreitamente egoísta.

Essa questão ampla também relaciona-se com outra, a saber, a função da seleção evolucionária de normas comportamentais que podem desempenhar um importante papel instrumental.[7] Se um sentimento de identidade leva ao êxito do grupo, e através disso a uma melhoria do indivíduo, esses modos comportamentais sensíveis à identidade podem acabar sendo multiplicados e desenvolvidos. Com efeito, tanto na escolha *reflexiva* como na seleção *evolucionária*, ideias de identidade podem ser importantes, e as mesclas das duas — combinando reflexão crítica com evolução seletiva — também podem, obviamente, levar ao predomínio do comportamento influenciado pela identidade. Chegou decerto o momento de remover a presunção da "desconsideração pela identidade" da posição elevada que tendeu a ocupar uma parte substancial da teoria econômica elaborada em torno do conceito do "homem econômico", e também na teoria política, jurídica e social (usada em uma admiração imitativa — uma sincera forma de lisonja — da chamada economia da escolha racional).

## FILIAÇÕES MÚLTIPLAS E CONTEXTOS SOCIAIS

Passo agora ao segundo tipo de reducionismo: a suposição da filiação única. Estamos todos individualmente envolvidos em identidades de vários tipos em condições díspares em nossas respectivas vidas, que surgem de nossos antecedentes, associações ou atividades sociais. Esse aspecto foi abordado no capítulo anterior, mas talvez mereça um destaque especial aqui. A mesma pessoa pode, por exemplo, ser um cidadão britânico, de origem malásia, com característi-

---

Identity", *Revue de Philosophie Économique* 9 (2004); George Akerlof e Rachel Kranton, "Identity and the Economics of Organizations", *Journal of Economic Perspectives* 19 (2005).
7 Ver Jörgen Weibull, *Evolutionary Game Theory* (Cambridge, Massachusetts: MIT Press, 1995); Jean Tirole, "Rational Irrationality: Some Economics of Self-management", *European Economic Review* 46 (2002).

cas étnicas chinesas, um corretor da bolsa de valores, um não vegetariano, um asmático, um linguista, um halterofilista, um poeta, um oponente do aborto, um observador de pássaros, um astrólogo e uma pessoa que acredita que Deus criou Darwin para testar os crédulos.

Pertencemos de fato a muitos grupos diferentes, de uma forma ou de outra, e cada um desses agrupamentos pode dar a uma pessoa uma identidade potencialmente importante. Talvez tenhamos de decidir se um determinado grupo ao qual pertencemos é ou não importante para nós. Aqui estão envolvidas duas práticas diferentes, embora inter-relacionadas: (1) decidir sobre quais são nossas identidades pertinentes e (2) ponderar a importância relativa dessas diferentes identidades. Ambas as tarefas requerem raciocínio e escolha.

A busca de uma forma única de classificar as pessoas para uma análise social não é, evidentemente, nova. Mesmo o agrupamento político de pessoas em trabalhadores e não trabalhadores, muito usado nos estudos socialistas clássicos, tinha essa característica simples. Que tal divisão em duas classes podia ser bastante enganosa para a análise social e econômica (mesmo para aqueles envolvidos com os desfavorecidos) é hoje amplamente reconhecido, e talvez valha a pena lembrar, neste contexto, que o próprio Karl Marx submeteu essa identificação única a uma crítica rigorosa em *Critique of the Gotha Programme* [Crítica ao Programa de Gotha], em 1875 (um quarto de século após a publicação do *Manifesto Comunista*). A crítica de Marx ao plano de ação (o "Programa de Gotha") proposto pelo Partido dos Trabalhadores Alemães incluía um argumento, entre outros, que ia contra a visão dos trabalhadores "somente" como trabalhadores, ignorando suas diversidades como seres humanos:

> Indivíduos desiguais (e eles não seriam indivíduos diferentes se não fossem desiguais) são mensuráveis somente por um mesmo padrão na medida em que são colocados sob um mesmo ponto de vista, são extraídos somente de um lado *definido*, por exemplo, no caso em questão, são considerados *somente como trabalhadores*, e nada mais enxerga-se neles, tudo o mais é ignorado.[8]

Seria difícil justificar o ponto de vista da filiação única pela presunção rudimentar de que qualquer pessoa pertence a um grupo e somente a um grupo. Cada um de nós sem dúvida pertence a vários. Por outro lado, tampouco esse ponto de vista pode ser facilmente sustentado com a asserção de que, não obs-

8 Karl Marx, *Critique of the Gotha Programme*, 1875, tradução inglesa em K. Marx e F. Engels (Nova York: International Publishers, 1938), p. 9.

tante a pluralidade de grupos aos quais qualquer pessoa pertença, existe, em cada situação, algum grupo que é naturalmente o agrupamento preeminente para a pessoa, e ela pode não ter escolha ao decidir sobre a importância das diferentes categorias de associação.

Irei retomar a questão de associações múltiplas e o papel da escolha na ideia de identidade, porém, antes, vale observar que, na variação da importância relativa de identidades, também pode haver influências externas significativas: nem tudo depende especificamente da natureza do raciocínio e da escolha. Esse esclarecimento é necessário, uma vez que se deve entender o papel da escolha depois de levar em conta outras influências que restringem ou limitam as escolhas possíveis.

Uma razão é que a importância de uma identidade específica dependerá do contexto social. Por exemplo, ao ir a um jantar, a identidade de uma pessoa como vegetariana pode ser mais decisiva do que a identidade de linguista, ao passo que esta última pode ser especialmente importante se a pessoa pensa em participar de um congresso sobre estudos linguísticos. Essa variabilidade em nada reabilita a suposição de filiação única, mas ilustra a necessidade de entender o papel da escolha dentro de um contexto específico.

Ademais, nem todas as identidades precisam ter importância durável. De fato, às vezes um grupo identitário pode ter uma existência bastante efêmera e altamente contingente. Consta que Mort Sahl, o humorista norte-americano, reagiu ao excessivo tédio de um filme de quatro horas de duração, dirigido por Otto Preminger, chamado *Êxodo* (o nome foi inspirado pela fuga dos hebreus do Egito, conduzida por Moisés), suplicando em nome dos companheiros de sofrimento na plateia: "Otto, deixe meu povo partir!". Aquele grupo de espectadores atormentados tinha um motivo para o sentimento de solidariedade, mas percebe-se o grande contraste entre tal grupo efêmero de "meu povo" e a comunidade compacta e seriamente tiranizada do povo conduzido por Moisés — o objeto original dessa famosa súplica.

Tendo em conta em primeiro lugar a questão da aceitação, classificações podem adquirir diversas formas, e nem todas as categorias que podem ser geradas com coerência serviriam de base plausível para uma identidade importante. Considere-se o conjunto de pessoas no mundo que nasceram entre nove e dez horas da manhã, hora local. Trata-se de um grupo preciso e bastante bem definido, mas é difícil imaginar que muitas pessoas ficariam entusiasmadas a ponto de sustentar a solidariedade de tal grupo e a identidade que poderia potencialmente produzir. Da mesma forma, pessoas que usam sapatos número 39 não estão normalmente ligadas entre si por um forte sentimento de identidade com base no tamanho dos sapatos (por mais importante que tal especificidade descritiva seja, quando se trata de comprar sapatos e, mais importante ainda, de tentar alegremente andar com eles).

A classificação é, sem dúvida, fácil, mas a identidade não. O que é mais interessante, o fato de uma determinada classificação poder ou não gerar de modo plausível um sentimento de identidade depende de circunstâncias sociais. Por exemplo, se ficar extremamente difícil encontrar o tamanho 39 por algum complicado motivo burocrático (para entender a inteligibilidade de tal escassez de fornecimento, talvez seja preciso que nos situemos em algum lugar em Minsk ou Pinsk no ápice da civilização soviética), a necessidade de sapatos desse tamanho poderá de fato tornar-se um problema compartilhado e dar motivo suficiente para a solidariedade e a identidade. É possível até que se formem clubes sociais (de preferência com alvará para venda de bebidas alcoólicas) para a troca de informações sobre a disponibilidade de sapatos 39.

Da mesma maneira, se surgissem indicações de que pessoas nascidas entre as nove e as dez da manhã são, por motivos ainda não entendidos, especialmente vulneráveis a uma enfermidade específica (a Escola de Medicina de Harvard poderia ser convocada para estudá-la), mais uma vez se apresentaria uma perplexidade compartilhada que poderia fornecer uma razão para um sentimento de identidade. Considerando uma variante diferente desse exemplo, se um governante autoritário desejar restringir a liberdade de pessoas nascidas nessa hora específica devido à crença sobrenatural na perfídia das pessoas nascidas então (talvez alguma bruxa macbethiana tenha lhe dito que seria assassinado por alguém nascido entre nove e dez da manhã), de novo poderia surgir aqui uma causa para a solidariedade e a identidade com base nessa perseguição e unidade classificatória.

Às vezes uma classificação difícil de ser justificada intelectualmente pode, todavia, tornar-se importante por meio de acordos sociais. O filósofo e sociólogo francês Pierre Bourdieu mostrou como uma ação social pode acabar "produzindo uma diferença quando nenhuma existia", e que uma "mágica social pode transformar as pessoas informando-lhes que são diferentes". Isso é o que fazem exames competitivos (o candidato no lugar número 300 ainda é alguma coisa, mas aquele no 301 não é nada). Em outras palavras, o mundo social cria diferenças pelo simples fato de ideá-las.[9]

9 Pierre Bourdieu, *Sociology in Question*, trad. Richard Nice (Londres: Sage, 1993), pp. 160–61.

Mesmo quando uma categorização é arbitrária ou imprevisível, uma vez que tenham sido articulados e reconhecidos em termos de linhas divisórias, os grupos assim classificados adquirem uma relevância derivada (no caso do exame do funcionalismo público, pode envolver a diferença entre ter um bom emprego e não ter nenhum), e isso pode ser uma base bastante plausível para as identidades em ambos os lados da linha divisória.

O raciocínio na escolha de identidades pertinentes deve, portanto, ir bem além do puramente intelectual para uma significação social incerta. Não só a razão está envolvida na escolha da identidade, como também o raciocínio talvez tenha de atentar para as condições sociais e a relevância incerta de estar em uma ou outra categoria.

## IDENTIDADES CONTRASTANTES E NÃO CONTRASTANTES

É também possível diferençar entre identidades "contrastantes" e "não contrastantes". Os diferentes grupos podem pertencer à mesma categoria, tratando do mesmo tipo de associação (como cidadania), ou a categorias diversas (como cidadania, profissão, classe ou sexo). No primeiro caso, há algum contraste entre grupos diferentes dentro da mesma categoria e, portanto, entre as diferentes identidades às quais estão associados. Mas quando tratamos de grupos classificados em bases diferentes (como profissão e cidadania, respectivamente), talvez não haja contraste real entre eles no que respeita a "pertencer". Contudo, mesmo que essas identidades não contrastantes não estejam envolvidas em qualquer disputa territorial no que respeita a "pertencer", elas podem competir entre si pela nossa atenção e por nossas prioridades. Quando uma pessoa tem de fazer uma coisa ou outra, é possível que as lealdades entrem em conflito quanto a dar prioridade, digamos, à etnia, ou à religião, ou aos compromissos políticos, ou às obrigações profissionais ou à cidadania.

De fato, pode haver identidades plurais mesmo dentro de categorias contrastantes. Uma cidadania contrasta, em um sentido elementar, com outra na identidade de uma pessoa. Mas, como esse exemplo indica, mesmo identidades contrastantes não precisam requerer que uma e somente uma das especificações únicas possa sobreviver, descartando todas as outras alternativas. Uma pessoa pode ter, digamos, a dupla cidadania da França e dos Estados Unidos. A cidadania pode, claro, tornar-se exclusiva, como é o caso, digamos, da China e do Japão (este era, de fato, o caso mesmo nos Estados Unidos até recentemente). Porém, mesmo quando se insiste na exclusividade, o conflito da dupla lealdade não desaparece necessariamente. Por exemplo, se um cidadão japonês residente na Grã-Bretanha relutar em adotar a cidadania britânica porque não deseja perder a identidade nacional japonesa, ele poderá ainda ter uma lealdade bastante substancial aos vínculos britânicos e a outros traços da identidade britânica que nenhum tribunal japonês poderá anular. Da mesma forma, um antigo cidadão japonês que renunciou a essa cidadania para tornar-se cidadão britânico ainda pode reter lealdades consideráveis ao sentimento da identidade japonesa.

O conflito entre as prioridades e as exigências de diferentes identidades pode ser significativo tanto para categorias contrastantes quanto para não contrastantes. Não é tanto que uma pessoa tenha de negar uma identidade para dar prioridade a outra, mas, sim, que uma pessoa com identidades plurais tenha de decidir, em caso de um conflito, sobre a importância relativa das diferentes identidades para a decisão específica em questão. Raciocínio e exame minucioso podem assim desempenhar um importante papel na especificação de identidades e na reflexão sobre as forças relativas das respectivas reivindicações.

## ESCOLHA E RESTRIÇÕES

Em cada contexto social, existem várias identidades possivelmente viáveis e pertinentes que uma pessoa pode avaliar em termos de aceitabilidade e importância relativa. Em muitas situações, a pluralidade pode tornar-se crucial devido à relevância generalizada de características duráveis e às quais muitas vezes se recorre, como nacionalidade, língua, etnia, política ou profissão. A pessoa talvez tenha de decidir sobre o significado relativo das diferentes filiações, que podem variar conforme o contexto. É bastante difícil imaginar que uma pessoa seja realmente privada da possibilidade de considerar identificações alternativas e que deva apenas "descobrir" suas identidades, como se fosse um fenômeno puramente natural. De fato, todos nós estamos constantemente fazendo escolhas, ao menos implicitamente, quanto a prioridades a serem incorporadas a nossas diferentes filiações e associações. Muitas vezes essas escolhas são bastante explícitas e cuidadosamente consideradas, como quando Mohandas Gandhi intencionalmente resolveu dar prioridade à identificação com os indianos que buscavam a independência do governo britânico sobre a identidade como advogado formado conforme a justiça legal inglesa, ou quando o romancista e ensaísta E. M. Forster, em célebre frase, concluiu: "Se tivesse que escolher entre trair meu país e trair meu amigo, espero que teria peito para trair meu país".[10]

Parece improvável que a tese da filiação singular possa ter qualquer tipo de plausibilidade por causa da constante presença de diferentes categorias e grupos aos quais os seres humanos pertencem. É possível que a crença, muitas vezes repetida e comum entre os defensores da filiação única, de que a identidade é uma questão de "descoberta" seja incentivada pelo fato de que as escolhas que se fazem são restringidas pela viabilidade (não posso escolher de imediato a identidade de uma garota de olhos azuis da Lapônia que se sente perfeitamente confortável com noites que duram seis meses), e essas restrições excluiriam todos os tipos de alternativas por serem inviáveis. E, no entanto, mesmo depois disso, restarão escolhas a serem feitas, por exemplo, entre prioridades de nacionalidade, religião, língua, convicções políticas ou compromissos profissionais. E as decisões podem ser graves: por exemplo, o pai, Eugenio Colorni, de minha falecida esposa Eva teve que ponderar sobre as exigências conflitantes de ser um italiano, um filósofo, um universitário, um democrata e um socialista na Itália fascista de Mussolini nos anos 1930, e resolveu abandonar a atividade acadêmica em filosofia para aliar-se à resistência italiana (foi morto pelos fascistas em Roma dois dias antes de soldados norte-americanos lá chegarem).

As restrições podem ser particularmente rigorosas ao definir-se o grau em que podemos persuadir os *outros*, em especial, a nos verem de uma forma diferente (ou mais diferente) daquela em que insistem em nos ver. Um judeu na Alemanha nazista, ou um afro-americano que se vê frente a frente com uma multidão de linchadores no sul dos Estados Unidos ou um lavrador revoltado e sem terras ameaçado por um capanga armado contratado por proprietários de terra de alta casta no norte de Bihar talvez não consigam alterar sua identidade aos olhos dos agressores. A liberdade na escolha da identidade aos olhos alheios pode às vezes ser extraordinariamente limitada. Esse ponto é incontestável.

Há muitos anos, quando eu estudava em Cambridge, Joan Robinson, extraordinária professora de economia, disse-me (durante uma aula excepcionalmente controvertida — costumávamos ter muitas delas): "Os japoneses são educados demais; vocês, indianos, são mal-educados demais; os chineses são perfeitos". Aceitei essa generalização de imediato: a alternativa teria sido, claro, apresentar mais indícios da inclinação do indiano à falta de educação. Mas também dei-me de conta de que, independentemente do que dissesse ou fizesse, a imagem não seria mudada rapidamente na cabeça da

10 E. M. Forster, *Two Cheers for Democracy* (Londres: E. Arnold, 1951).

ENTENDER A IDENTIDADE 47

professora (Joan Robinson, aliás, gostava muito de indianos: achava que eram sem dúvida agradáveis de um certo modo rude).

Mais comumente, ao considerarmos nossas identidades como nós mesmos as vemos ou como os outros nos veem, escolhemos dentro de restrições específicas. Isso, porém, não é nem de longe um fato surpreendente — é sem dúvida apenas o modo como as escolhas são encaradas em qualquer situação. Escolhas de todos os tipos são sempre feitas dentro de restrições específicas, e esse talvez seja o aspecto mais elementar de qualquer escolha. Como vimos no capítulo anterior, qualquer estudante de economia sabe que os consumidores sempre escolhem de acordo com uma restrição orçamentária, mas isso não indica que eles não tenham escolha, apenas que têm de escolher dentro de seus orçamentos.

Existe também uma necessidade de raciocínio na definição das exigências e implicações do pensamento baseado na identidade. É bastante claro que o modo como nos vemos pode influenciar nossa razão prática, mas não é absolutamente imediato o modo como — de fato, em que direção — essa influência pode dar-se. Uma pessoa pode, depois de refletir, chegar à conclusão de que ela não só é membro de um grupo étnico específico (por exemplo, curdo), mas também de que esta é uma identidade extremamente importante para ela. Essa conclusão pode facilmente influenciar a pessoa no sentido de assumir maior responsabilidade pelo bem-estar e pelas liberdades desse grupo étnico — pode tornar-se, para ela, uma extensão da obrigação de ser autônoma (o "eu" agora sendo estendido para abranger outros no grupo com quem essa pessoa identifica-se).

Contudo, isso ainda não nos informa se a pessoa deve ou não favorecer membros desse grupo nas escolhas que tem de fazer. Se, por exemplo, ela favorecesse seu próprio grupo étnico ao tomar decisões públicas, isso poderia ser visto justificadamente como um caso de nepotismo questionável, não como um exemplo de excelência em moralidade e ética. De fato, assim como o espírito de sacrifício pode ser parte da moralidade pública, pode-se até mesmo argumentar que uma pessoa talvez tenha de ser particularmente hesitante ao favorecer um grupo com o qual se identifica. Não há presunção de que o reconhecimento ou a reivindicação de uma identidade devam necessariamente ser uma base para a solidariedade nas decisões práticas; isso é uma questão que implica mais raciocínio e exame. Com efeito, a necessidade de raciocínio impregna completamente todos os estágios de pensamentos e decisões que têm a identidade como base.

## IDENTIDADE COMUNITÁRIA E A
## POSSIBILIDADE DE ESCOLHA

Passo agora a tratar de alguns argumentos e afirmações específicos, começando com a pretensa prioridade da identidade baseada na comunidade que tem sido defendida vigorosamente na filosofia comunitária. Essa linha de pensamento não só prioriza a importância de pertencer a um grupo comunitário específico, em vez de a um outro, mas também muitas vezes tende a ver a associação a uma comunidade como uma espécie de extensão da própria pessoa.[11] O pensamento comunitário tem estado em ascensão nas últimas décadas nas teorizações sociais, políticas e morais contemporâneas, e o papel dominante e compulsivo da identidade social na determinação do comportamento e do conhecimento tem sido bastante investigado e defendido.[12]

Em algumas versões do pensamento comunitário, presume-se — explicitamente ou por ilação — que a identidade de uma pessoa associada a uma comunidade deve ser a identidade principal ou dominante (talvez até mesmo a única significativa) que ela tem. Essa conclusão pode ligar-se a duas linhas alternativas — relacionadas, porém distintas — de raciocínio. Uma linha argumenta que uma pessoa não tem acesso a outras concepções de identidade independentes da comunidade e a outras formas de pensar sobre identidade. Seu meio social, firmemente baseado em "comunidade e cultura", determina os padrões viáveis de raciocínio e ética que lhe estão disponíveis. A segunda linha de argumento não fundamenta a conclusão em restrições relacionadas à percepção, mas, sim, na afirmação de que a identidade é de qualquer modo uma

---

11 Sobre o relacionamento entre a pessoa e a comunidade, ver a esclarecedora análise de Charles Taylor, *Sources of the Self and the Making of the Modern Identity* (Cambridge, Massachusetts: Harvard University Press, 1984), e *Philosophical Arguments* (Cambridge, Massachusetts: Harvard University Press, 1995). Ver também a arguta análise de Will Kymlicka desses e outros temas relacionados em *Contemporary Political Philosophy: An Introduction* (Oxford: Clarendon Press, 1990).

12 Para críticas comunitárias de teorias liberais de justiça, ver especialmente Michael Sandel, *Liberalism and the Limits of Justice* (Cambridge: Cambridge University Press, 1982; 2. ed., 1998); Michael Walzer, *Spheres of Justice* (Nova York: Basic Books, 1983); Charles Taylor, "Cross-Purposes: The Liberal-Communitarian Debate", em Nancy L. Rosenblum, org., *Liberalism and the Moral Life* (Cambridge, Massachusetts: Harvard University Press, 1989). Ver também a resposta de John Rawls às críticas de Sandel e outros à sua teoria da justiça em "Justice as Fairness: Political Not Metaphysical", *Philosophy and Public Affairs* 14 (1985), e *Political Liberalism* (Nova York: Columbia University Press, 1993), à qual Sandel responde na edição de 1998 de *Liberalism and the Limits of Justice*. Comentários úteis sobre esses debates intensos encontram-se em Will Kymlicka, *Contemporary Political Philosophy: An Introduction*, capítulo 6; Michael Walzer, "The Communitarian Critique of Liberalism", *Political Theory* 18 (1990); Stephen Mulhall e Adam Swift, *Liberals and Communitarians* (Oxford: Blackwell, 1992, 1996). Meu ceticismo em relação à crítica comunitária de teorias da justiça é apresentado em *Reason Before Identity* (Oxford: Oxford University Press, 1999).

questão de descoberta, e que a identidade comunitária será invariavelmente reconhecida como de importância suprema, caso quaisquer comparações sejam feitas.

Examinando primeiro a tese da rigorosa limitação perceptiva, ela muitas vezes assume a forma de uma asserção espantosamente forte. Em algumas das versões mais fervorosas da tese, somos informados de que não podemos recorrer a qualquer critério de comportamento racional que não seja aquele em vigor na comunidade à qual a pessoa envolvida pertence. Qualquer referência à racionalidade produz a réplica "*qual* racionalidade?" ou "racionalidade *de quem*?". Argumenta-se ainda não só que a *explicação* dos julgamentos morais de uma pessoa deve basear-se nos valores e normas da comunidade à qual ela pertence mas também que esses julgamentos podem ser avaliados eticamente *somente dentro* desses valores e normas, o que acarreta uma negação das reivindicações de normas que competem pela atenção da pessoa. Várias versões dessas reivindicações de amplas consequências foram difundidas com eficácia e defendidas de maneira convincente.

Essa abordagem teve como efeito a rejeição da viabilidade da avaliação — talvez até mesmo da compreensão — de julgamentos normativos quanto a comportamentos e instituições em culturas e sociedades, e às vezes foi usada para solapar a possibilidade de intercâmbio e entendimento sérios entre culturas. Tal distanciamento às vezes satisfaz um fim político, por exemplo, na defesa de determinados costumes e tradições em questões como a posição social desigual das mulheres ou o uso de formas específicas de punições convencionais, variando de amputações ao apedrejamento de mulheres supostamente adúlteras. Existe aqui uma insistência na divisão de um mundo amplo em ilhas pequenas que não estão ao alcance intelectual umas das outras.

Essas reivindicações perceptivas decerto merecem um exame minucioso. Há poucas dúvidas de que a comunidade ou a cultura à qual uma pessoa pertence têm uma grande influência sobre o modo como ela entende uma situação ou considera uma decisão. Em qualquer exercício explanatório, deve--se atentar para o conhecimento local, normas regionais e percepções e valores determinados que sejam comuns em uma comunidade específica.[13] O argumento empírico para esse reconhecimento é decerto forte. Mas isso não solapa nem elimina, de qualquer modo plausível, a possibilidade e o papel da esco-

13 Sobre este tópico e outros temas relacionados, ver Frédérique Apffel Marglin e Stephen A. Marglin, orgs., *Dominating Knowledge* (Oxford: Clarendon Press, 1993).

lha e do raciocínio quanto a identidade. E para isso existem pelo menos duas razões específicas.

Em primeiro lugar, ainda que algumas atitudes e convicções culturais básicas possam *influenciar* a natureza de nosso raciocínio, elas não podem invariavelmente *determiná-la* inteiramente. Existem várias influências em nosso raciocínio, e não há por que perder a capacidade de considerar outras formas de raciocínio simplesmente porque nos identificamos com e fomos influenciados pela associação a um grupo determinado. Influência não é o mesmo que determinação absoluta, e escolhas continuam disponíveis não obstante a existência — e a importância — de influências culturais.

Em segundo lugar, não há por que as chamadas culturas tenham de envolver um conjunto de atitudes e convicções definido *unicamente* que possa moldar o raciocínio. De fato, muitas dessas "culturas" contêm importantes variações internas, e diferentes atitudes e convicções podem ser mantidas no interior da mesma cultura definida amplamente. Por exemplo, muitas vezes entende-se as tradições indianas como associadas intimamente à religião, e na realidade elas o estão de várias maneiras; entretanto, o sânscrito e o páli têm uma literatura ateísta e agnóstica mais extensa do que qualquer outro idioma clássico: grego, romano, hebraico ou árabe. Quando uma antologia doutrinal como o livro em sânscrito do século 14 *Sarvadarshanasamgraha* (em tradução literal, "coleção de todas as filosofias") apresenta dezesseis capítulos acolhendo respectivamente dezesseis diferentes posições em questões religiosas (começando com o ateísmo), o objetivo é atender à escolha informada e discernente, e não indicar uma falta de compreensão das posições de cada um.[14]

A capacidade de pensar com clareza pode, sem dúvida, variar de acordo com o treino e o talento, mas, na condição de adultos e seres humanos competentes, podemos questionar e começar a contestar o que nos foi ensinado, caso tenhamos a oportunidade de fazê-lo. Embora determinadas circunstâncias às vezes não animem uma pessoa a envolver-se em tal questionamento, a capacidade de duvidar e questionar não está fora do alcance de ninguém.

Uma observação que sempre se faz, de forma bastante razoável, é que ninguém pode raciocinar do nada. Mas isso não implica que, não importa quais sejam as associações prévias de uma pessoa, essas associações devam ficar incontestadas, irrefutáveis e permanentes. A alternativa ao ponto de vista da

14 O papel da dissensão e da discussão em tradições indianas é analisado em meu livro *The Argumentative Indian* (Londres: Allen Lane; e Nova York: Farrar, Straus & Giroux, 2005).

"descoberta" não é a escolha de posições "não sobrecarregadas" com qualquer identidade (como parecem sugerir alguns polemistas comunitários), mas escolhas que continuam a existir até em qualquer posição *sobrecarregada* ocupada por uma pessoa. Escolher não requer saltar de lugar algum para algum lugar, mas pode levar a um movimento de um lugar para outro.

## PRIORIDADES E RAZÃO

Passo agora do argumento com base na limitação perceptiva para o outro possível terreno da dependência de identidades sem escolha, a saber, a pretensa centralidade da descoberta de "saber quem você é". Como o teórico político Michael Sandel explicou de forma esclarecedora essa reivindicação (entre outras reivindicações comunitárias), a "comunidade descreve não apenas o que ela *tem* como concidadãos, mas também o que ela *é*, não um relacionamento que eles escolhem (por exemplo, uma associação voluntária), mas uma ligação que eles descobrem, não meramente um atributo, mas um componente de sua identidade".[15]

Contudo, uma identidade enriquecedora não precisa, com efeito, ser obtida somente através da descoberta do lugar em que nos encontramos. Pode também ser adquirida e merecida. Quando Lord Byron pensou em sair da Grécia e separar-se do povo com quem esse inglês requintado tanto se identificou, ele teve motivos para lamentar:

> Donzela de Atenas, aqui nos despedimos,
> Devolva-me, ah, devolva-me meu coração!

A identidade desenvolvida por Byron com os gregos enriqueceu imensamente sua própria vida e ao mesmo tempo acrescentou alguma força à luta dos gregos pela independência. Não estamos tão aprisionados em nossos lugares e filiações estabelecidos como os defensores da descoberta da identidade parecem pressupor.

No entanto, a razão mais forte para sermos céticos quanto ao ponto de vista da descoberta é que temos diferentes maneiras de nos identificarmos até mesmo em nossos determinados lugares. Não é necessário que o sentimento de pertencer a uma comunidade, embora bastante forte em muitos casos, elimine — ou domine — outras associações e filiações. Constantemente se faz

15 Sandel, *Liberalism and the Limits of Justice*, pp. 150–51.

frente a essas escolhas (mesmo que não passemos o tempo todo articulando as escolhas que estamos realmente fazendo).

Tomemos, por exemplo, o poema "A Far Cry from Africa" [Muito Longe da África], do poeta caribenho Derek Walcott, que capta as influências divergentes de seus antecedentes africanos históricos e sua lealdade à língua inglesa e à cultura literária que a acompanha (uma filiação bastante forte para Walcott):

> Para onde devo voltar-me, dividido até a medula?
> Eu que amaldiçoei
> O oficial ébrio do império britânico, como escolher
> Entre esta África e a língua inglesa que adoro?
> Trair a ambos ou devolver o que me dão?
> Como posso encarar tal chacina e ficar calmo?
> Como posso abandonar a África e viver?

Walcott não pode simplesmente "descobrir" qual é sua identidade verdadeira; ele tem que decidir o que fazer, e como — e até que ponto — conseguir lugar para as diferentes lealdades em sua vida. Temos que focar a questão do conflito, real ou imaginado, e indagar sobre as implicações de nossa lealdade para prioridades divergentes e afinidades diferenciadas. Se Walcott pergunta-se que conflito existe entre a inseparável ligação à África e o amor à língua inglesa e o uso dessa língua (com efeito, seu extraordinariamente belo uso dessa língua), isso aponta para questões mais amplas de forças díspares na vida de alguém. A presença de forças conflitantes é tão real na França, nos Estados Unidos, na África do Sul, na Índia ou em qualquer outra parte quanto claramente o é no Caribe de Walcott. A gravidade básica das forças díspares — da história, cultura, língua, política, profissão, família, camaradagem, e assim por diante — tem que ser adequadamente reconhecida, e elas não podem ser todas submersas em uma celebração simples somente da comunidade.

O ponto em questão aqui não é se *qualquer* identidade pode ser escolhida (essa seria uma afirmação absurda), mas se de fato temos escolhas quanto a identidades alternativas ou combinações de identidades e, talvez mais importante, liberdade substancial no que respeita a qual *prioridade* dar às várias identidades que possamos ter simultaneamente.[16] Para ter em conta um exem-

16 A ética da identidade é básica no comportamento individual devido justamente às inevitáveis escolhas sobre prioridades em nossas muitas filiações; sobre isso, ver a bela análise de Kwame Anthony Appiah em *The Ethics of Identity* (Princeton: Nova Jersey: Princeton University Press, 2005). Ver também Amin Maalouf, *In the Name of Identity: Violence and the Need to Belong* (Nova York: Arcade Publishing, 2001).

plo que foi examinado no capítulo anterior, a escolha de uma pessoa pode ser restringida pelo reconhecimento de que ela é, digamos, judia, mas ela ainda tem que tomar uma decisão sobre a importância a dar a essa identidade específica em comparação a outras que talvez também tenha (relacionadas, por exemplo, a convicções políticas, sentimento de nacionalidade, compromissos humanitários ou vínculos profissionais).

No romance bengali *Gora*, de Rabindranath Tagore, publicado há um século, o herói problemático, também chamado Gora, discorda da maioria dos amigos e familiares na Bengala urbana por defender vigorosamente costumes e tradições hindus antiquados, e por ser um leal conservador religioso. Contudo, Tagore põe Gora em uma grande confusão ao final do romance quando a suposta mãe conta-lhe que ele foi adotado quando menino pela família indiana depois que os pais irlandeses foram assassinados pelos sipais revoltosos na brutal insurreição antibritânica de 1857 (o nome Gora significa "claro" e provavelmente sua fisionomia incomum recebera atenção, mas nenhum diagnóstico bem definido). De um só golpe, Tagore abala o conservadorismo militante de Gora, uma vez que este encontra todas as portas dos templos tradicionalistas fechadas para ele — como "estrangeiro" — graças à causa estritamente conservadora que ele mesmo vinha defendendo.

Descobrimos muitas coisas acerca de nós mesmos até quando elas não são tão fundamentais quanto a que Gora teve de enfrentar. Reconhecer isso, porém, não é o mesmo que tornar a identidade apenas uma questão de descoberta. Até mesmo quando descobre algo muito importante acerca de si mesma, a pessoa ainda tem que enfrentar problemas de escolha. Gora teve que se perguntar se deveria continuar defendendo o conservadorismo hindu (embora agora de uma distância inevitável) ou ver-se desempenhando outro papel. No fim, com a ajuda da namorada, Gora escolhe ver a si mesmo apenas como um ser humano que se sente à vontade na Índia, não descrito com precisão por religião, casta, classe ou compleição. Escolhas importantes têm que ser feitas mesmo quando descobertas cruciais ocorrem. A vida não é mero destino.

CAPÍTULO 3

# CONFINAMENTO CIVILIZACIONAL

O "choque de civilizações" era já um tópico popular bem antes que os horrendos eventos de 11 de setembro bruscamente aumentassem os conflitos e a desconfiança no mundo. Mas esses terríveis acontecimentos tiveram o efeito de ampliar imensamente o continuado interesse no chamado choque de civilizações. De fato, vários comentaristas influentes procuraram ver uma ligação imediata entre as observações de conflitos globais e as teorias de confrontos civilizacionais. Houve muito interesse na teoria de choque civilizacional apresentada de forma convincente no famoso livro de Samuel Huntington.[1] Em especial, tem-se recorrido com frequência à teoria de um choque entre as civilizações "ocidental" e "islâmica".

Há duas dificuldades distintas com a teoria de choque civilizacional. A primeira, talvez a mais fundamental, relaciona-se à viabilidade e à significação de classificar pessoas de acordo com as civilizações às quais elas presumivelmente "pertencem". Essa questão aparece bem antes de problemas com o ponto de vista de que pessoas assim classificadas em compartimentos de civilizações devem ser de algum modo antagônicas — as civilizações às quais pertencem são mutuamente hostis. Subjacente à tese de um choque civilizacional está uma ideia bem mais geral da possibilidade de ver as pessoas essencialmente como pertencentes a uma ou outra civilização. As relações entre pessoas diferentes no mundo podem ser vistas, nessa abordagem reducionista, como relações entre as civilizações respectivas às quais elas presumivelmente pertencem.

Como se examinou no Capítulo 1, ver qualquer pessoa acima de tudo como um membro de uma civilização (por exemplo, na categorização de Huntington, como um membro do "mundo ocidental", "mundo islâmico", "mundo hindu" ou "mundo budista") já é reduzir as pessoas a essa única dimensão.

---

1 Samuel P. Huntington, *The Clash of Civilizations and the Remaking of the World Order* (Nova York: Simon & Schuster, 1996).

Por conseguinte, a deficiência da tese do choque começa bem antes de chegarmos a indagar se as civilizações díspares (entre as quais a população mundial está distribuída) devem necessariamente — ou mesmo tipicamente — entrar em choque. Independentemente da resposta que dermos a essa pergunta, mesmo insistindo na pergunta nessa forma restritiva, implicitamente damos credibilidade à importância que se presume única dessa categorização sobre todas as outras maneiras em que as pessoas do mundo podem ser classificadas.

Na verdade, mesmo os *adversários* da teoria de um "choque civilizacional" podem, com efeito, contribuir para amparar seus fundamentos intelectuais caso comecem pela aceitação da mesma classificação única da população mundial. A agradável crença em uma boa vontade subjacente entre as pessoas que pertencem a civilizações distintas é, claro, bastante diferente do pessimismo frio de ver somente conflito e discórdia entre elas. Mas as duas abordagens compartilham a mesma convicção reducionista de que os seres humanos no mundo inteiro podem ser entendidos e preeminentemente caracterizados em termos das civilizações diferentes às quais eles pertencem. O mesmo fraco ponto de vista do mundo dividido em compartimentos de civilizações é compartilhado por ambos os grupos — calorosos ou frios — de teóricos.

Por exemplo, ao contestar a generalização rudimentar e grosseira de que membros da civilização islâmica têm uma cultura beligerante, é bastante comum argumentar que eles na verdade compartilham uma cultura de paz e boa vontade. Mas isso simplesmente substitui um estereótipo por outro e, ademais, implica a aceitação de uma conjectura implícita de que as pessoas que são muçulmanas por religião seriam também basicamente semelhantes de outras maneiras. À parte todas as dificuldades da definição de categorias civilizacionais como unidades díspares e disjuntivas (voltarei a isso mais adiante), os argumentos em ambos os lados padecem, nesse caso, de uma fé compartilhada na suposição de que ver pessoas exclusivamente, ou principalmente, em termos de civilizações baseadas na religião às quais acreditam pertencer é uma boa maneira de entender os seres humanos. A compartimentação civilizacional é um fenômeno penetrantemente intrusivo na análise social, sufocando outras maneiras — mais férteis — de ver as pessoas. Ela assenta os alicerces para compreender mal quase todos no mundo, mesmo antes de passar para o rufar de tambores de um choque civilizacional.

## VISÕES ÚNICAS E O SURGIMENTO DA PROFUNDIDADE

Se o choque de civilizações for uma tese extraordinariamente pretensiosa sobre conflitos, existem pretensões secundárias, porém também influentes, que relacionam o contraste de culturas e identidades aos conflitos e à profusão de atrocidades que testemunhamos em diferentes partes do mundo hoje. Em lugar de uma divisão majestosamente significativa que separe a população mundial em civilizações rivais, como no universo imaginado de Huntington, as variantes secundárias da abordagem veem populações locais como separadas em grupos conflitantes com culturas divergentes e histórias díspares que tendem, quase que de uma maneira "natural", a engendrar inimizade entre elas. Conflitos que envolvem, digamos, hutus e tutsis, sérvios e albaneses, tâmeis e cingaleses, são então interpretados em elevados termos históricos, vendo-se neles algo muito mais grandioso do que a miséria da política contemporânea.

Conflitos modernos, que não podem ser analisados satisfatoriamente sem levar em conta eventos e maquinações contemporâneas, são então interpretados como rixas antigas que presumivelmente colocam os atores de hoje em papéis predeterminados em uma peça presumivelmente ancestral. Como resultado, a abordagem "civilizacional" de conflitos contemporâneos (em versões maiores ou menores) constitui uma enorme barreira intelectual para que se foque mais completamente nas políticas dominantes e sejam investigados os processos e as dinâmicas dos incitamentos contemporâneos à violência.

Não é difícil compreender o motivo pelo qual a imponente abordagem civilizacional atrai tanto. Ela invoca a riqueza da história e a aparente profundidade e gravidade da análise cultural e busca a profundidade de um modo que parece ausente de uma análise política imediata do "aqui e agora" — vista como comum e ordinária. Se contesto a abordagem civilizacional, não é porque não perceba suas tentações intelectuais.

Na verdade, lembro-me de um evento ocorrido há cinquenta anos, logo depois de sair da Índia e chegar à Inglaterra pela primeira vez, como estudante na Universidade de Cambridge. Um companheiro bastante afável, que tinha já ganhado uma reputação por suas análises políticas perspicazes, levou-me para assistir ao filme *Janela Indiscreta*, recentemente lançado, no qual deparei com um fotógrafo hábil, porém fisicamente incapacitado, interpretado por James Stewart, que observa alguns acontecimentos bastante suspeitos no prédio em frente. Como James Stewart, eu também, de maneira meio ingênua, convenci-

-me de que um homicídio medonho havia sido cometido no apartamento que via pela janela dos fundos.

No entanto, meu companheiro teórico explicou-me (em meio a reclamações sussurradas de espectadores vizinhos, que lhe pediam para calar-se) que não houve, e disso tinha certeza, homicídio algum, e que o filme inteiro, eu logo viria a descobrir, era uma séria indiciação do macarthismo nos Estados Unidos, que incentivava todo mundo a vigiar as atividades das outras pessoas com forte dose de suspeita. "Esta é uma dura crítica", ele informou a este neófito do terceiro mundo, "à crescente cultura norte-americana de bisbilhotice." Tal crítica, entendi sem grande esforço, poderia ter produzido um filme bem profundo, mas fiquei me perguntando se era, de fato, o filme a que assistíamos. Posteriormente, lembro-me, tive que preparar uma xícara de café forte para meu decepcionado guia da cultura ocidental de modo a reconciliá-lo com o mundo raso e trivial no qual o assassino recebeu sua punição ordinária. O que se deve, de forma semelhante, perguntar é se no mundo em que vivemos estamos realmente assistindo a um grande choque de civilizações ou a algo mais usual que simplesmente se parece com um choque civilizacional para resolutos exploradores de profundidades e profundezas.

A profundidade que a análise civilizacional busca não é, contudo, exclusiva do caminho direto da análise intelectual. Sob certos aspectos, a análise civilizacional espelha e aumenta convicções comuns que vicejam em círculos não especialmente intelectuais. A invocação de, digamos, valores "ocidentais" contra o que "aqueles outros" acreditam é assaz comum em debates públicos, e regularmente aparecem nas manchetes de tabloides e figuram na retórica política e na oratória anti-imigratória. Nas consequências de 11 de setembro, a estereotipagem de muçulmanos proveio muitas vezes de pessoas que não são especialistas muito versados, se é que posso julgar, no assunto. Mas teorias do choque civilizacional muitas vezes têm fornecido fundamentos presumivelmente requintados para convicções populares inferiores e grosseiras. Uma teoria cultivada pode reforçar o fanatismo descomplicado.

## DUAS DIFICULDADES DAS EXPLICAÇÕES CIVILIZACIONAIS

Quais são, pois, as dificuldades de se explicar eventos do mundo contemporâneo invocando categorias civilizacionais? Talvez a maior fraqueza básica esteja, como foi sugerido no Capítulo 1, no uso de uma versão especialmente ambiciosa da ilusão da singularidade. A isso acrescente-se um segundo problema: a crueza com que as civilizações mundiais são caracterizadas, considerando-as mais homogêneas e bem mais insulares do que se tende a observar nas análises empíricas do passado e do presente.

A ilusão da singularidade sustenta-se da conjectura de que uma pessoa não pode ser vista como um indivíduo com muitas filiações, nem como alguém que pertence a muitos grupos diferentes, mas apenas como membro de uma determinada coletividade, que dá à pessoa uma identidade unicamente importante. A crença implícita no poder abrangente de uma classificação singular é não só elementar como abordagem de descrição e predição como também é flagrantemente conflitante na forma e na implicação. Uma visão unicamente divisional da população mundial vai contra não só a antiga crença de que "as pessoas são mais ou menos iguais no mundo inteiro", mas também contra o importante e esclarecido entendimento de que somos diferentes de muitas maneiras diversas. Nossas diferenças não residem somente em uma dimensão.

A percepção de que cada um de nós pode ter e de fato tem muitas identidades diferentes relacionadas a diferentes grupos significativos aos quais pertencemos simultaneamente parece ser, para alguns, uma ideia demasiado complicada. Porém, como examinamos no capítulo anterior, é um reconhecimento extremamente comum e simples. Em nossa vida normal, vemo-nos como membros de uma variedade de grupos: pertencemos a todos eles. O fato de que uma pessoa seja uma mulher não entra em conflito com ser vegetariana, que não pesa no fato de ser advogada, que não a impede de ser apaixonada por jazz, ou heterossexual, ou defensora dos direitos de gays e lésbicas. Qualquer pessoa é membro de muitos grupos diferentes (sem que isso de modo algum seja uma contradição), e cada uma dessas coletividades, a todas as quais essa pessoa pertence, dá a ela uma identidade potencial que — dependendo do contexto — pode ser bastante importante.

As implicações incendiárias de classificações elementares e singulares foram examinadas anteriormente e serão retomadas nos capítulos seguintes. A fraqueza conceitual da tentativa de alcançar uma compreensão singular das pessoas no mundo por meio da compartimentação civilizacional não só atua contra nossa humanidade compartilhada, mas também prejudica as identidades diversas que todos temos que não nos colocam uns contra os outros ao longo de uma única linha rígida de segregação. A descrição e a concepção incorretas podem tornar o mundo mais frágil do que o necessário.

Além da confiança insustentável na conjectura de uma categorização singular, a abordagem civilizacional também tendeu a padecer da ignorância das diversidades dentro de cada civilização identificada, e também a negligenciar as inter-relações extensas entre civilizações distintas. A pobreza descritiva da abordagem vai além da imperfeita confiança na singularidade.

## SOBRE VER A ÍNDIA COMO UMA CIVILIZAÇÃO HINDU

Deixe-me ilustrar a questão examinando o modo como meu próprio país, a Índia, é tratado nesse sistema classificatório.[2] Ao descrever a Índia como uma "civilização hindu", a explicação de Huntington para o pretenso "choque de civilizações" subestima o fato de que a Índia tem mais muçulmanos do que qualquer outro país no mundo, com exceção da Indonésia e, limitadamente, do Paquistão. Talvez não se possa enquadrá-la na definição arbitrária de "mundo muçulmano", mas ainda é o caso de que a Índia (com 145 milhões de muçulmanos — mais do que toda a população combinada da Grã-Bretanha e da França) tem muito mais muçulmanos do que quase todos os países incluídos na definição de "mundo muçulmano" de Huntington. Além disso, é impossível pensar na civilização da Índia contemporânea sem atentar para os papéis de relevo dos muçulmanos na história do país.

Na verdade seria infrutífero tentar entender a natureza e a extensão da arte, da literatura, da música, dos filmes ou da culinária indianos sem examinar a extensão das contribuições tanto de hindus quanto de muçulmanos de uma forma totalmente entrelaçada.[3] Além do mais, as interações na vida de todos os dias, ou em atividades culturais, não são separadas em linhas comunais. Embora seja possível, por exemplo, comparar o estilo de Ravi Shankar, o magnífico tocador de *sitar*, com o de Ali Akbar Khan, o grande tocador de *sarod*, levando em conta a mestria de ambos nas diferentes formas da música clássica indiana, esses músicos jamais seriam vistos especificamente como "um músico hindu" ou "um músico muçulmano", respectivamente (ainda que por acaso Shankar seja hindu e Khan, muçulmano). O mesmo se aplica a outros campos de criatividade cultural, incluindo Bollywood — esse vasto campo de cultura de massa indiana —, em que muitos dos atores e atrizes de destaque, bem como diretores, têm antecedentes muçulmanos (juntamente com outros

2 Algumas das questões examinadas aqui têm uma investigação mais completa em meu livro *The Argumentative Indian* (Londres: Allen Lane; Nova York: Farrar, Straus & Giroux, 2005).
3 Examino detalhadamente a história multirreligiosa e multicultural em *The Argumentative Indian*.

sem linhagem muçulmana), e são simplesmente adorados por uma população da qual mais de 80% são hindus.

Ademais, os muçulmanos não são o único grupo não hindu na população indiana. Os siques têm uma presença considerável, assim como os jainistas. A Índia não é apenas o país de origem do budismo; a religião preponderante da Índia foi o budismo por mais de um milênio, e os chineses muitas vezes se referiam à Índia como o "reino budista". Escolas de pensamento agnósticas e ateístas — a Carvaka e a Lokayata — têm prosperado na Índia pelo menos desde o século 6 a.C. até os dias de hoje. Existiram grandes comunidades cristãs na Índia a partir do século 4 — duzentos anos antes de consideráveis comunidades cristãs aparecerem na Grã-Bretanha. Judeus foram para a Índia pouco depois da queda de Jerusalém; parses, a partir do século 8.

Obviamente, a caracterização que Huntington faz da Índia como "civilização hindu" apresenta inúmeras dificuldades descritivas. É também politicamente inflamável. Tende a acrescentar uma credibilidade altamente falaz à extraordinária distorção da história e à manipulação das realidades atuais que políticos hindus sectários procuraram defender ao tentarem criar uma visão da Índia como "civilização hindu". De fato, muitos líderes do movimento politicamente ativo "Hindutva" citam Huntington com frequência, o que não surpreende nem um pouco dada a semelhança entre a visão que ele tem da Índia como "civilização hindu" e a criação de uma "visão hindu" da Índia que é tão cara aos gurus políticos do Hindutva.

Acontece que, nas eleições gerais realizadas na Índia na primavera de 2004, a coalizão liderada pelo partido ativista hindu sofreu uma séria derrota, com inversões de rumo razoavelmente abrangentes em todo o sistema. Além de ser encabeçada por um presidente muçulmano, a secular República da Índia tinha agora um primeiro-ministro sique e um presidente cristão do partido governante (nada mau para o maior eleitorado democrático do mundo com mais de 80% dos votantes hindus). Entretanto, a ameaça de uma promoção renovada da concepção sectária hindu da Índia está sempre presente. Ainda que os partidos políticos comprometidos com uma visão hindu da Índia tenham recebido bem menos do que um quarto dos votos (uma fração relativamente menor da população hindu), tentativas políticas de enxergar a Índia como uma "civilização hindu" não irão desaparecer com facilidade. Uma caracterização simplista da Índia ao longo de uma linha religiosa artificialmente singular continua sendo politicamente explosiva, além de ser imperfeita em termos descritivos.

## SOBRE O SUPOSTO CARÁTER ÚNICO
## DOS VALORES OCIDENTAIS

O retrato da Índia como uma civilização hindu pode ser um erro grosseiro, mas grosseria, de um ou outro tipo, está presente também nas caracterizações de outras civilizações Pense no que se chama de "civilização ocidental". De fato, os defensores do "choque de civilizações", de acordo com a crença na profundidade única dessa linha de visão singular, tendem a entender a tolerância como uma característica permanente e especial da civilização ocidental, remontando aos primórdios da história. Realmente, ela é vista como um dos aspectos importantes do choque de valores que sustenta o suposto choque de civilizações. Huntington insiste que o "Ocidente era Ocidente muito antes de ser moderno".[4] Cita (entre outras características presumivelmente especiais, como "pluralismo social") "uma noção de individualismo e uma tradição de direitos e liberdades individuais únicos entre as sociedades civilizadas".

Essa forma cada vez mais comum de encarar as divisões civilizacionais não está realmente tão enraizada na análise cultural tradicional no Ocidente, como às vezes supõe-se. Por exemplo, a caracterização da cultura ocidental em um mundo de outras — bem diferentes — culturas que foi apresentada por Oswald Spengler em seu bastante influente livro *The Decline of the West* (*A decadência do Ocidente)* deixou um espaço explícito para heterogeneidades dentro de cada cultura e para semelhanças entre culturas que podem ser nitidamente observadas. Na verdade, Spengler argumentou que "nada há de absurdo na ideia de Sócrates, Epicuro e, em especial, Diógenes, sentados à margem do Ganges, ao passo que Diógenes em uma megalópole ocidental seria um tolo insignificante".[5]

A tese de Huntington é, de fato, dificilmente sustentável em termos empíricos. Tolerância e liberdade estão sem dúvida entre as importantes realizações da Europa moderna (deixando de lado algumas aberrações, como a Alemanha nazista ou o governo intolerante do império britânico, francês ou português na Ásia ou África). Mas ver nisso uma linha única de divisão histórica — remontando a milênios — é uma grande fantasia. A defesa da liberdade política e da tolerância religiosa, em suas completas formas contemporâneas, não é uma característica histórica antiga de qualquer país ou civilização do mundo. Pla-

4 Huntington, *The Clash of Civilization and the Remaking of the World Order*, p. 71.
5 Oswald Spengler, *The Decline of the West*, Arthur Helps (org.) (Nova York: Oxford University Press, 1991), pp. 178–9.

tão e São Tomás de Aquino não pensavam de um modo menos autoritário do que Confúcio. Com isso não se nega que existiram defensores da tolerância no pensamento europeu clássico, porém, mesmo que se entenda que com isso se dá crédito a todo o mundo ocidental (dos antigos gregos e romanos aos viquingues e ostrogodos), há exemplos semelhantes também em outras culturas.

Por exemplo, a incisiva defesa do imperador indiano Ashoka da tolerância religiosa e outros tipos de tolerância no terceiro século a.C. (afirmando que "todas as seitas alheias merecem respeito por um motivo ou outro") está decerto entre as primeiras defesas políticas de tolerância em qualquer lugar. O recente filme de Bollywood, *Ashoka* (por acaso feito por um diretor muçulmano), pode ou não ser exato em todos os detalhes (há, para começar, o excessivo uso do fascínio de Bollywood por canto, romance e dança), mas enfatiza corretamente a importância das ideias de Ashoka sobre secularismo e tolerância 2.300 anos atrás e sua contínua relevância na Índia de hoje. Quando posteriormente um imperador indiano, o grão-mogol Akbar, fez pronunciamentos semelhantes sobre tolerância religiosa em Agra, a partir dos anos 1590 (como, por exemplo, "Não se deve molestar ninguém por conta de religião, e deve-se deixar que todos adotem a religião que lhes agrada"), as Inquisições estavam bastante difundidas na Europa, e heréticos ainda eram queimados na fogueira.

## RAÍZES GLOBAIS DA DEMOCRACIA

Da mesma forma, a democracia é muitas vezes vista como uma ideia puramente ocidental, estranha ao mundo não ocidental. Essa simplificação civilizacional recebeu recentemente impulso pela dificuldade por que passa a coalizão liderada pelos EUA em estabelecer um sistema democrático de governo no Iraque. Contudo, há uma verdadeira perda de clareza quando a culpa pelas dificuldades no Iraque da pós-intervenção não é posta na natureza peculiar da intervenção militar mal informada e mal pensada que foi escolhida precipitadamente, porém posta em alguma visão imaginada de que democracia não se adapta ao Iraque, ao Oriente Médio ou a culturas não ocidentais. Essa é, contesto eu, uma maneira totalmente equivocada de tentar compreender os problemas enfrentados hoje — no Oriente Médio ou em qualquer outra parte.

Com frequência se expressam dúvidas de que os países ocidentais possam "impor" democracia ao Iraque, ou a qualquer outro país. No entanto, colocar a questão dessa forma — centrada na ideia de "imposição" — subentende a convicção de que a democracia pertence ao Ocidente, tomando-a como uma ideia puramente "ocidental" que se originou e se desenvolveu somente no Ocidente. Essa é uma forma absolutamente enganosa de compreender a história e as possibilidades contemporâneas de democracia.

Pode não haver dúvidas, claro, de que todos os conceitos modernos de democracia e opinião pública tenham sido influenciados profundamente por análises e experiências europeias e norte-americanas nos últimos séculos, em especial pela força intelectual do Iluminismo europeu (com inclusão de contribuições de teóricos da democracia como o marquês de Condorcet, James Madison, Alexis de Tocqueville e John Stuart Mill). Mas extrapolar retroativamente, para além dessas experiências comparativamente recentes, para construir uma dicotomia essencial e duradoura entre o Ocidente e o mundo não ocidental seria uma história muito bizarra.

Em contraposição à história especiosa de redefinir o passado distante com base em experiências recentes, existe uma linha de raciocínio alternativa — historicamente mais ambiciosa — que foca especificamente a Grécia antiga. A crença na natureza supostamente "ocidental" da democracia está muitas vezes ligada ao antigo costume de votação e eleições na Grécia, principalmente em Atenas. O pioneirismo na Grécia antiga foi de fato significativo, mas o salto da Grécia antiga para a tese da natureza pretensamente "ocidental" — ou "europeia" — da democracia é confuso e desconcertante por ao menos três razões distintas.

Em primeiro lugar, há a arbitrariedade classificatória de definir civilizações em termos principalmente étnicos. Nessa maneira de entender as categorias civilizacionais, não se vê grande dificuldade em considerar os descendentes de, digamos, godos e visigodos como verdadeiros herdeiros da tradição grega ("são todos europeus", dizem). Há, porém, uma enorme relutância em prestar atenção aos vínculos intelectuais dos gregos com outras civilizações antigas no leste ou no sul da Grécia, apesar do maior interesse que os próprios gregos antigos mostraram em se comunicarem com iranianos, indianos ou egípcios (em vez de baterem papo com os ostrogodos antigos).

O segundo problema diz respeito à continuação das primeiras experiências gregas. Embora Atenas decerto tenha sido a pioneira em iniciar votações, existiram muitos governos regionais que seguiram o mesmo caminho nos séculos seguintes. Nada indica que a experiência grega na governança eleitoral teve muito impacto *imediato* nos países a oeste da Grécia e de Roma, onde, digamos, está hoje a França, Alemanha ou Grã-Bretanha. Em contraposição, algumas das cidades contemporâneas na Ásia — no Irã, na Báctria ou Índia — incorporaram elementos de democracia ao governo municipal nos séculos que se seguiram ao florescimento da democracia ateniense. Por exemplo, por vários séculos a cidade de Susa (ou Shushan) no sudoeste do Irã teve um conselho eleito, uma assembleia popular e magistrados que eram apresentados pelo conselho e eleitos pela assembleia.

Em terceiro lugar, a democracia não tem a ver apenas com sufrágios e votos, mas também com deliberação e opinião pública, o que é — para usar uma expressão antiga — muitas vezes chamado de "governo por debate". Embora a opinião pública tenha se desenvolvido na Grécia antiga, também o fez em várias outras civilizações antigas — às vezes de forma impressionante. Por exemplo, algumas das primeiras reuniões gerais abertas destinadas especificamente a resolver controvérsias entre diferentes pontos de vista ocorreram na Índia nos chamados conselhos budistas, nos quais partidários de diferentes pontos de vista se reuniam para discutir suas diferenças. O imperador Ashoka, mencionado anteriormente, que presidiu o terceiro e maior conselho budista no século 3 a.C. na então capital da Índia, Pataliputra (hoje, Patna), também tentou codificar e propagar algumas das primeiras formulações de regras para o debate público (uma espécie de versão primitiva das "regras de procedimentos de Robert" do século 19).[6]

A tradição do debate público encontra-se em todo o mundo. Para escolher outro exemplo histórico, no Japão do começo do século 7, o príncipe budista Shotoku, que era regente de sua mãe, a imperatriz Suiko, insistiu na "constituição de dezessete artigos", promulgada no ano 604 d.C.: "As decisões sobre assuntos importantes não devem ser tomadas somente por uma pessoa. Devem ser debatidas por muitas". E isso se deu seiscentos anos antes de a Magna Carta ser assinada no século 13. A constituição japonesa de dezessete artigos prossegue explicando por que o raciocínio plural era tão importante: "Nem fiquemos ressentidos quando outros divergirem de nós. Pois todo homem tem um coração, e cada coração tem suas próprias propensões. O direito de cada um é nosso erro, e nosso direito é o erro de cada um".[7] Não surpreende que alguns comentadores tenham visto nessa constituição do

---

6 *Robert's Rules of Order* é o título de um livro publicado em 1876 pelo coronel do exército americano Henry Martyn Robert descrevendo os melhores procedimentos a serem utilizados por grupos de pessoas reunidas em assembleia deliberativa e chamadas a decidir sobre quaisquer tipos de assuntos. Seu modelo era o da prática do congresso americano. (N.R.)

7 Ver *Nihongi: Chronicles of Japan from the Earliest Times to A.D. 697*, trad. W. G. Aston (Tóquio: Tuttle, 1972), pp. 128–33.

século 7 o "primeiro passo de desenvolvimento gradual em direção à democracia" tomado pelo Japão.[8]

Há uma longa história de debate público no mundo inteiro. Até mesmo o grande conquistador Alexandre foi tomado como bom exemplo de crítica pública ao cruzar as terras do noroeste da Índia por volta de 325 a.C. Quando Alexandre perguntou a um grupo de filósofos jainistas por que não se davam o trabalho de prestar atenção ao grande conquistador (Alexandre ficou claramente decepcionado com a falta de interesse nele que os filósofos indianos demonstraram), ele recebeu a seguinte resposta veemente:

> Rei Alexandre, cada homem pode possuir somente o tanto de superfície da terra como esta sobre a qual agora estamos. O senhor é tão humano quanto o resto de nós, exceto que está sempre ocupado e com más intenções, viajando tantas milhas longe de sua terra, uma amolação para si mesmo e para os outros! [...] O senhor logo estará morto, e então terá apenas o tanto de terra suficiente para ser enterrado.[9]

A história do Oriente Médio e a história do povo muçulmano também incluem inúmeros relatos de debate público e participação pública através do diálogo. Em reinos muçulmanos localizados em torno do Cairo, de Bagdá e Istambul, ou no Irã, na Índia ou, de resto, na Espanha, existiram muitos defensores do debate público (como, por exemplo, o califa Abd al-Rahman III de Córdoba no século 10 ou o imperador Akbar da Índia no século 16). Retomarei essa questão no próximo capítulo, ao examinar a sistemática interpretação errônea da história muçulmana que se encontra nos pronunciamentos tanto de fundamentalistas religiosos quanto de simplificadores culturais do Ocidente.

O mundo ocidental não tem direitos de propriedade sobre ideias democráticas. Embora formas institucionais modernas de democracia sejam relativamente recentes em todo lugar, a história da democracia na forma de participação e opinião pública está difundida no mundo inteiro. Como Alexis de Tocqueville mostrou em 1835 em seu livro clássico sobre democracia, embora a "grande revolução democrática" observada por ele nos Estados Unidos pudesse

---

8 Ver Nakamura Hajime, "Basic Features of the Legal, Political, and Economic Thought of Japan", em Charles A. Moore, org., *The Japanese Mind: Essentials of Japanese Philosophy and Culture* (Tóquio: Tuttle, 1973), p. 144.
9 Alexandre respondeu, somos informados por Flavius Arrian, a essa reprovação igualitária com o mesmo tipo de admiração que demonstrara ao deparar-se com Diógenes, embora sua própria conduta tenha permanecido inalterada ("o oposto exato do que ele afirmara admirar"). Ver Peter Green, *Alexander of Macedon, 356–323 B.C.: A Historical Biography* (Berkeley: University of California Press, 1992), p. 428.

ser entendida, com base em um ponto de vista, como uma "coisa nova", também podia ser entendida, de uma perspectiva mais ampla, como parte da "tendência mais contínua, antiga e permanente conhecida da história".[10] Apesar de Tocqueville ter restringido os exemplos históricos ao passado da Europa (chamando a atenção, por exemplo, para a influente contribuição para a democratização feita pela admissão do homem comum na classe clerical no "Estado da França há setecentos anos"), seu argumento geral tem uma relevância muitíssimo mais ampla.

Em sua autobiografia *Long Walk to Freedom* [Longa caminhada até a liberdade], Nelson Mandela descreve como foi influenciado, quando jovem, pelo testemunho da natureza democrática dos procedimentos das reuniões locais realizadas em sua cidade natal africana:

> Quem queria falar, falava. Era democracia na forma mais pura. Talvez houvesse uma hierarquia da importância dos interlocutores, mas todo mundo era ouvido, chefe e subordinado, soldado e curandeiro, comerciante e lavrador, dono de terras e trabalhador.[11]

A procura de Mandela pela democracia não surgiu de uma "imposição" ocidental. Ela começou nitidamente em sua terra africana, embora tenha mesmo lutado para "impô-la" aos "europeus" (como os governantes brancos na África do Sul fundada no apartheid, há de se lembrar, costumavam se referir a si mesmos). A vitória final de Mandela foi um triunfo da humanidade — não de uma ideia especificamente europeia.

## CIÊNCIA OCIDENTAL E HISTÓRIA GLOBAL

É igualmente importante entender de que modo a chamada ciência ocidental se apoia em uma herança mundial. Há uma cadeia de relações intelectuais que ligam a matemática e a ciência ocidentais a um conjunto de profissionais claramente não ocidentais. Por exemplo, o sistema decimal, que se desenvolveu na Índia nos primeiros séculos do primeiro milênio, foi introduzido pelos árabes na Europa no final daquele milênio. Um grande grupo de colaboradores de diferentes sociedades não ocidentais — chineses, árabes, iranianos, indianos

---

10 Alexis de Tocqueville, *Democracy in America*, tradução de George Lawrence (Chicago: Encyclopedia Britannica, 1990), p. 1.
11 Nelson Mandela, *Long Walk to Freedom* (Boston: Little, Brown, 1994), p. 21.

e outros — influenciou a ciência, a matemática e a filosofia que desempenharam um importante papel no Renascimento europeu e, posteriormente, no Iluminismo.

Não só o florescimento da ciência e da tecnologia globais não é um fenômeno conduzido exclusivamente pelo Ocidente, como também houve importantes avanços globais no mundo que acarretaram encontros internacionais consideráveis bem distantes da Europa. Um exemplo é a imprensa, que Francis Bacon colocou entre os desenvolvimentos que "transformaram toda a face e todo o estado das coisas no mundo inteiro". Cada um dos primeiros esforços para desenvolver a arte da impressão no primeiro milênio ocorreu bem longe da Europa. Esses esforços estavam também, em grande medida, ligados ao profundo compromisso de intelectuais budistas com a preleção pública e a propagação de ideias, e na verdade todos os esforços primitivos de impressão na China, na Coreia e no Japão foram empreendidos por tecnólogos budistas. Budistas indianos, que tentaram desenvolver a impressão, no século 7, tiveram menos sucesso na empreitada, mas forneceram o material que constituiu o primeiro livro impresso datado do mundo, um clássico budista em sânscrito (*Vajracchedikaprajnaparamita*) conhecido popularmente como o *Sutra do Diamante*, que foi traduzido do sânscrito para o chinês por um erudito meio indiano e meio turco no ano 402 d.C. Quando foi impresso em chinês no ano 868 d.C., o livro apresentava um prefácio entusiástico com a informação de que tinha sido impresso "para distribuição gratuita universal".[12]

Está certo que deveria haver um reconhecimento adequado do formidável progresso de ideias e conhecimento na Europa e nos Estados Unidos nos últimos séculos. O Ocidente deve receber crédito total pelas importantes realizações ocorridas no mundo ocidental durante o Renascimento, o Iluminismo e a Revolução Industrial, que transformaram a natureza da civilização humana. Mas a presunção de que tudo isso seja o resultado do florescimento de uma "civilização ocidental" completamente separada, desenvolvendo-se em um isolamento esplêndido, seria uma ilusão grave.

Exaltar um isolamento imaginário faz pouca justiça ao modo como o saber e o pensamento tendem a progredir no mundo, apoiando-se em desenvolvimentos de diversas regiões. Ideias e conhecimentos cultivados no Ocidente têm mudado enormemente, nos séculos recentes, o mundo contemporâneo, mas seria difícil ver isso como uma imaculada concepção do Ocidente.

---

12 O significado da impressão para fins públicos é examinado em meu livro *The Argumentative Indian*, pp. 82–3 e 182–4.

## ABSTRAÇÕES MALFEITAS E HISTÓRIA NEBULOSA

A confiança na compartimentação civilizacional é totalmente imperfeita por ao menos duas razões claras. Em primeiro lugar, há um problema metodológico básico envolvido na presunção implícita de que uma compartimentação civilizacional é unicamente relevante e deve submergir — ou afundar — outras maneiras de identificar pessoas. Já é bastante prejudicial, embora certamente não surpreendente, que aqueles que instigam confrontos globais ou violência sectária local tentem impor uma identidade pré-escolhida única e divisionista às pessoas que serão recrutadas como os soldados da brutalidade política, mas é realmente triste ver que essa visão estreita é significativamente reforçada pelo apoio implícito que guerreiros fundamentalistas antiocidentais obtêm de teorias engendradas nos países ocidentais sobre a categorização singular de pessoas no mundo.

A segunda dificuldade com a compartimentação civilizacional usada nessa abordagem é que se funda em uma extraordinária simplicidade descritiva e em uma ingenuidade histórica. Muitas diversidades significativas em cada civilização são efetivamente ignoradas, e as interações entre elas são substancialmente desconsideradas.

Essas duas falhas produzem uma compreensão extraordinariamente empobrecida de civilizações diferentes e de suas semelhanças, ligações, e da interdependência em ciência, tecnologia, matemática, literatura, negócios, comércio, e ideias políticas, econômicas e sociais. A percepção nebulosa da história global produz uma visão espantosamente limitada de cada cultura, incluindo uma interpretação bizarramente provinciana da civilização ocidental.

CAPÍTULO 4

# FILIAÇÕES RELIGIOSAS E HISTÓRIA MUÇULMANA

Teses recentes sobre civilizações em choque tenderam a recorrer bastante à diferença religiosa como uma característica dominante das culturas diversas. Contudo, à parte a falha conceitual de ver os seres humanos em termos de uma única filiação e o equívoco histórico de desconsiderar as inter-relações decisivamente importantes entre o que se pressupõe serem civilizações amplamente desligadas e separadas (ambos os problemas foram examinados no capítulo anterior), essas teorias civilizacionais também saem prejudicadas por terem que desconsiderar a heterogeneidade de filiações religiosas que caracterizam a maioria dos países e, mais ainda, a maioria das civilizações. O último problema pode ser também bastante grande, uma vez que pessoas da mesma religião estão frequentemente espalhadas por muitos países diferentes e vários continentes distintos. Por exemplo, como foi mencionado anteriormente, a Índia pode ser vista por Samuel Huntington como uma "civilização hindu", mas, com quase 150 milhões de cidadãos muçulmanos, ela também está entre os três mais populosos países muçulmanos do mundo. Não é possível encaixar facilmente a categorização religiosa em classificações de países e civilizações.

Este último problema pode ser superado com a classificação de pessoas não em unidades civilizacionais claudicantes com correlatos religiosos (como "civilização islâmica", "civilização hindu" e outras, como na categorização de Huntington), mas diretamente em termos dos agrupamentos religiosos das pessoas. Isso resultaria em uma classificação mais ordenada e menos defeituosa, e ela tem, o que não surpreende, atraído muitos. Ver indivíduos em termos de filiações religiosas decerto tornou-se bastante comum na análise cultural em anos recentes. Isso faz da análise focada em religião um modo salutar de compreender a humanidade?

Devo afirmar que não. Pode ser uma classificação mais coerente das pessoas do mundo do que a categorização civilizacional, mas comete o mesmo erro de tentar ver os seres humanos em termos de somente uma filiação, a saber, religião. Em muitos contextos, tal classificação pode ser proveitosa (por exemplo, ao decidir a escolha de feriados religiosos ou ao garantir a segurança de locais de culto), mas tomar isso como o fundamento abrangente da análise social, política e cultural em geral equivaleria a desconsiderar todas as outras associações e lealdades que um indivíduo possa ter, e as quais poderiam ser importantes no comportamento, na identidade e no autoconhecimento da pessoa. A necessidade crucial de fazer caso das identidades plurais das pessoas e de sua escolha de prioridades sobrevive à substituição de classificações civilizacionais por uma categorização diretamente religiosa.

De fato, o uso cada vez mais comum de identidades religiosas como o principal — ou único — princípio de classificação das pessoas do mundo levou a erros grosseiros da análise social. Houve, em especial, uma grande perda de compreensão na não distinção entre (1) as várias filiações e lealdades de uma pessoa que por acaso é muçulmana e (2) sua identidade islâmica em especial. A identidade islâmica pode ser uma das identidades que a pessoa considera importante (talvez até crucial), mas sem por isso negar que existem outras identidades que também possam ser significativas. O que muitas vezes se chama de "mundo islâmico" tem, evidentemente, uma preponderância de muçulmanos, mas diferentes pessoas que são muçulmanas podem variar bastante, e de fato o fazem, em outros aspectos, como valores políticos e sociais, objetivos econômicos e literários, envolvimentos profissionais e filosóficos, opiniões sobre o Ocidente, e assim por diante. As linhas globais de divisão podem ser traçadas de maneiras muito diferentes para essas "outras filiações". Enfocar apenas a simples classificação religiosa é deixar escapar os numerosos — e variados — interesses que as pessoas por acaso muçulmanas por religião tendem a ter.

A distinção pode ser extremamente importante, notadamente em um mundo em que o fundamentalismo e a militância islâmicos têm sido poderosos e em que a oposição do Ocidente a eles com frequência combina-se com uma significativa suspeita, ainda que vagamente formulada, das pessoas muçulmanas em geral. À parte a rudimentariedade conceptual refletida nessa atitude geral, ela também desconsidera o fato mais óbvio de que os muçulmanos diferem nitidamente em convicções políticas e sociais. Diferem ainda em gosto literário e artístico, interesse pela ciência e pela matemática, e mesmo na forma e amplitude de sua religiosidade. Embora a urgência de uma política imediata tenha levado a uma compreensão razoavelmente melhor no

Ocidente das subcategorias religiosas dentro do islamismo (como a distinção entre um xiita ou um sunita), há uma relutância cada vez maior em ir além delas e atentar devidamente para as muitas identidades não religiosas que as pessoas muçulmanas, como outras pessoas no mundo, têm. Mas as ideias e prioridades dos muçulmanos em questões políticas, culturais e sociais podem divergir muito.

## IDENTIDADE RELIGIOSA E VARIAÇÕES CULTURAIS

Pode haver também vastas diferenças no comportamento social de diferentes pessoas que pertencem à mesma religião, mesmo em campos que muitas vezes acredita-se estarem estreitamente ligados à religião. Isso é fácil de mostrar no mundo contemporâneo, por exemplo, contrapondo-se as práticas típicas de mulheres rurais tradicionais na, digamos, Arábia Saudita e as das mulheres muçulmanas na Turquia urbana (onde lenços de cabeça são raros, com códigos de indumentária muitas vezes semelhantes aos das mulheres europeias). Pode-se mostrar também chamando a atenção para as grandes diferenças nos hábitos de mulheres socialmente ativas em Bangladesh e as mulheres menos sociáveis em círculos mais conservadores dentro do mesmo país, embora as pessoas envolvidas possam todas ser muçulmanas por religião.

Essas diferenças não devem, todavia, ser vistas simplesmente como aspectos de um novo fenômeno que a modernidade levou ao povo muçulmano. A influência de outros interesses, outras identidades, pode ser vista em toda a história do povo muçulmano. Tomemos como exemplo um debate entre dois muçulmanos no século 14. Ibn Battuta, que nasceu no Tanger em 1304 e passou trinta anos realizando várias viagens na África e na Ásia, ficou chocado com algumas das coisas que viu em uma parte do mundo que agora situa-se entre Mali e Gana. Em Iwaltan, não distante de Timbuktu, Ibn Battuta fez amizade com o *qadi*[1] que lá ocupava um importante cargo cívico.

Ibn Battuta registrou seu desagrado com o comportamento social na família do *qadi*:

> Um dia fui à presença do *qadi* de Iwaltan, depois de pedir permissão para entrar, e encontrei na companhia dele uma mulher jovem e extraordinariamente bonita. Quando a vi, hesitei e quis ir embora, porém ela riu para mim e não

1 Juiz muçulmano que segue a lei canônica do islamismo. (N.T.)

demonstrou vergonha. O *qadi* me disse: "Por que está indo? Ela é amiga minha". Fiquei espantado com o comportamento deles.[2]

Mas o *qadi* não foi o único que chocou Ibn Battuta, uma vez que ele era particularmente crítico de Abu Muhammad Yandakan al-Musufi, que era um bom muçulmano e anteriormente tinha visitado o Marrocos. Quando Ibn Battuta o visitou em sua casa, ele encontrou uma mulher que conversava com um homem, sentados em um sofá. Ibn Battuta relata:

Perguntei-lhe: "Quem é esta mulher?". Ele respondeu: "É minha esposa". Retruquei: "Que ligação tem o homem que está com ela?". Ele respondeu: "É amigo dela". Disse-lhe: "Condescende com isso após ter vivido em nosso país e se familiarizado com os preceitos da charia?". Ele retrucou: "A associação de mulheres com homens é agradável para nós e uma parte da boa conduta, na qual nenhuma suspeita recai. Elas não são como as mulheres de seu país". Fiquei pasmo com sua complacência. Deixei-o e nunca mais retornei. Fui convidado várias vezes por ele, mas não aceitei.[3]

Observe que a diferença entre Abu Muhammad e Ibn Battuta não está na religião — ambos eram muçulmanos —, mas na decisão que tomaram sobre estilos de vida corretos.

## DIVERSIDADE E TOLERÂNCIA MUÇULMANA

Trato agora de uma questão mais política. Atitudes variáveis para com a tolerância religiosa muitas vezes têm sido socialmente importantes na história mundial, e muitas variações encontram-se, a esse respeito, entre diferentes pessoas que sejam muçulmanas por religião. Por exemplo, o imperador Aurangzeb, que ascendeu ao trono mogol na Índia em fins do século 7, é geralmente considerado bastante intolerante; ele até mesmo cobrava impostos especiais dos súditos não muçulmanos. E no entanto vê-se uma atitude bem diferente na vida e no comportamento de seu irmão mais velho, Dara Shikoh, o filho mais velho (e herdeiro legítimo) do imperador Shah

---

2 *Corpus of Early Arabic Sources for West African History*, tradução de J. F. P. Hopkins, editado e anotado por N. Levtzion e J. F. P. Hopkins (Cambridge: Cambridge University Press, 1981), p. 285. Ver também *Ibn Battuta: Travels in Asia and Africa 1325-1354*, trad. H. A. R. Gibbs (Londres: Routledge, 1929), p. 321.
3 *Corpus of Early Arabic Sources for West African History*, p. 286; "Sharia" foi substituído aqui pela forma abreviada "Shar'" de Hopkins.

78  IDENTIDADE E VIOLÊNCIA

Jahan e de Mumtaz Mahal, em cuja memória o Taj Mahal seria construído. Aurangzeb assassinou Dara para apossar-se do trono. Dara não era somente um estudante de sânscrito e um versado estudioso do hinduísmo; foi dele a tradução persa, feita do sânscrito, dos *Upanishads* hindus, que por um século ou mais se manteve como uma das principais bases do interesse europeu pela filosofia religiosa hindu.

O bisavô de Dara e Aurangzeb, Akbar, era um fervoroso defensor da tolerância religiosa (como analisamos anteriormente) e tornou um dever reconhecido do Estado assegurar que "não se deve molestar ninguém por conta de religião, e deve-se deixar que todos adotem a religião que lhes agrada". De acordo com sua busca do que chamou de "o caminho da razão" (*rahi aql*), Akbar insistiu, nos anos 1590, na necessidade do diálogo aberto e da escolha livre, e além disso organizou discussões periódicas que envolviam não só proeminentes pensadores muçulmanos e hindus mas também cristãos, judeus, parses, jainistas e até mesmo ateístas.[4] À parte Dara, o próprio filho de Aurangzeb, também chamado Akbar, rebelou-se contra o pai e aliou-se nesse empreendimento com os reinos hindus em Rajastan e, posteriormente, os maratas hindus (embora a rebelião de Akbar tenha sido no fim esmagada por Aurangzeb). Enquanto lutava em Rajastan, Akbar escreveu para o pai protestando contra sua intolerância e difamação de seus amigos hindus.[5]

Diante de tal diversidade entre muçulmanos, aqueles que não conseguem ver uma diferença entre ser muçulmano e ter uma identidade islâmica poderiam perguntar: "Qual é a visão correta segundo o islamismo? O islamismo é ou não a favor de tal tolerância? O que é o que realmente?". A questão principal a ser encarada aqui não é qual é a resposta correta à pergunta, mas se a própria pergunta é a pergunta correta a ser feita. Ser muçulmano não é uma identidade abrangente que determina tudo aquilo em que uma pessoa acredita. Por exemplo, a tolerância e a heterodoxia do imperador Akbar tiveram tanto partidários quanto detratores entre os grupos influentes de Agra e Delhi na Índia do século 16. Na verdade, ele enfrentou uma forte oposição do clero muçulmano. No entanto, quando Akbar morreu em 1605, o teólogo islâmico Abdul Haq, que fora um severo crítico de muitas das convicções de tolerância

4 Ver Pushpa Prasad, "Akbar and the Jains", em Irfan Habib, org., *Akbar and His India* (Delhi e Nova York: Oxford University Press, 1997), pp. 97-8.
5 O pai do rei Marata, o rajá Sambhaji, a quem o jovem Akbar aliou-se, era ninguém mais que Shivaji, a quem os ativistas políticos hindus de hoje tratam como super-herói e em memória de quem o partido hindu intolerante Shiv Sena foi nomeado (embora o próprio Shivaji fosse bastante tolerante, como relatou o historiador mogol Khafi Khan, que não era admirador de Shivaji em outros aspectos).

de Akbar, concluiu que, não obstante suas "inovações", Akbar continuou a ser um bom muçulmano.[6]

O aspecto a ser reconhecido é que, ao tratar dessa discrepância, não é necessário demonstrar que Akbar ou Aurangzeb não eram verdadeiros muçulmanos. Ambos podiam ter sido bons muçulmanos sem compartilharem as mesmas posições políticas ou identidades sociais e culturais. É possível para um muçulmano adotar uma visão intolerante e para outro ser bastante tolerante da heterodoxia sem por isso deixarem de ser muçulmanos. Isso porque não só a ideia de *ijtehad*, ou interpretação religiosa, permite uma grande amplitude dentro do próprio islamismo, mas também porque um indivíduo muçulmano tem liberdade suficiente para decidir que outros valores e prioridades ele pode escolher sem comprometer uma fé islâmica básica.

## INTERESSES NÃO RELIGIOSOS E PRIORIDADES DIVERSAS

Dado o atual descontentamento entre as políticas árabes e judaicas, vale a pena também lembrar que há uma longa história de respeito mútuo entre os dois grupos. Foi mencionado no primeiro capítulo que, quando o filósofo judeu Maimônides foi forçado a emigrar de uma Europa intolerante no século 12, ele encontrou um refúgio tolerante no mundo árabe. Seu anfitrião, que lhe deu um cargo honroso e influente na corte no Cairo, foi ninguém menos que o imperador Saladino, cujas credenciais muçulmanas podem dificilmente ser questionadas, considerando-se o bravo papel que desempenhou na luta pelo islamismo nas Cruzadas (Ricardo Coração de Leão foi um de seus mais notáveis adversários).

A experiência de Maimônides não foi, na verdade, excepcional. De fato, embora o mundo contemporâneo ofereça abundantes exemplos de conflitos entre muçulmanos e judeus, os governantes muçulmanos no mundo árabe e na Espanha medieval tiveram uma longa história de tentar integrar judeus como membros protegidos da comunidade social, cujas liberdades — e às vezes funções de liderança — eram respeitadas. Por exemplo, como observou María Rosa Menocal no livro *The Ornament of the World* [O ornamento do mundo], no século 10 a façanha de Córdoba, na Espanha governada por muçulmanos, de chegar a ser "uma competidora tão séria quanto Bagdá, talvez ainda mais, ao título de lugar mais civilizado do planeta" deveu-se à influên-

6 Ver Iqtidar Alam Khan, "Akbar's Personality Traits and World Outlook: A Critical Reappraisal", em Habib, org., *Akbar and His India*, p. 78.

cia construtiva do trabalho conjunto de Abd al-Rahman III e de seu vizir judeu, Hasdai ibn Shaprut.[7] De fato, existem indícios suficientes, como afirma Menocal, de que a posição dos judeus após a conquista muçulmana "representou, sob todos os aspectos, uma melhoria, passando de uma minoria perseguida a protegida".[8]

Nossa identidade religiosa ou civilizacional pode ser muito importante, mas é uma entre muitas. A pergunta que temos de fazer não é se o islamismo (ou hinduísmo ou cristianismo) é uma religião pacífica ou beligerante ("diga-nos o que é realmente?"), mas como um muçulmano (ou hindu ou cristão) religioso pode combinar crenças e práticas religiosas com outras características da identidade pessoal e outros compromissos e valores (como suas posições em relação à paz e à guerra). Ver a filiação religiosa — ou "civilizacional" — de uma pessoa como uma identidade que engolfa tudo seria um diagnóstico profundamente problemático.

Entre dedicados membros de cada religião existiram guerreiros ferozes e grandes advogados da paz, e, em vez de perguntar qual é um "fiel verdadeiro" ou qual é um "mero impostor", devemos aceitar que a convicção religiosa de uma pessoa não resolve em si mesma todas as decisões que temos de tomar em nossa vida, inclusive as relacionadas a prioridades políticas e sociais, e as questões correlativas de conduta e ação. Tanto os proponentes da paz e da tolerância quanto os patrocinadores da guerra e da intolerância podem pertencer à mesma religião e ser (da maneira deles) fiéis verdadeiros, sem que isso seja visto como uma contradição. O território da identidade de uma pessoa não sobrepuja todos os outros aspectos da compreensão e filiação dessa pessoa.

Se ser muçulmano fosse a única identidade de qualquer um que acaso seja muçulmano, então, claro, a identificação religiosa teria de carregar o enorme fardo de resolver inúmeras outras escolhas que uma pessoa enfrenta em outros setores da vida. Ser islâmico, porém, dificilmente pode ser a única identidade de um muçulmano. Na verdade, a negação da pluralidade, assim como a rejeição da escolha em questões de identidade, pode produzir uma visão extraordinariamente estreita e mal orientada. Até mesmo as atuais divisões em torno dos eventos de 11 de setembro situaram os muçulmanos em todos os lados das linhas divisórias, e, em vez de perguntarmos qual é a posição islâmica correta, temos que reconhecer que um muçulmano pode escolher entre várias

---

7 María Rosa Menocal, *The Ornament of the World: How Muslims, Jews, and Christians Created a Culture of Tolerance in Medieval Spain* (Nova York: Little, Brown, 2002), p. 86.
8 Ibid., p. 85.

posições diferentes em assuntos que envolvem juízos políticos, morais e sociais sem, por essa razão, deixar de ser muçulmano.

## MATEMÁTICA, CIÊNCIA E HISTÓRIA INTELECTUAL

Houve numerosos debates sobre o fato de que muitos muçulmanos morreram no World Trade Center em 11 de setembro. Como pessoas que lá trabalhavam, evidentemente não o consideravam como uma expressão maligna da civilização ocidental. O World Trade Center tinha, claro, um significado simbólico, com sua altura imponente e tecnologia avançada (usando o novo conceito tubular de engenharia estrutural), e podia ser visto — por olhos politicamente belicosos — como uma expressão de audácia ocidental. É interessante, neste contexto, lembrar que o principal engenheiro por trás do conceito tubular foi Fazlur Rahman Khan, o engenheiro de Bangladesh radicado em Chicago, que executou o trabalho basilar fundamental para a inovação e, posteriormente, também projetou vários outros edifícios elevados, como o Sears Tower, de 110 andares, e o John Hancock Center, de cem andares, em Chicago, além do Terminal de Hajj, em Jeddah, na Arábia Saudita. Acontece que ele também lutou pela independência de Bangladesh do Paquistão em 1971 e escreveu um livro em bengali bastante legível sobre essa guerra. O fato de que muçulmanos estão em diferentes lados de várias divisões culturais e políticas não deveria surpreender de modo algum, caso se reconhecesse que ser muçulmano não é uma identidade que abrange tudo.

É também importante reconhecer que inúmeras contribuições intelectuais de muçulmanos que fizeram uma grande diferença para o conhecimento global não foram, de modo algum, puramente islâmicas. Mesmo hoje, quando um matemático moderno no MIT, ou em Princeton ou Stanford, recorre a um "algoritmo" para resolver um problema computacional difícil, ele ajuda a comemorar as contribuições do matemático árabe do século 9 al-Khwarizmi, de cujo nome o termo "algoritmo" foi derivado (o termo "álgebra" vem de seu livro *Al-Jabr wa al-Muqabalah*). Inúmeros outros importante desenvolvimentos na história da matemática, ciência e tecnologia foram realizados pela *intelligentsia* muçulmana.

Muitos desses desenvolvimentos chegaram à Europa somente no início do segundo milênio, quando tornaram-se bastante comuns traduções do árabe para o latim. No entanto, algumas influências sobre a Europa ocorreram antes através dos soberanos muçulmanos da Espanha. Para tomar um exemplo de avanço tecnológico, engenheiros muçulmanos, tanto árabes como berberes, foram responsáveis pelo desenvolvimento e uso da tecnologia de irrigação na forma de *acequias* na Espanha, baseados nas inovações que tinham introduzido anteriormente nas terras secas no Oriente Médio. Isso permitiu, há mais de mil anos, o cultivo de safras, frutos e verduras, e a pastagem de animais naquela que antes fora uma terra europeia completamente seca. De fato, engenheiros muçulmanos cuidaram desse admirável trabalho técnico ao longo de muitos séculos.[9]

Ademais, matemáticos e cientistas muçulmanos tiveram um papel significativo na globalização do conhecimento técnico por meio do movimento de ideias em todo o Velho Mundo. Por exemplo, o sistema decimal e alguns dos primeiros resultados em trigonometria saíram da Índia para a Europa nos primeiros anos do segundo milênio, transmitidos através dos trabalhos de matemáticos árabes e iranianos. Além disso, as versões latinas dos resultados matemáticos dos matemáticos indianos Aryabhata, Varahamihira e Brahmagupta, dos tratados em sânscrito produzidos entre os séculos 5 e 7, apareceram na Europa em duas etapas distintas, passando primeiro do sânscrito para o árabe e depois para o latim (retomarei essas transmissões multiculturais no Capítulo 7). Como líderes do pensamento inovador nesse período da história, os intelectuais muçulmanos estavam entre os mais empenhados globalizadores da ciência e da matemática. A religião das pessoas envolvidas, fossem muçulmanas, hindus ou cristãs, fazia pouca diferença para as incumbências eruditas desses líderes muçulmanos da matemática e da ciência.

Igualmente, muitos dos clássicos ocidentais, em especial da Grécia antiga, sobreviveram somente por meio de traduções árabes, para serem retraduzidos, na maior parte para o latim, nos primeiros séculos do segundo milênio, antecedendo o Renascimento europeu. As traduções árabes não foram originalmente feitas, claro, para fins de preservação, mas para a utilização contemporânea no mundo de fala árabe — um mundo em considerável expansão na virada do primeiro milênio. Mas as consequências globais e domésticas que por fim resultaram desse processo estão totalmente em concordância com o que se poderia esperar do alcance e da universalidade da erudição daqueles que eram líderes do pensamento mundial ao longo daqueles séculos decisivos.

---

9 Ver Harry Eyres, "Civilization Is a Tree with Many Roots", *Financial Times*, 23 de julho de 2005. Como Jan Reed observou: "Obras de irrigação mouriscas, posteriormente bastante ampliadas, continuam sendo a base da agricultura em regiões crestadas e secas da Espanha e de Portugal" (*The Moors in Spain and Portugal* [Londres: Faber & Faber, 1974], p. 235).

## IDENTIDADES PLURAIS E POLÍTICA CONTEMPORÂNEA

Há vários motivos pelos quais é crucialmente importante hoje prestar atenção à distinção entre (1) ver pessoas muçulmanas exclusivamente — ou predominantemente — em termos da religião islâmica e (2) compreendê-las mais amplamente em termos de suas inúmeras filiações, que decerto incluiriam a identidade islâmica, mas que necessariamente não devem excluir os compromissos provenientes de seus interesses científicos, obrigações profissionais, envolvimentos literários ou filiações políticas.

O primeiro motivo é, claro, o valor do conhecimento — a importância de saber o que acontece. Clareza de compreensão é significativa em si mesma, e pode também ter consequências extensas para pensamentos e ações. Por exemplo, mesmo quando uma gangue de ativistas reivindica que suas atividades terroristas são especialmente estabelecidas por injunções islâmicas, dessa forma tentando ampliar radicalmente o alcance das determinações religiosas, podemos sem dúvida perguntar se esse é de fato o caso. Seria um erro evidente e grosseiro aceitar o fato de que deixam de ver a distinção entre uma identidade islâmica e a identidade de ser um terrorista devotado ao que enxergam como a causa islâmica. Ver essa distinção evidentemente não impede a possibilidade intelectual de debater se injunções islâmicas podem ser interpretadas dessa maneira, mas o debate nem pode começar se a própria distinção entre uma identidade islâmica e as muitas identidades de um muçulmano for inteiramente passada por alto.

Acontece que os estudiosos muçulmanos, em sua grande maioria, rejeitariam a reivindicação de que injunções islâmicas podem requerer, sancionar ou mesmo tolerar o terrorismo, embora muitos deles também afirmem, como será examinado mais adiante, que uma pessoa não deixaria de ser muçulmana mesmo que interpretasse suas obrigações de maneira diferente (na opinião de seus críticos, erroneamente), contanto que aderisse ao cerne dos credos e das práticas islâmicas. A primeira questão, no entanto, é não confundir a função de uma determinada identidade religiosa e as várias prioridades que uma pessoa dessa determinada religião possa escolher ter (por muitas outras razões).

Em segundo lugar, a distinção é importante na batalha contra a politização da religião, exemplificada não só pelo rápido crescimento do islamismo político, mas também pelo vigor com que ocorreu a politização de outras religiões (exemplificado pelo alcance político do cristianismo "renascido", do extremismo judeu ou do movimento Hindutva). O mundo da prática — na realidade às vezes uma prática muito perniciosa e brutalmente sectária — é alimentado sistematicamente pela confusão entre ter uma religião e ignorar a necessidade de raciocínio — e de liberdade de pensamento — na decisão de questões que não precisam ser "encarceradas" pela convicção religiosa. O processo de politização ilegítima pode ser visto, em vários graus, no mundo cada vez mais polarizado, e pode variar da contribuição direta ao recrutamento para o terrorismo ativo até o aumento da vulnerabilidade para tal recrutamento ou o encorajamento da tolerância à violência em nome da religião.

Por exemplo, o "gradativo processo de tornar a charia dominante na Indonésia", que o estudioso muçulmano-indonésio Syafi'i Anwar descreveu com grande alarme, não só é um desenvolvimento da prática religiosa, mas também envolve a difusão de uma perspectiva social e política particularmente agressiva em um país tradicionalmente tolerante — e intensamente multicultural.[10] Pode-se dizer algo semelhante sobre inúmeros outros países, inclusive a Malásia, que têm vivido uma rápida fomentação de uma cultura agressiva em nome do islamismo, apesar de sua história de diversidade cultural e amplitude política. Para resistir à polarização política, é necessário insistir nessa distinção fundamental, uma vez que a exploração de uma identidade religiosa (nesse caso, islâmica) constitui uma grande parte do cultivo de conflitos organizados desse tipo.[11]

Em terceiro lugar, a distinção nos permite compreender mais completamente o que acontece internamente em países que são encaixados por estranhos em algum compartimento religioso, como o chamado mundo islâmico, como se essa identificação pudesse explicar de forma abrangente os desenvolvimentos intelectuais que lá ocorrem no momento. É importante reconhecer que muitos países que são formalmente estados islâmicos vivem lutas políticas contínuas nas quais uma grande quantidade dos protagonistas, mesmo quando são muçulmanos devotos por religião, não baseiam suas argumentações somente na identidade islâmica.

10 Relatado por Michael Vatikiotis, "Islamizing Indonesia", *International Herald Tribune*, 3-4 set. 2005, p. 5. Ver também o artigo de Vatikiotis "The Struggle for Islam", *Far Eastern Economic Review*, 11 dez. 2003, e M. Syafi'i Anwar, "Pluralism and Multiculturalism in Southeast Asia: Formulating Educational Agendas and Programs", *ICIP Journal* 2 (jan. 2005).
11 Há ainda a questão de como o islamismo deve ser interpretado em contextos sociais e políticos, com a inclusão da necessidade de uma amplitude de interpretação; ver a respeito Ayesha Jalal, *Self and Sovereignty: Individual and Community in South Asian Islam Since 1850* (Londres: Routledge, 2000). Ver também Gilles Kepel, *The War for Muslim Minds: Islam and the West* (Cambridge, Massachusetts: Harvard University Press, 2004).

Tomemos o caso do Paquistão, que é sem dúvida um estado islâmico e tem o islamismo como religião do estado com várias implicações políticas (por exemplo, um não muçulmano não pode ser eleito presidente do país, não importa quantos votos obtenha). Entretanto, a sociedade civil nesse país intelectualmente ativo dá lugar a muitos compromissos e atividades que não são derivados primordialmente — ou de modo algum — da religião. Por exemplo, o Paquistão tem uma Comissão de Direitos Humanos dedicada e, sob vários aspectos, muito bem-sucedida que se vale não só de direitos islâmicos como também de direitos humanos definidos mais amplamente. Apesar disso, ao contrário da Comissão de Direitos Humanos da Índia ou da África do Sul, ambas órgãos reconhecidos com poder legal, a comissão no Paquistão não tem condição jurídica ou constitucional (na realidade não passa, formalmente, de uma ONG), e, no entanto, sob a gestão de líderes visionários da sociedade civil, como Asma Jahangir e I. A. Rehman, muito fez para lutar pelas liberdades de mulheres, minorias e outras pessoas ameaçadas. Seu êxito restrito teve como base o uso das leis civis do Paquistão (na medida em que não foram mutiladas pela reforma extremista), a coragem e o compromisso de dissidentes civis, a imparcialidade de muitos membros honestos do judiciário, a presença de um grande corpo da opinião pública socialmente progressista, e, por último, mas não menos importante, a eficiência da mídia em chamar a atenção para a desumanidade e a violação da decência civil. De fato, a mídia do Paquistão, como a imprensa de Bangladesh, também tem sido muito ativa na investigação direta e no relato proeminente de casos de abuso, além do levantamento de questões humanas — e muitas vezes seculares — para a atenção de um público que pensa.[12]

Tais reconhecimentos não reduzem de modo algum a necessidade de lidar com a "profundidade do problema do Paquistão com o extremismo islâmico", como formulou Husain Haqqani, um ex-embaixador paquistanês no Sri Lanka. É de crucial importância atentar para o diagnóstico que Haqqani apresentou persuasivamente de que "a influência desproporcional exercida por grupos

---

12 A crescente consolidação de uma mídia vigorosa e amplamente independente no Paquistão, dependente dos compromissos de jornalistas corajosos e previdentes, é um importante desenvolvimento positivo para a paz e a justiça no Paquistão que merece um reconhecimento bem maior do que costuma receber fora do país. A tradição de difusão e destemor estabelecida por periódicos como o *Friday Times* (surgido como pioneiro graças ao corajoso e visionário Najam Sethi) e o *Herald*, e os diários *The Dawn*, *The Nation*, *Daily Times* e *News*, entre outros, dá motivo para uma grande esperança no futuro do país. Isso teria agradado a Faiz Ahmed Faiz, o notável poeta e eminente ex-editor do *Pakistan Times*, que trabalhou com afinco para o desenvolvimento de uma mídia paquistanesa independente antes de ela ter sido completamente destruída pelo regime militar e extremismo político. Ele teve de ficar preso, o mesmo destino de Najam Sethi posteriormente.

fundamentalistas no Paquistão é o resultado do patrocínio estatal desses grupos", e para seu alerta de que "um ambiente dominado por ideologias islâmicas e militaristas é o meio ideal de reprodução para radicais e para o radicalismo exportável".[13] Essas questões devem ser enfocadas em níveis diferentes, e pedem a reforma do governo e dos militares, a pressão por direitos democráticos, dando mais liberdade de operação aos partidos políticos não religiosos e não extremistas, e lidando com bases de treinamento e escolas que inclinam os estudantes para o confronto e a militância. Mas também deve-se prestar atenção à contínua luta dentro do Paquistão na qual sua forte comunidade intelectual vem desempenhando um papel valioso e muitas vezes visionário. Na verdade, a própria análise penetrante de Husain Haqqani é parte desse movimento substancialmente construtivo. A "guerra ao terror" liderada pelos norte-americanos preocupou-se tanto com táticas militares, diplomacia entre estados, diálogos entre governos e cooperação com dirigentes em geral (no mundo inteiro, não apenas no Paquistão) que houve por conseguinte uma grave negligência da importância da sociedade civil, não obstante o trabalho de crucial importância que ela realiza em circunstâncias bastante difíceis.

De fato, as tentativas humanistas de amplo alcance têm uma história de grande importância no Paquistão, e essa tradição merece ser celebrada e apoiada. Já produziu resultados admiráveis que receberam atenção global em outros contextos. Por exemplo, a abordagem que inclui o desenvolvimento humano para compreender o progresso econômico e social (avaliando o progresso não apenas pelo crescimento do produto nacional bruto, mas pela melhoria das condições de vida das pessoas) foi adotada pela primeira vez no mundo por um economista e ex-ministro das finanças paquistanês, Mahbub ul Haq.[14] A abordagem tem sido bastante utilizada internacionalmente, inclusive no Paquistão, para estimar as deficiências das políticas públicas (as críticas foram muitas vezes veementes), e ainda permanece sendo um esteio dos esforços construtivos das Nações Unidas no desenvolvimento econômico e social. É

13 Husain Haqqani, "Terrorism Still Thrives in Pakistan", *International Herald Tribune*, 20 jul. 2005, p. 8. Ver também seu informativo e penetrante livro *Pakistan: Between Mosque and Military* (Washington, Distrito de Colúmbia: Carnegie Endowment for International Peace, 2005). Também Ahmed Rashid, *Taliban: The Story of the Afghan Warlords* (Londres: Pan, 2001), e *Taliban: Islam, Oil and the New Great Game in Central Asia* (Londres: Tauris, 2002).

14 Ver os *Relatórios sobre o Desenvolvimento Humano* publicados anualmente pelo Programa de Desenvolvimento das Nações Unidas, um projeto que foi iniciado, e por muitos anos coordenado, por Mahbub ul Haq. Após a morte prematura de Mahbub ul Haq, esse trabalho largamente secular foi realizado no Paquistão por um instituto fundado por ele (o qual hoje é administrado com competência por sua viúva, Khadija Haq).

importante reconhecer que os produtos nucleares clandestinos de A. Q. Khan não são as únicas exportações feitas pelo Paquistão.

Contribuições não sectárias significativas desse tipo baseiam-se na visão ampla das pessoas envolvidas, não especificamente em sua religiosidade. E no entanto esse fato não tornou Mahbub ul Haq menos muçulmano. Sua fé na religião em seu próprio domínio era forte, como posso confirmar, tendo tido o privilégio de conhecê-lo como amigo íntimo (da época em que éramos estudantes em Cambridge no início dos anos 1950 até sua morte repentina em 1998). É da máxima importância entender a distinção entre a grande variedade de compromissos de muçulmanos e, em especial, sua identidade islâmica definida estreitamente.

O quarto motivo para enfatizar a importância dessa distinção é que ela é significativamente — e às vezes totalmente — negligenciada em algumas das "batalhas contra o terrorismo" atualmente conduzidas. Isso pode ter consequências bastante contraprodutivas, e creio que já teve. Por exemplo, tentativas de combater o terrorismo por meio do recrutamento da religião "para nosso lado" não só foram bastante ineficazes como também padecem, a meu ver, de uma grave desorientação conceitual. Esse assunto decerto merece uma análise mais completa.

## COMBATER O TERRORISMO E COMPREENDER IDENTIDADES

A confusão entre as identidades plurais de muçulmanos e sua identidade islâmica em especial não é somente um erro descritivo, ela tem sérias implicações para os planos para a paz no mundo precário em que vivemos. Há muita preocupação no mundo contemporâneo com terrorismo e conflitos globais. Isso é inevitável, uma vez que as ameaças são reais e é urgente a necessidade de fazer alguma coisa para superar e eliminar esses perigos. As ações adotadas nos últimos anos têm incluído intervenções militares no Afeganistão e no Iraque. Esses são temas importantes para o debate público (devo confessar que fui totalmente cético quanto às políticas escolhidas pelos parceiros da coalizão sobretudo nas operações no Iraque), mas meu foco aqui será sobre outra parte da abordagem global de conflitos e terrorismo, envolvendo políticas públicas ligadas a relações culturais e à sociedade civil.

Como foi examinado no primeiro capítulo, este livro trata principalmente da estrutura conceitual dentro da qual esses confrontos são vistos e entendidos, e como as exigências de uma ação pública são interpretadas. Um papel confuso é desempenhado aqui pela dependência em uma única categorização das pessoas no mundo. A confusão contribui para a inflamabilidade do mundo em que vivemos. O problema a que me refiro é bem mais sutil do que os pareceres toscos e ofensivos manifestados sobre outras culturas por ocidentais, como o irreprimível general de divisão William Boykin do exército norte-americano (cuja afirmação de que o Deus cristão é "maior do que" o Deus islâmico foi discutida no primeiro capítulo). É fácil ver a estupidez e a futilidade de tais pareceres.

O que, todavia, pode ser visto como um problema maior e mais geral (apesar da ausência da vulgaridade da difamação) são as possíveis consequências terríveis de classificar pessoas em termos de filiações singulares elaboradas em torno de identidades exclusivamente religiosas. Isso é particularmente importante para compreender a natureza e a dinâmica da violência global e do terrorismo no mundo contemporâneo. A compartimentação religiosa do mundo produz uma compreensão profundamente equívoca das pessoas no mundo inteiro e das diferentes relações entre elas, e tem ainda o efeito de exagerar uma distinção específica entre uma pessoa e outra até a exclusão de todos os outros interesses importantes.

Ao lidar com o que se chama de "terrorismo islâmico", tem havido debates sobre se ser um muçulmano requer algum tipo de militância fortemente beligerante ou se, como muitos líderes mundiais argumentaram de maneira calorosa — e até inspiradora —, um "muçulmano verdadeiro" deve ser um indivíduo tolerante. A negação da necessidade de uma interpretação confrontante do islamismo é certamente adequada e extremamente importante hoje, e Tony Blair, em especial, merece louvor pelo que fez quanto a isso. Mas, no contexto da frequente invocação de Blair da "voz moderada e verdadeira do islamismo", temos de perguntar se é de fato possível — ou necessário — definir um "muçulmano verdadeiro" em termos de convicções políticas e sociais sobre confronto e tolerância, sobre as quais diversos muçulmanos historicamente tomaram, como foi examinado anteriormente, posições bastante diferentes. O resultado dessa abordagem política centrada em religião e das políticas institucionais que gerou (com anúncios frequentes do tipo, para citar um exemplo, "o governo está se reunindo com líderes muçulmanos na próxima etapa vital destinada a cimentar uma frente unida"), tem sido favorecer e fortalecer a voz de autoridades religiosas e ao mesmo tempo desvalorizar a importância de instituições e movimentos não religiosos.

A dificuldade de agir segundo a presunção de uma identidade singular — a da religião — não é, evidentemente, um problema especial aplicável somente a muçulmanos. Aplica-se também a qualquer tentativa de entender as visões políticas e os julgamentos sociais de pessoas que acaso são cristãs, judias, hindus ou siques, ao confiarem principalmente — ou somente — no que seus supostos líderes religiosos declaram como porta-vozes de seus "rebanhos". A classificação singular dá uma voz imperativa às figuras do *establishment* na respectiva hierarquia religiosa, enquanto outras perspectivas são relativamente desvalorizadas e eclipsadas.

Existe hoje uma preocupação — e algum espanto — de que, não obstante os esforços de incluir o *establishment* religioso de muçulmanos e outros grupos não cristãos em diálogos sobre paz global e tranquilidade regional, o fundamentalismo religioso e o recrutamento militante continua a prosperar até mesmo em países ocidentais. E no entanto isso não deveria ser uma surpresa. A tentativa de recrutar líderes religiosos e clérigos em apoio de causas políticas, juntamente com a tentativa de redefinir as religiões envolvidas em termos de posições políticas e sociais, deprecia a significação de valores não religiosos que as pessoas podem ter, e têm, em seu território apropriado, sejam ou não religiosas.

Os esforços para recrutar os mulás e o clero para desempenharem um papel fora da província religiosa imediata podem, claro, influenciar aquilo que é pregado em mesquitas ou templos. Mas também desvalorizam as iniciativas cívicas que pessoas que acaso são muçulmanas por religião podem tomar e tomam (juntamente com outras) para lidar com o que são problemas essencialmente políticos e sociais. Além disso, aumentam a sensação de distância entre membros de diferentes comunidades religiosas ao darem relevo às diferenças religiosas em especial, muitas vezes ao custo de outras identidades (inclusive a de ser um cidadão no país em questão), que poderiam ter um papel mais unificador. Deve um cidadão britânico que acaso é muçulmano ter de depender de clérigos ou outros líderes da comunidade religiosa para se comunicar com o primeiro-ministro do país, que está particularmente disposto a falar por meio dos líderes religiosos?

Não deveria ser tão surpreendente que desconsiderar todas as identidades das pessoas, exceto aquelas ligadas à religião, possa se mostrar uma forma problemática de tentar reduzir a influência do sectarismo religioso. Esse problema também surge agudamente ao lidar-se com a situação política mais difícil — e mais turbulenta — no Iraque e no Afeganistão devastados pela guerra. As eleições e o referendo no Iraque em 2005 podem ser vistos como um considerável êxito segundo seus próprios critérios de avaliação: as eleições foram realizadas, uma proporção relativamente alta do eleitorado votou, e as interrupções violentas não prejudicaram todo o empenho. Contudo, na ausência de oportunidades de um diálogo aberto e participante além do que foi propiciado por instituições religiosas, o processo de votação foi previsivelmente sectário, vinculado a seitas religiosas e étnicas. A participação de pessoas de diferentes seitas (xiita, sunita, curda) pareceu ser rigidamente intermediada pelos porta-vozes das respectivas seitas, sem que as atribuições gerais de cidadania daquelas pessoas tivessem muitas oportunidades de se desenvolverem e prosperarem.

Apesar das muitas realizações do governo de Karzai em Cabul (decerto muitas coisas foram feitas), há também um problema um pouco semelhante, embora menos intenso, no Afeganistão, com a tentativa dependência na política oficial sobre reuniões de líderes tribais e conselhos de clérigos, em vez de no cultivo mais difícil, porém crucialmente importante, de diálogos gerais abertos e interações que poderiam ir além da política religiosa. Ver a filiação religiosa como uma identidade que abrange tudo pode ter um considerável preço político. Dados os tremendos desafios que a liderança afegã enfrenta, é necessário ser paciente com as abordagens experimentadas, mas as dificuldades provavelmente persistentes de tomar esse caminho estreito têm que ser articuladas sem comprometer a admiração pelo que o governo de realizou.

Quanto ao desafio global do terrorismo, temos motivo para esperar, dos líderes mundiais que trabalham contra ele, uma clareza de pensamento bem maior do que no momento nos é apresentada. A confusão gerada por uma convicção implícita na compreensão solitarista da identidade coloca graves barreiras para sobrepujar o terrorismo global e criar um mundo sem violência em grande escala organizada ideologicamente. O reconhecimento de identidades múltiplas e do mundo além de filiações religiosas, mesmo para pessoas bastante religiosas, pode possivelmente fazer alguma diferença no mundo turbulento em que vivemos.

## TERRORISMO E RELIGIÃO

Foi um privilégio conhecer Daniel Pearl um pouco. Ele compareceu a uma palestra minha em Paris no verão de 2000 e depois tivemos uma conversa relativamente longa. Na ocasião, ele sabia que seria sediado em Bombaim (ou Mumbai, como hoje é chamada), escrevendo para o *Wall Street Journal* sobre o subcontinente. Posteriormente, no início de fevereiro de 2001, nós nos encontramos novamente em Bombaim e tive a oportunidade de continuar nossa conversa. Fiquei impressionado não só pela notável inteligência de Pearl mas também por seu empenho em perseguir a verdade e, por meio disso, ajudar a criar um mundo melhor — e menos injusto. Também falamos, em especial durante nosso primeiro encontro, sobre como a violência no mundo é muitas vezes semeada pela ignorância e pela confusão, bem como por injustiças que recebem pouca atenção. Fiquei tocado, tanto intelectual como emocionalmente, pela dedicação de Daniel Pearl à luta pela paz e pela justiça por meio de maior compreensão e esclarecimento. Foi essa dedicação a investigar e explorar que no fim lhe custaria a vida, quando os terroristas o capturaram e o executaram no Paquistão um ano depois de nosso último encontro.

O pai de Daniel, Judea Pearl, que é o presidente da Fundação Daniel Pearl dedicada ao entendimento entre culturas, recentemente expressou sua frustração em um tocante — e também esclarecedor — artigo sobre o resultado de um importante encontro entre estudiosos muçulmanos em Amã, na Jordânia. A conferência, à qual compareceram 170 clérigos e especialistas islâmicos de quarenta países, procurou definir "a realidade do islamismo e seu papel na sociedade contemporânea". O comunicado final da conferência de Amã, emitido no dia 6 de julho de 2005, afirmava categoricamente: "Não é possível declarar como apóstatas nenhum grupo de muçulmanos que acredite em Alá, o Poderoso e Sublime, e Seu Mensageiro (que Paz e Graças estejam com ele) e nos pilares da fé, e respeite os pilares do islamismo e não renegue qualquer artigo necessário da religião".[15] Judea Pearl ficou desapontado, embora seja demasiado gentil e tolerante para expressar irritação, com a conclusão de que "a crença em princípios básicos da fé oferece uma proteção imutável contra acusações de apostasia". Ele ressaltou que isso implica que "bin Laden, Abu Musab al-Zarqawi e os assassinos de Daniel Pearl e Nick Berg permanecerão membros de boa-fé da doutrina muçulmana, desde que não renunciem a ela explicitamente".

O desapontamento de Judea Pearl refletia uma esperança que ele evidentemente nutria de que atos horríveis de terror seriam não só denunciados pelos estudiosos muçulmanos (o que, de fato, fizeram, em termos não ambíguos) mas também um motivo suficiente para excomunhão religiosa. Mas nenhuma excomunhão ocorreu e, considerando-se o modo como as exigências de ser muçulmano são por princípio definidas no islamismo, não poderia ter ocorrido.

15 Judea Pearl, "Islam Struggles to Stake Out Its Position", *International Herald Tribune*, 20 jul. 2005.

No caso de Judea Pearl, o desapontamento pessoal é perfeitamente natural, mas, quando a mesma expectativa é usada na estratégia de combater o terrorismo no âmbito global, pode-se legitimamente perguntar se os estrategistas ocidentais têm uma boa razão para esperar que uma religião em si mesma possa ser recrutada para combater terrorismo por meio da declaração de que terroristas são apóstatas. Essa expectativa foi frustrada em Amã, mas seria ela uma expectativa razoável para ser considerada pelos estrategistas?

Como examinamos anteriormente, temos que perguntar se é de algum modo possível definir um "muçulmano verdadeiro" em termos de convicções sobre confrontação e tolerância, as quais o islamismo não prescreve e em relação às quais diferentes muçulmanos tomaram posições bastante diversas ao longo de muitos séculos. Tal liberdade permitiu, claro, que o rei Abdullah II da Jordânia asseverasse com firmeza, como o fez durante a mesma conferência, que "os atos de violência e terrorismo realizados por determinados grupos radicais em nome do islamismo são totalmente contrários aos princípios e à ideologia do islamismo". Mas esse diagnóstico — e de fato essa reprimenda — ainda não nos leva a uma posição em que as pessoas assim criticadas devam ser vistas como "apóstatas", e é esse ponto fundamental que foi afirmado na declaração dos estudiosos muçulmanos em Amã. Apostasia é uma questão de crença religiosa básica e prática especificada; não é uma questão de precisão na interpretação de princípios sociais ou políticos, ou de retidão da sociedade civil, ou mesmo de identificação do que os muçulmanos, na maioria, veriam como terrível conduta civil ou abominável comportamento político.

## A RIQUEZA DAS IDENTIDADES MUÇULMANAS

Se a única identidade de um muçulmano fosse a de ser islâmico, então, claro, todos os juízos morais e políticos da pessoa teriam de ser ligados especificamente à avaliação religiosa. É essa ilusão solitarista que subjaz na tentativa ocidental — especialmente anglo-americana — de recrutar o islamismo na chamada guerra contra o terrorismo.[16] A relutância em distinguir entre (1) a diversidade de associações e filiações de uma pessoa muçulmana (elas podem

16 É particularmente pertinente aqui chamar a atenção para a perspicaz distinção que Mahmood Mamdani apresentou com muita clareza: "Meu propósito é questionar a suposição amplamente aceita [...] de que tendências religiosas extremistas podem ser equiparadas a terrorismo político. O terrorismo não é um resultado necessário de tendências religiosas, sejam estas fundamentalistas ou seculares. Mais exatamente, o terrorismo nasce de um embate político" (*Good Muslim, Bad Muslim: America, the Cold War, and the Roots of Terror* [Nova York: Doubleday, 2004], pp. 61–2).

diferir bastante de pessoa para pessoa) e (2) a identidade islâmica em especial tendeu a tentar os líderes ocidentais a lutarem batalhas políticas contra o terrorismo através de uma rota exótica de definição — ou redefinição — do islamismo. É necessário reconhecer não só que essa abordagem solitarista realizou pouco até agora, mas também que não se pode realmente esperar que terminará com muito êxito devido à distinção entre questões religiosas, de um lado, e outros assuntos sobre os quais os muçulmanos, independentemente do quanto sejam religiosos, têm que tomar suas próprias decisões. Embora possa ser difícil delinear a fronteira entre os dois territórios, o território da excomunhão e apostasia religiosa não pode ser estendido muito além dos bem determinados princípios básicos dos cânones islâmicos e da prática identificada. A religião não é, e não pode ser, a identidade que abrange tudo de uma pessoa.[17]

Evidentemente, é verdade que os chamados terroristas islâmicos têm tentado, repetidamente, ampliar a função da religião para outras esferas, o que é contrário (como o rei Abdullah observou corretamente) aos princípios e ao domínio geralmente aceitos do islamismo. É também verdade que os recrutadores para o terrorismo gostariam que os muçulmanos esquecessem que também têm outras identidades e que têm de decidir sobre muitas questões políticas e morais importantes, e assumir responsabilidade por suas decisões, em vez de serem conduzidos pela promoção dos recrutadores baseados em sua interpretação incomum do islamismo. As suposições equivocadas envolvidas em tais esforços podem decerto ser examinadas minuciosamente e criticadas. Mas a estratégia de tentar acabar com tal recrutamento declarando que os recrutadores são "apóstatas" também iria — receio que de um modo um tanto singularista — ampliar o alcance da religião para além de seu domínio estabelecido.

O reconhecimento básico da multiplicidade de identidades militaria contra tentar ver as pessoas em termos exclusivamente religiosos, independentemente de quão religiosas elas possam ser dentro do domínio da religião. As tentativas de atacar o terrorismo com o auxílio da religião tiveram o efeito de amplificar, na Grã-Bretanha e nos Estados Unidos, a voz dos clérigos islâmicos e outros líderes do *establishment* religioso em assuntos que não estão no domínio da religião, em um momento em que os papéis políticos e sociais dos muçulmanos na sociedade civil, inclusive a prática da democracia, carecem de ênfase

---

17 Tal afirmação não pretende negar que o domínio de princípios islâmicos possa ser definido em formas um tanto diferentes; ver, por exemplo, a distinção de M. Syafi'i Anwar entre a "abordagem jurídica exclusiva" e a "abordagem substantiva inclusiva" no ensaio "The Future of Islam, Democracy, and Authoritarianism in the Muslim World", *ICIP Journal* 2 (mar. 2005). Nenhuma das variantes, porém, pode tornar a religião uma identidade que abrange a totalidade de uma pessoa.

e de um apoio muito maior. O que o extremismo religioso fez para degradar e depreciar a ação política responsável de cidadãos (independente da etnicidade religiosa) tem sido, até certo ponto, reforçado, em vez de erradicado, pelo esforço de combater o terrorismo tentando recrutar o *establishment* religioso "para o lado certo". Com a depreciação de identidades políticas e sociais em contraposição à identidade religiosa, a sociedade civil é que foi derrotada, justamente em um momento em que há uma grande necessidade de fortalecê-la.

CAPÍTULO 5

# OCIDENTE E ANTIOCIDENTE

A resistência à "ocidentalização" tem uma forte presença no mundo de hoje. Ela pode assumir a forma da rejeição de ideias que são vistas como "ocidentais", mesmo quando essas ideias ocorreram e floresceram historicamente em muitas sociedades não ocidentais e fizeram parte de nosso passado global. Não há, por exemplo, nada exclusivamente "ocidental" na valorização da liberdade ou na defesa da opinião pública. E, no entanto, o fato de serem rotuladas como "ocidentais" pode produzir uma atitude negativa em relação a elas em outras sociedades. Na realidade, isso pode ser visto em diferentes formas de retórica antiocidental, variando da defesa de "valores asiáticos" (que vicejou em especial na Ásia Oriental nos anos 1990) à insistência de que "ideais islâmicos" devem ser profundamente hostis a tudo o que Ocidente representa (uma atitude que vem ganhando um espaço considerável nos últimos anos).

Parte da razão para essa fixação com o Ocidente, ou o *pretenso* Ocidente, está na história do colonialismo. O imperialismo ocidental ao longo dos últimos séculos não só subverteu a independência política dos países que foram governados ou dominados pelas potências coloniais mas também criou uma obsessão pelo Ocidente, embora a forma dessa obsessão varie bastante — da imitação servil, de um lado, à hostilidade resoluta de outro. A dialética da mente colonizada inclui tanto admiração como descontentamento.

Seria um erro tentar ver o descontentamento pós-colonial para com o Ocidente como apenas uma reação aos maus tratos, à exploração e à humilhação coloniais reais. Na alienação pós-colonial há mais do que uma reação à história real de opressão. Precisamos ir além da procura de uma explicação instantânea por meio da invocação de uma reação do tipo "pagar na mesma moeda" (voltarei a isso mais adiante).

E, no entanto, é também importante reconhecer e lembrar que abusos sérios ocorreram, e às vezes a memória social — preservada em prosa e poesia — daquelas transgressões reais ainda anima posições antiocidentais hoje em dia. Agora que uma calorosa nostalgia dos impérios do passado — pelo império britânico em especial — parece estar tendo algo como um retorno na Europa (e, o que é bastante peculiar, até mesmo nos Estados Unidos), vale lembrar que o sentimento de iniquidade colonial não era inteiramente infundado.

Além das violações e atrocidades cometidas pelos senhores coloniais (bem ilustradas pelo famigerado massacre de Amritsar na Índia no dia 13 de abril de 1919, quando 379 pessoas desarmadas foram mortas a tiros durante uma reunião pacífica), sua atitude psicológica geral em relação às pessoas oprimidas muitas vezes gerava um forte sentimento de humilhação e uma imposição do que se considerava inferioridade. O papel da humilhação colonial na dialética das pessoas dominadas merece pelo menos tanta atenção quanto a influência da assimetria econômica e política imposta pelas autoridades imperiais.

Em *Pilgrim's Progress*, John Bunyan fala do "vale da humilhação". Tendo passado muitos anos na prisão, Bunyan sabia bem o que era humilhação. De fato, começou a escrever *Pilgrim's Progress* durante a segunda vez que passou na prisão nos anos 1670 (o livro foi publicado em 1678). Mas, por mais que a imagem daquele vale imaginado seja aflitiva, ela mal se iguala ao mundo de ultraje e degradação que, digamos, a África já estava vivendo no mundo de Bunyan no século 17. A África, que deu origem à espécie humana e foi responsável por tantos progressos pioneiros no crescimento da civilização mundial, começava a se tornar um continente de dominação europeia e o terreno de caça a escravos que seriam transportados como animais para o Novo Mundo.

Dificilmente se pode exagerar as consequências devastadoras da humilhação em vidas humanas. As adversidades históricas do tráfico de escravos e da colonização (e os insultos raciais acrescentados a lesões físicas e sociais) têm sido vistas como "a guerra contra a África" pela Comissão Independente sobre a África, presidida por Albert Tevoedjre, que identifica a principal tarefa da África hoje como "vencer a guerra contra a humilhação" (o título escolhido para o relatório).[1] Como afirma a comissão, a subjugação e a difamação da África ao longo dos últimos séculos deixaram um legado bastante negativo contra o qual os povos do continente têm que lutar. Esse legado inclui não só a devastação de instituições antigas e a oportunidade perdida de construir outras novas, mas também a destruição da confiança social, da qual tantas outras coisas dependem.

---

1 Albert Tevoedjre, *Winning the War Against Humiliation* (Nova York: UNDP, 2002), relatório da Comissão Independente sobre a África e os Desafios do Terceiro Milênio. O relatório foi publicado originalmente em francês: *Vaincre l'humiliation* (Paris, 2002).

Corrosão semelhante também ocorreu em outros lugares. Agora que a memória real da soberania imperial britânica praticamente desapareceu na Grã-Bretanha e a nostalgia por ela (junto com uma queda por *curry*) é bastante forte, vale lembrar que a complexa atitude dos sul-asiáticos para com a Grã--Bretanha inclui reações a alguns componentes especialmente sem atrativos, que coexistiram com outros componentes da mentalidade imperial. Nunca houve escassez de indófilos na hierarquia imperial, e eles foram particularmente importantes no século 18. Assim que o império se estabeleceu, porém, a necessidade de manter alguma distância se tornou uma parte crucial da educação do funcionário britânico já no início do século 19.[2] A melhor explicação de uma das bases racionais para isso encontra-se na famosa história da Índia de James Mill, que era uma leitura corrente dos funcionários imperiais prestes a empreenderem viagem àquele país, a saber: embora "nossos ancestrais, apesar de rudes, fossem sinceros", em comparação, "sob a aparência exterior polida do hindu jaz uma disposição geral para a falácia e a perfídia".[3] O livro, que Mill escreveu sem visitar a Índia uma vez sequer e sem ser capaz de ler nenhuma língua indiana, era considerado totalmente fidedigno pela administração britânica, e foi qualificado por Lord Macaulay, que em breve seria o mais poderoso administrador britânico na Índia, como "no conjunto, a maior obra histórica publicada em nosso idioma desde o livro de Gibbon".[4]

Nessa "bíblia para o funcionário indiano britânico", Mill também deixou claro que, embora algumas pessoas considerassem os indianos e os hindus "um povo de elevada civilização", ele concluíra que "na realidade eles deram uns poucos primeiros passos no progresso para a civilização".[5] Para exemplificar, comentarei sucintamente uma das diversas acusações que enchem as páginas do livro de Mill, relacionadas à sua avaliação da astronomia clássica indiana. Ela refere-se especificamente às demonstrações da rotação da Terra e de um modelo de atração gravitacional proposto por Aryabhata, que nasceu no século 476 d.C. — demonstrações que também foram posteriormente investigadas pelos astrônomos indianos Varahamihira e Brahmagupta nos séculos 6 e 7, respectivamente. Esses trabalhos eram bem conhecidos no mundo árabe e

2 Absorvente romance de William Dalrymple sobre amor entre barreiras étnicas na Índia do século 18, *White Mughals* (Londres: Flamingo, 2002), quando cerca de um terço dos homens britânicos na Índia vivia com mulheres indianas, seria difícil de duplicar no século seguinte, sob relações imperiais cada vez mais endurecidas.

3 James Mill, *The History of British India* (Londres, 1817; republicado, Chicago: University of Chicago Press, 1975), p. 247.

4 Citado na introdução de John Clive a *The History of British India*, de Mill, p. viii.

5 Mill, *The History of British India*, pp. 225–6.

geraram muitos debates. De fato, o livro de Brahmagupta foi traduzido para o árabe no século 8 e retraduzido pelo matemático iraniano Alberuni no século 11 (no entender de Alberuni, a versão árabe anterior era um pouco imperfeita).

No final do século 19, William Jones, enquanto prestava serviço à Companhia das Índias Orientais em Calcutá, tomou conhecimento desses antigos documentos em sânscrito e expressou admiração por essas primeiras obras astronômicas indianas.[6] Ao comentar isso, Mill expressou total espanto sobre a credulidade de Jones.[7] Depois de ridicularizar o absurdo dessa atribuição e comentar sobre as "pretensões e interesses" dos informantes indianos de Jones, Mill concluiu que era "extremamente natural que sir William Jones, cujos 'explicadores'[8] estavam familiarizados com as ideias de filósofos europeus respeitantes ao sistema do universo, soubesse através deles que aquelas ideias estavam contidas em seus próprios livros".[9] Dessa maneira, a crença de Mill na "disposição geral para a falácia e a perfídia" de indianos acabou por ter também uma função explanatória em sua história da Índia.

No fim de uma crítica abrangente a supostas realizações indianas, em especial em matemática e ciência, Mill chegou à conclusão de que a civilização indiana estava em igualdade de condições com "outras inferiores" de que tinha conhecimento: "praticamente igual à dos chineses, persas e árabes", e tão inferior quanto às de outras "nações secundárias, os japoneses, cochinchinos, siameses, birmaneses, e até mesmo malaios e tibetanos".[10] Depois dessa avaliação abrangente, se essas "nações secundárias" tornaram-se presa de algum descontentamento em relação ao Ocidente colonizador, pode ser um tanto injusto atribuí-lo simplesmente a uma paranoia gerada por si mesma.

6 William Jones é frequentemente considerado um "orientalista" por excelência, o que, em um sentido óbvio, ele foi. Contudo, qualquer proposta de enxergar nele uma ampla gama de atitudes compartilháveis por todos os orientalistas — de William Jones a James Mill — dificilmente poderia ser sustentada. Sobre esse aspecto, ver o Capítulo 7 ("Indian Traditions and Western Imagination" [Tradições indianas e imaginação ocidental]) do livro *The Argumentative Indian*, de minha autoria (Londres: Allen Lane; Nova York: Farrar, Straus & Giroux, 2005).

7 Mill encontrou nas crenças de Jones sobre as primitivas matemática e astronomia indianas "provas da otimista credulidade com que o estado da sociedade dos hindus foi, por um período, considerado", e achou especialmente divertido que Jones tivesse feito tais atribuições "parecendo crer nelas" (*The History of British India*, pp. 223–4). No lado essencial, Mill amalgama as reivindicações inconfundíveis no que dizem respeito (1) ao princípio da atração gravitacional, (2) à rotação diária da Terra e (3) ao movimento da Terra em torno do Sol. Aryabhata e Brahmagupta ocuparam-se principalmente com os dois primeiros, sobre os quais fizeram afirmações específicas, ao contrário do terceiro.

8 No original, *pundits*, que designa pessoas (supostamente) especializadas num assunto e que repetidamente expressam em público suas opiniões a respeito; com frequência, é usada num sentido pejorativo. (N.R.)

9 Mill, *The History of British India*, pp. 223–4.

10 Ibid., p. 248.

## DIALÉTICA DA MENTALIDADE COLONIZADA

E, no entanto, os limitados horizontes da mentalidade colonizada e sua fixação com o Ocidente — seja por ressentimento, seja por admiração — têm de ser superados. Não faz sentido uma pessoa ver a si mesma como alguém (ou cujos antepassados) que foi descrito falsamente, ou maltratado, por colonizadores, não importa quão verdadeira essa identificação possa ser.

Sem dúvida, há ocasiões em que esse diagnóstico seria bastante pertinente. Dada a continuidade de algumas assimetrias coloniais em diferentes formas — o termo "neocolonialismo" é frequentemente usado em referência a elas — e a nova e enérgica tentativa de ver um grande mérito na ordem imperial do passado, essas ocasiões podem muito bem surgir com alguma frequência. Mas levar uma vida em que o ressentimento contra uma inferioridade imposta na história passada passa a dominar as prioridades de uma pessoa no presente só pode ser injusto para essa pessoa mesma. Pode também desviar enormemente a atenção de outros objetivos que aqueles oriundos de colônias do passado têm motivos para valorizar e alcançar no mundo contemporâneo.

De fato, a mentalidade colonizada é parasiticamente obcecada pela relação extrínseca com as nações coloniais. Embora o impacto de tal obsessão possa adquirir muitas formas diferentes, essa dependência geral dificilmente pode ser uma base adequada para o entendimento de si mesmo. Como passarei a examinar adiante, a natureza dessa "autopercepção reativa" teve amplas consequências sobre assuntos contemporâneos. Entre eles, (1) o encorajamento que deu a hostilidades desnecessárias a muitas ideias globais (por exemplo, democracia e liberdade pessoal) sob a enganosa impressão de que essas são ideias "ocidentais", (2) a contribuição que fez para uma interpretação distorcida da história intelectual e científica do mundo (incluindo o que é essencialmente "ocidental" e o que tem herança mista), e (3) o apoio que tendeu a dar ao aumento do fundamentalismo religioso e até mesmo ao terrorismo internacional.

Entendo que essa é uma boa lista de contribuições diretas e indiretas, mas, antes de abordá-las mais detalhadamente, gostaria de ilustrar a natureza dessa autopercepção reativa com um exemplo histórico que implica identidade intelectual. Ele envolve a interpretação do passado da Índia e a autopercepção da identidade indiana.[11] A subversão colonial — como a apre-

11 *The Argumentative Indian*, capítulos 6, 7 e 16.

sentada por James Mill — dos avanços da Índia na ciência e na matemática contribuíram para uma autopercepção "adaptada" que escolheu "seu próprio terreno" para competir com o Ocidente, enfatizando a vantagem comparativa da Índia em assuntos "espirituais". Partha Chatterjee examinou o aparecimento dessa atitude:

> O nacionalismo anticolonial cria seu próprio campo de soberania dentro da sociedade colonial muito antes de sua luta política contra a nação imperial. Para isso, divide o mundo das instituições e práticas sociais em dois campos — o material e o espiritual. O material é o campo do "exterior", da economia e da estadística, da ciência e da tecnologia, um campo em que o Ocidente demonstrou sua superioridade e o Oriente sucumbiu. Nesse campo, portanto, a superioridade ocidental teve que ser reconhecida e seus feitos cuidadosamente estudados e replicados. O espiritual, por outro lado, é um campo "interior" que comporta as marcas "essenciais" da identidade cultural. Quanto maior o êxito de uma pessoa na imitação das habilidades ocidentais no campo material, por conseguinte, maior a necessidade de preservar a distinção da cultura espiritual dessa pessoa. A meu ver, essa fórmula é uma característica fundamental dos nacionalismos anticoloniais na Ásia e na África.[12]

É possível que o perspicaz diagnóstico de Chatterjee seja um tanto "concentrado na Índia" e sua conclusão geograficamente inclusiva — compreendendo "Ásia e África" — seja uma generalização exagerada com base na experiência do século 19 especialmente do subcontinente indiano. Identidades pessoais reativas podem, na verdade, operar de diferentes maneiras em diferentes regiões e épocas. Entretanto, a meu ver, seria correto aceitar que Chatterjee identifica acertadamente um importante aspecto da tendência que se desenvolveu em diversas partes dos impérios europeus na Ásia e na África, incluindo o subcontinente indiano durante a administração britânica. Certamente incentivou os indianos a causar uma boa impressão. Isso foi, em grande parte, uma reação a uma interpretação imperial bastante sumária da história analítica e científica passada Índia.[13] Esse foco seletivo, embora combatendo as reivindicações imperiais de superioridade total (o terreno espiritual era "nosso", afirmava-se), teve como resultado a negligência — e a desvalorização — de uma grande parte da herança científica e matemática da

12 Partha Chatterjee, *The Nation and Its Fragments* (Princeton, Nova Jersey: Princeton University Press, 1993), p. 6.
13 Sobre essas questões, e outras relacionadas, ver também *The Argumentative Indian*, capítulos 1-4 e 6-8.

Índia. De fato, quanto a isso, consolidou a interpretação errônea de James Mill do passado intelectual da Índia, em vez de resistir a ela.

Há ainda um exemplo de um padrão mais geral do desenvolvimento da identidade reativa. Uma das singularidades do mundo pós-colonial é o modo como muitas pessoas não ocidentais hoje tendem a ver a si mesmas como essencialmente "o outro", como o filósofo Akeel Bilgrami belamente examinou em um ensaio intitulado "What is a Muslim?" [O que é um muçulmano?].[14] Essas pessoas são levadas a definir sua identidade principalmente em termos de *serem diferentes* das pessoas ocidentais. Um pouco dessa "alteridade" pode ser vista no surgimento de diversas autodefinições que caracterizam o nacionalismo cultural ou político, e até mesmo na contribuição que essa visão reativa faz para o fundamentalismo.

Embora essas visões "não ocidentais" — e às vezes "antiocidentais" — envolvam uma enfática busca de independência do predomínio colonial, elas são, na verdade, totalmente dependentes do estrangeiro — em uma forma negativa e contrária. A dialética da mentalidade cativa pode levar a uma autopercepção profundamente preconcebida e parasiticamente reativa. Além disso, esse modo singular de pensar pode assumir a forma de tentar "vingar-se" do Ocidente (como muitos terroristas se veem fazendo, com referências explícitas ou implícitas a atrocidades do período colonial) e de buscar justiça no mundo contemporâneo invocando as ofensas passadas e presentes do mundo ocidental. Pode também assumir a forma mais positiva de desejar "emparelhar-se ao Ocidente", tentando "vencê-lo jogando o mesmo jogo" ou tentando construir uma sociedade que "até mesmo os ocidentais devam admirar". Esses projetos positivos talvez não tenham o antagonismo ou a raiva imprevidente da intenção de corrigir ou punir, mas também tornam a identidade de uma pessoa profundamente subordinada às relações com outros. Os senhores coloniais de ontem continuam a exercer uma enorme influência sobre a mentalidade pós-colonial de hoje.

Outra consequência lamentável de uma pessoa ver-se como "o outro" é que tende a tornar ainda mais prejudicial a expropriação ocidental da herança global de ideias políticas universalistas (por exemplo, a importância da liberdade e do pensamento democrático). O diagnóstico errôneo do que é "ocidental" (bastante comum, como observamos no Capítulo 3) pode causar um grande dano ao solapar o apoio à democracia ou à liberdade no mundo não ocidental. Pode,

---

14 Akeel Bilgrami, "What Is a Muslim?", em Anthony Appiah e Henry Louis Gates, orgs., *Identities* (Chicago: University of Chicago Press, 1995).

além do mais, ajudar a solapar a compreensão da objetividade na ciência e no conhecimento, com base em uma pretensa necessidade de ser adequadamente cético quanto à "ciência ocidental".

O papel que a dialética colonizada desempenha para tornar a vida mais árdua na Ásia e na África pode ser demonstrado com diferentes tipos de exemplos. Para tomar um particularmente ilustrativo, Mamphela Ramphele, que é uma notável combinação de médico eminente, destacado ativista contra o apartheid e formulador global de políticas, examinou com argúcia o modo como, na inadequada proteção contra a irrupção da epidemia de AIDS na África do Sul, a natureza da política pública na África do Sul pós-apartheid foi influenciada pela "falta de confiança na ciência que tradicionalmente tem sido controlada por brancos". Isso fortaleceu outra influência dialética em direção à inação que surgiu do "temor de reconhecer uma epidemia que poderia ser facilmente usada para insuflar a pior estereotipagem racial".[15]

A dialética da mentalidade colonizada pode impor uma pesada pena à vida e à liberdade de pessoas que sejam reativamente obcecadas pelo Ocidente. Pode também causar a devastação de vidas em outros países, quando a reação assume a forma violenta de buscar o confronto, incluindo o que se considera retribuição. Retornarei a essa questão angustiante mais adiante neste capítulo.

## VALORES ASIÁTICOS E TEMAS MENORES

Uma das mais notáveis articulações de uma identidade não ocidental reativa encontra-se na defesa de "valores asiáticos" provenientes de diversos representantes da Ásia Oriental. Isso se deu como reação, em grande parte, à reivindicação ocidental de ser o repositório histórico de ideias sobre liberdade e direitos (as afirmações de Samuel Huntington nesse sentido foram examinadas anteriormente). Os proponentes do mérito dos "valores asiáticos" não contestam essa reivindicação, muito pelo contrário. Em vez disso, afirmam que, embora a Europa possa ter sido o berço da liberdade e dos direitos individuais, os "valores asiáticos" acalentam disciplina e ordem, e estes, alega-se, são uma prioridade magnífica. Dizem ao Ocidente que esse pode ficar com suas liberdades e direitos individuais, mas que a Ásia irá se sair melhor aderindo à conduta ordenada e ao comportamento disciplinado. É difícil deixar escapar a obsessão pelo Ocidente nessa formidável reivindicação "asiática".

15 Mamphela Ramphele, *Steering by the Stars: Being Young in South Africa* (Cidade do Cabo: Tafelberg, 2002), p. 15.

A glorificação dos "valores asiáticos" floresceu tipicamente melhor em países ao leste da Tailândia (em especial entre líderes políticos e porta-vozes do governo), apesar de que há uma reivindicação ainda mais ambiciosa de que o resto da Ásia é também bastante "semelhante". Por exemplo, o admirável ministro sênior (e ex-primeiro-ministro) de Cingapura, Lee Kuan Yew, que é um dos grandes arquitetos do ressurgimento da Ásia Oriental e por si só um líder político visionário, resumiu "a diferença fundamental entre conceitos ocidentais de sociedade e governo e conceitos asiáticos orientais" com esta explicação: "Quando digo asiáticos orientais, refiro-me à Coreia, ao Japão, à China e ao Vietnã, enquanto distintos da Ásia do sudeste, que é uma mistura de sínicos e indianos, embora a própria cultura indiana enfatize valores semelhantes".[16] Lee Kuan Yew em seguida ligou a ênfase em valores asiáticos à necessidade de resistir à hegemonia do Ocidente, em especial o predomínio político dos Estados Unidos, salientando que Cingapura não é um "estado-cliente dos Estados Unidos".[17]

Diferenças de cultura e de valores entre a Ásia e o Ocidente foram destacadas por diversas delegações oficiais na Conferência Mundial sobre Direitos Humanos em Viena em 1993. O ministro do exterior de Cingapura alertou que o "reconhecimento universal do ideal de direitos humanos pode ser nocivo se o universalismo for usado para negar ou mascarar a realidade da diversidade".[18] A delegação chinesa desempenhou um importante papel ao enfatizar as diferenças regionais e ao assegurar que a estrutura das prescrições adotada nas declarações dessem lugar para a "diversidade regional". O ministro do exterior chinês até mesmo observou que as prioridades asiáticas requerem que os "indivíduos devam pôr os direitos do Estado antes de seus próprios direitos".[19]

Já examinei, no Capítulo 3, a razão por que é muito difícil sustentar esse diagnóstico cultural. O apoio a ideias de liberdade e debate público, e o que se pode chamar de direitos humanos fundamentais, foram articulados não com menor frequência na Ásia — na Índia, na China, no Japão e em diversos outros

16 "Culture Is Destiny: A Conversation with Lee Kuan Yew", de Fareed Zakaria, *Foreign Affais* 73 (mar.-abr. 1994), p. 113.

17 Citado no *International Herald Tribune*, 13 jun. 1995, p. 4. Ver também a penetrante autobiografia de Lee, *From Third World to First: The Singapore Story, 1965–2000* (Nova York: HarperCollins: 2000).

18 W. S. Wong, "The Real World of Human Rights", discurso feito pelo ministro do exterior de Cingapura no Segundo Congresso Mundial sobre Direitos Humanos, Viena, 1993.

19 Citado em John F. Cooper, "Peking's Post-Tienanmen Foreign Policy: The Human Rights Factor", *Issues and Studies 30* (out. 1994), p. 69; ver também Jack Donnelly, "Human Rights and Asian Values: A Defence of 'Western' Universalism", em Joanne Bauer e Daniel A. Bell, orgs., *The East Asian Challenge for Human Rights* (Cambridge: Cambridge University Press, 1999).

países no leste, sudeste, sul e oeste da Ásia — do que na Europa.[20] O caso que se deve observar aqui não é apenas a natureza discutível do diagnóstico de "valores asiáticos" e o fato de que ele subestima seriamente a extensão e o âmbito da herança intelectual da Ásia. É também importante, no contexto dessa análise, ver a natureza inteiramente reativa da gênese dessa posição. A necessidade de diferençar-se do Ocidente é claramente visível nessa dialética pós-colonial, e é também fácil ver a atração, para muitos asiáticos, da afirmação de que a Ásia tem algo muito melhor do que a Europa.

Na verdade, seria difícil negar as reivindicações de Lee Kuan Yew de uma diferenciação especial. Embora os defensores asiáticos da liberdade política e da democracia, entre eles este autor, só possam ficar decepcionados com o fato de que as palavras e as ações de Lee visaram uma direção oposta à nossa, seria errôneo negar crédito onde é devido. Há, em especial, a necessidade de reconhecer que a Cingapura de Lee Kuan Yew não só alcançou grande êxito econômico, mas também pôde propiciar a suas comunidades minoritárias uma forte noção de participação, de segurança, e uma identidade nacional compartilhada de uma forma que a maioria dos países europeus com minorias bastante grandes não conseguiu fornecer a suas próprias comunidades minoritárias. É difícil não pensar no contraste de quando os distúrbios urbanos, ligados a raça e etnicidade, irromperam na França no outono de 2005.

Permanece, no entanto, o fato de que é difícil justificar a generalização de Lee sobre os valores da Ásia com base em uma interpretação equilibrada dos clássicos históricos asiáticos e nas experiências e nos escritos contemporâneos na Ásia. O diagnóstico de valores asiáticos na tese de Lee e de outros é claramente influenciado por um modo reativo de responder às reivindicações do Ocidente de ser o ninho natural da liberdade e dos direitos. Em vez de contestar essas reivindicações, Lee propõe virar a mesa do Ocidente argumentando: sim, não contribuímos muito para as ideias ocidentais de liberdade e direitos, porque temos algo melhor. Essa versão de retórica antiocidente está também, em um sentido dialético, obcecada pelo Ocidente.

---

20 Fiz uma exposição das evidências apresentadas em *Human Rights and Asian Values: Sixteenth Morgenthau Memorial Lecture on Ethics and Foreign Policy* (Nova York: Carnegie Council on Ethics and International Affairs, 1997), republicado em forma condensada em *The New Republic*, 14 e 21 jul. 1997. Ver também meu livro *Development as Freedom* (Nova York: Knopf; Oxford: Oxford University Press, 1999) e também "The Reach of Reason: East and West", *New York Review of Books*, 20 jul. 2000, reimpresso em *The Argumentative Indian* (2005).

## COLONIALISMO E ÁFRICA

A África talvez seja o continente mais problemático do século passado, especialmente na segunda metade. Nos meados do século, o fim formal dos impérios — britânico, francês, português e belga — foi acompanhado de uma forte promessa de desenvolvimentos democráticos na África. Em vez disso, grande parte da região logo se viu presa do autoritarismo e militarismo, um colapso da ordem civil e dos serviços educacionais e de saúde, e uma verdadeira explosão de conflitos locais, contendas entre comunidades e guerras civis.

Este não é o momento adequado para investigar a história causadora de tais desenvolvimentos desfavoráveis, dos quais somente hoje a África começa a se afastar, embora a tarefa se torne ainda mais difícil pelo enorme problema das epidemias, novas (como a AIDS) e antigas (como a malária), que estão arruinando muitas partes do continente. Fiz alguns comentários sobre esses complexos desenvolvimentos em outros escritos (em especial no livro *Development as Freedom* [Desenvolvimento como liberdade]),[21] e aqui irei limitar-me a um ou dois comentários relacionados sobretudo ao contínuo papel do colonialismo e ao funcionamento da mentalidade colonizada.

Em primeiro lugar, embora muito se tenha escrito sobre as possíveis consequências da dominação ocidental no mundo ao atrasar o crescimento e o desenvolvimento das economias africanas (por exemplo, através de limites impostos artificialmente a mercados de exportação, na Europa e nos Estados Unidos, de produtos agrícolas, têxteis e outras mercadorias, e o insuportável ônus de dívidas, que só agora começa a ser aliviado), é também importante entender o papel das potências ocidentais na história recente dos desenvolvimentos políticos e militares no continente.

Aos infortúnios da África no período do imperialismo clássico somaram-se, na realidade, outros em um período de desvantagens institucionais durante a guerra fria na segunda metade do século 20. A guerra fria, que se deu verdadeiramente em solo africano (embora raras vezes isso seja reconhecido), fez com que cada uma das superpotências cultivasse governantes militares como amigos e, talvez ainda mais importante, como hostis ao inimigo. Quando suseranos militares na África, por exemplo Mobuto Sese Seko, do Congo, ou Jonas Savimbi, de Angola, ou seja quem fosse, arruinavam ordens sociais e políticas

---

21 *Development as Freedom*, e também, com Jean Drèze, *Hunger and Public Action* (Oxford: Clarendon Press, 1989).

(e, em última análise, também a ordem econômica), eles podiam contar com o apoio ou da União Soviética ou dos Estados Unidos e seus aliados, dependendo das alianças militares de cada um. A um usurpador militar da autoridade civil jamais faltava uma superpotência amiga, ligada por meio de uma aliança militar. Um continente que, nos anos 1950, parecia estar caminhando para o desenvolvimento de políticas democráticas ativas logo se viu dirigido por uma variedade de líderes ditatoriais que estavam vinculados a um ou a outro lado da militância da guerra fria. Eles rivalizavam em despotismo com a África do Sul fundamentada no apartheid.

Esse quadro está hoje mudando aos poucos, com a África do Sul pós--apartheid desempenhando um papel de liderança na mudança construtiva. Contudo, a presença militar do Ocidente na África, e a incitação a ela, vem assumindo mais e mais uma forma diferente, a saber, a de ser o fornecedor principal das armas vendidas globalmente, as quais são frequentemente usadas para manter guerras e conflitos militares regionais, e que têm consequências extremamente destrutivas, sobretudo nas perspectivas econômicas de países pobres. Embora a venda — e a "imposição" — de armas não seja obviamente o único problema a ser focado na redução de conflitos militares no continente (o lado da demanda do mercado de armas reflete, claro, problemas dentro da região), a necessidade de refrear o vasto comércio internacional de armas é hoje extremante forte. O armamento é um negócio para o qual a venda de armas tem estado tipicamente muito próxima da imposição de equipamentos.

Os principais fornecedores de armamento no mercado mundial de hoje são os países do G8, que foram responsáveis por 84% das armas vendidas no período de 1998 e 2003.[22] O Japão, o único país não ocidental entre os do G8, é também o único entre eles a se abster desse comércio. Sozinhos, os Estados Unidos foram responsáveis por cerca de metade das armas vendidas no mercado mundial, com dois terços de suas exportações destinadas a países em desenvolvimento, entre eles a África. As armas são usadas não só com resultados sangrentos mas também com consequências devastadoras para a economia, o Estado e a sociedade. Sob certos aspectos, isso é uma continuação do papel insalubre das potências mundiais no desenvolvimento do militarismo político na África dos anos 1960 aos anos 1980, quando a guerra fria envolvia a África. As potências mundiais arcam com uma espantosa responsabilidade por contribuírem, durante os anos da guerra fria, para a subversão da democracia na

22 Computado com base em dados apresentados pelo Stockholm Peace Research Institute, <http://www.sipri.org>.

África. A venda e a imposição de armas dão-lhes um papel contínuo na escalada dos conflitos militares de hoje em dia — na África e em outros lugares. A recusa dos Estados Unidos de concordarem com uma supressão conjunta mesmo de exportações ilícitas de armas de pequeno porte (uma proposta bastante modesta apresentada por Kofi Annan há alguns anos) demonstra as dificuldades implicadas.

Entre as adversidades enfrentadas hoje pela África para tentar distanciar-se da história colonial e da supressão da democracia consequente da guerra fria está a continuidade do fenômeno sucessor na forma de militarismo e contínuo conflito armado, no qual o Ocidente tem função de facilitador. Na categorização civilizacional, muito usada hoje em dia, o Ocidente pode ser muitas vezes glorificado por ter "tradição de direitos e liberdades individuais única entre as sociedades civilizadas" (para invocar a frase de Huntington), mas, à parte ver as limitações históricas dessa tese (examinada anteriormente), é também importante atentar para o papel do Ocidente na debilitação dos "direitos e liberdades individuais" em *outros* países, incluindo os da África. Os governos ocidentais precisam adotar mudanças de política que restrinjam ou detenham os mercadores da morte no interior de suas fronteiras. A descolonização da mentalidade colonizada deve ser complementada por mudanças na política internacional ocidental.

Em segundo lugar, é claro que também existem muitos problemas na mentalidade. Como afirmou Kwame Anthony Appiah, "A descolonização ideológica está destinada ao fracasso, caso negligencie a *tradição* endógena ou as ideias exógenas *ocidentais*".[23] Em especial, o argumento volta e meia repetido de que a democracia não se adapta à África — é "algo muito ocidental" — teve um efeito extremamente negativo ao enfraquecer a defesa da democracia na África dos anos 1960 aos 1980. Fora a necessidade de ver o papel construtivo da democracia na África (assim como em outras partes do mundo), o argumento cultural é duplamente falho, porque uma invenção ocidental pode ainda ser bastante útil em outras partes do mundo (a penicilina é um exemplo óbvio) e porque também existe, na verdade, uma longa tradição, examinada anteriormente, de governo participativo na África.

Meyer Fortes e Edward Evans-Pritchard, os notáveis antropólogos da África, sustentaram em seu livro clássico *African Political Systems* [Sistemas políticos africanos], publicado há mais de sessenta anos, que "a estrutura de um estado

---

23 Kwame Anthony Appiah, *In My Father's House: Africa in the Philosophy of Culture* (Londres: Methuen, 1992), p. xii.

africano infere que reis e chefes governam por consentimento".[24] Talvez haja aí um excesso de generalização, como afirmaram os críticos, mas há poucas dúvidas sobre o papel importante e a contínua pertinência da responsabilidade e da participação na herança política da África. Ignorar tudo isso na tentativa de ver a luta pela democracia na África somente como um esforço para importar do exterior a "ideia ocidental" de democracia seria (como examinamos anteriormente) uma descrição profundamente equivocada.

Quanto a isso, mais uma vez, a compreensão de uma pluralidade de compromissos e a valorização da coexistência de identidades múltiplas são de extrema importância, e isso sobretudo na descolonização da África. Appiah explica que foi bastante influenciado pelo pai, devido à sua "múltipla vinculação a suas identidades: sobretudo como asante, ganense e africano, e como cristão e metodista".[25] Uma compreensão apropriada do mundo de identidades plurais requer clareza de pensamento sobre o reconhecimento de nossos diversos compromissos e filiações, ainda que isso possa tender a ser sufocado pela enchente da defesa unifocal de apenas uma ou outra perspectiva. A descolonização da mentalidade exige um resoluto abandono da tentação das identidades e prioridades solitárias.

## FUNDAMENTALISMO E A
## CENTRALIDADE DO OCIDENTE

Foco agora o fundamentalismo, que tem uma presença considerável no mundo contemporâneo e desempenha um papel importante na geração de lealdade e discórdia social. Deve-se observar, claro, que o fundamentalismo viceja tanto no Ocidente como fora dele. De fato, Darwin e a ciência evolucionária parecem enfrentar hoje uma oposição maior e mais organizada do público educado em partes dos Estados Unidos do que quase em qualquer outro lugar no mundo. Contudo, irei me concentrar aqui especificamente no fundamentalismo não cristão, cuja ligação com a história colonial do mundo é importante entender.

A natureza intensamente antiocidental de alguns dos movimentos fundamentalistas não cristãos no mundo pode tornar implausível sugerir que eles são, na realidade, profundamente dependentes do Ocidente. Mas eles têm cla-

24 Meyer Fortes e Edward E. Evans-Pritchard, *African Political Systems* (Nova York: Oxford University Press, 1940), p. 12.
25 Appiah, *In My Father's House: Africa in the Philosophy of Culture*, p. xi.

ramente tal dependência, em especial na medida em que se focam no incentivo de valores e prioridades direcionados explícita e exclusivamente contra conceitos e interesses ocidentais. Ter uma visão de si mesmo como "o outro" (para lembrar um conceito notável bem analisado por Akeel Bilgrami), em contraposição a alguma estrutura de poder externa — nesse caso, colonial —, é parte do sistema de crenças subjacentes de alguns dos movimentos fundamentalistas antiocidentais mais vívidos, entre eles as versões mais fervorosas de fundamentalismo islâmico.

Na época em que governantes muçulmanos controlavam o terreno central do Velho Mundo e tinham um grande domínio sobre ele (entre os séculos 7 e 17), os muçulmanos não definiram suas culturas e prioridades em termos principalmente reativos. Embora a difusão do islamismo implicasse sobrepujar o domínio de outras religiões — cristianismo, hinduísmo, budismo, entre outras —, não havia necessidade de os muçulmanos se definirem como "o outro", em contraposição a alguma potência dominante no mundo. Há algo assim como um desvio daquela perspectiva autoconfiante quando a insistência em uma resistência antiocidental unificada e o irresistível compromisso de lutar contra o Ocidente — como a corporificação do "Grande Satã" ou o que fosse — colocam o Ocidente no centro do palco político de um ponto de vista fundamentalista. Não havia necessidade de uma autodefinição tão reativa assim nos dias magníficos da primazia muçulmana.

Certamente também não há muita "necessidade" disso nos dias de hoje. Ser muçulmano implica em crenças religiosas positivas (em especial, o reconhecimento de que "não há Deus a não ser Deus" e de que "Maomé é o Mensageiro de Deus") e algumas obrigações de desempenho (como orações). Todavia, dentro das exigências principais dessas crenças e desses desempenhos religiosos, diferentes muçulmanos podem escolher diferentes pontos de vista sobre assuntos seculares e decidir como levar a vida. E a vasta maioria dos muçulmanos no mundo inteiro age desse modo ainda hoje. Em contraposição, alguns dos movimentos fundamentalistas islâmicos lavram para si mesmos um determinado território que implica em uma visão social e um panorama político nos quais o Ocidente tem um papel fortemente negativo, porém central.[26]

---

26 Mesmo quando existem movimentos políticos específicos envolvidos em questões regionais, como as reivindicações de palestinos por seus próprios territórios e soberania, há interpretações políticas fundamentalistas sobre eles que veem tais confrontos regionais como parte de uma oposição geral ao predomínio ocidental, independentemente de quão diferentes possam ser tais interpretações da maneira como a maioria das pessoas da região (no caso, palestinos) veem a natureza do que está implicado na disputa regional específica.

Se o fundamentalismo islâmico contemporâneo for, nesse sentido, parasita do Ocidente, o é ainda mais o terrorismo que às vezes o acompanha e que tem como alvo os Estados Unidos ou a Europa. Dedicar uma vida à destruição gradual do Ocidente e à explosão de prédios proeminentes que têm uma importância prática ou simbólica no Ocidente reflete uma obsessão pelo Ocidente que esmaga todos os outros valores e prioridades. É uma das preocupações que podem ser bastante incentivadas pela dialética da mentalidade colonizada.

Em classificações civilizacionais rudimentares, uma das distinções muito obscuras, como vimos no Capítulo 4, é a que se faz entre (1) uma pessoa ser muçulmana, que é uma identidade importante, mas não necessariamente sua única identidade, e (2) uma pessoa ser total ou principalmente definida pela identidade islâmica. O turvamento, bastante visto em discussões da política contemporânea, da distinção entre ser muçulmano e ter uma identidade islâmica única é motivado por várias preocupações confusas, das quais uma confiança exclusiva em categorias civilizacionais rudimentares é com certeza uma delas. No entanto, o aparecimento de autoconceitos reativos no pensamento e na retórica antiocidentais também contribui para essa nebulosidade conceitual. Cultura, literatura, ciência e matemática são compartilhadas com mais facilidade do que religião. A tendência de se ver como "o outro", nitidamente distinto do Ocidente, tem o efeito de fazer muitas pessoas na Ásia e na África colocarem muito mais ênfase em suas identidades *não* ocidentais — distanciadas da herança judaico-cristã do Ocidente — do que em outras partes da compreensão de si mesmas.

Retomarei essa questão classificatória geral para outras ponderações, inclusive seu papel de desorientação de algumas das reações ao fundamentalismo e ao terrorismo empreendidas nos Estados Unidos e na Europa.

CAPÍTULO 6

# CULTURA E CATIVEIRO

O mundo chegou à conclusão — de maneira mais desafiadora do que o necessário — de que cultura tem importância. O mundo está, evidentemente, certo — cultura tem mesmo importância. Todavia, a pergunta que se deve fazer é: "De que modo cultura tem importância?"[1] O confinamento da cultura em compartimentos rígidos e separados de civilizações ou de identidades religiosas, como examinamos nos dois capítulos anteriores, adota uma visão bastante estreita dos atributos culturais. Outras generalizações culturais, por exemplo, sobre grupos nacionais, étnicos ou raciais, também podem apresentar uma compreensão extraordinariamente limitada e árida das características dos seres humanos envolvidos. Quando uma percepção nebulosa da cultura combina-se com fatalismo sobre o poder dominador da cultura, pedem-nos, na verdade, que sejamos escravos imaginários de uma força ilusória.

Contudo generalizações culturais simples são muitíssimo eficazes na fixação de nosso modo de pensar. É fácil reconhecer o fato de que tais generalizações existem em abundância nas convicções populares e na comunicação informal. As crenças implícitas e deturpadas não apenas são frequentemente tema de piadas racistas e insinuações étnicas como também às vezes emergem como grandes teorias. Quando há uma correlação fortuita entre preconceito cultural e observação social (não importa quão casual), nasce uma teoria, e ela pode recusar-se a morrer mesmo depois que a correlação acidental desapareceu sem deixar rastro.

Tomemos como exemplo as elaboradas piadas sobre irlandeses (grosserias como "Quantos irlandeses são necessários para trocar uma lâmpada?"), que há muito tempo circulam na Inglaterra e que se assemelham às piadas igualmente tolas sobre poloneses nos Estados Unidos. Tais grosserias tinham a aparência superficial de serem bastante apropriadas à situação deprimente da

---

1 Tentei abordar essa questão em "How Does Culture Matter?", em Vijayendra Rao e Michael Walton, orgs., *Culture and Public Action* (Stanford, Califórnia: Stanford University Press, 2004).

economia irlandesa, quando esta sofria com um péssimo desempenho. Todavia, quando a economia irlandesa começou a crescer rapidamente de maneira surpreendente — de fato, nos últimos anos, com mais rapidez do que qualquer outra economia europeia (hoje a renda *per capita* da República da Irlanda é maior do que a de quase todos os demais países da Europa) —, a estereotipagem cultural e sua relevância econômica e social supostamente profunda não foram descartadas como pura e rematada tolice. Teorias têm vida própria, bastante resistente ao mundo concreto que pode realmente ser observado.

## VERDADES IMAGINADAS E POLÍTICAS REAIS

Tais teorias não são, amiúde, apenas gracejos inofensivos. Por exemplo, o preconceito cultural influenciou de fato no tratamento que a Irlanda recebeu do governo britânico, e teve um papel até mesmo na não prevenção das epidemias de fome nos anos 1840. Entre as influências que tiveram um efeito no tratamento que Londres deu aos problemas econômicos irlandeses, a alienação cultural teve peso. Enquanto a pobreza na Grã-Bretanha era normalmente atribuída às mudanças e flutuações econômicas, a pobreza irlandesa era largamente vista na Inglaterra (como observou o analista político Richard Ned Lebow) como causada por indolência, indiferença e inépcia, de forma que não se considerava que a "missão da Grã-Bretanha" tinha o propósito de "aliviar o sofrimento irlandês, mas civilizar as pessoas e orientá-las para se sentirem e agirem como seres humanos".[2]

A procura de causas culturais para a difícil situação econômica da Irlanda remonta há alguns séculos, pelo menos ao século 16, bem refletida no poema *The Faerie Queene* [A Rainha das Fadas], de Edmund Spenser, publicado em 1590. A arte de culpar as vítimas, presente em abundância no próprio *The Faerie Queene*, foi utilizada com eficácia durante os anos de escassez de víveres nos anos 1840, e novos elementos foram acrescentados à antiga narrativa. Por exemplo, a predileção dos irlandeses por batatas foi adicionada à lista de calamidades que os nativos, aos olhos dos ingleses, causaram contra si mesmos. Charles Edward Trevelyan, à frente do Ministério da Fazenda durante os períodos de fome, expressou a crença de que Londres havia feito todo o possível pela Irlanda, embora a fome matasse furiosamente (na realidade, a taxa de morta-

2 Ver a equilibrada avaliação que Joel Mokyr fez dessa difícil questão em *Why Ireland Starved: A Quantitative and Analytical History of the Irish Economy, 1800–1850* (Londres: Allen & Unwin, 1983), pp. 291-2. Ver também a conclusão de Mokyr de que a "Grã-Bretanha considerava a Irlanda como uma nação estrangeira e até mesmo hostil" (p. 291).

lidade era mais elevada nos períodos de fome na Irlanda do que em qualquer outro período de fome registrado em outras partes do mundo).

Trevelyan também propôs uma exegese cultural extremamente notável da fome manifesta da Irlanda ao vinculá-la aos supostos horizontes limitados da cultura irlandesa (em contraposição a pôr qualquer culpa no governo britânico): "Certamente não há uma mulher do campesinato no oeste da Irlanda cuja arte culinária exceda o cozimento de uma batata".[3] Essa afirmação pode ser entendida como um encorajador desvio da hesitação inglesa no que dizia respeito a fazer uma crítica internacional da arte culinária em qualquer lugar do mundo (a francesa, italiana e chinesa podem ser as próximas). Mas a singularidade dessa explicação cultural da fome irlandesa decerto merece um lugar nos anais da antropologia excêntrica.

A ligação entre intolerância cultural e tirania política pode ser bastante próxima. A assimetria de poder entre o governante e o governado, que gera um sentimento intenso de contraste de identidades, pode ser combinada com preconceito cultural ao explicar falhas de governo e de política pública. Winston Churchill fez a conhecida afirmação de que a epidemia de fome de Bengala em 1943, que ocorreu poucos anos antes da independência da Índia da Grã-Bretanha, em 1947 (também viria a ser a última epidemia de fome na Índia no século, uma vez que essas epidemias desapareceram com a soberania imperial britânica), foi causada pela tendência das pessoas na região de "procriarem como coelhos". A explicação pertence à tradição geral de encontrar explicações para desastres não em más administrações, mas na cultura dos súditos, e esse hábito de pensamento teve uma influência real no atraso crucial do alívio da fome em Bengala, que matou entre dois e três milhões de pessoas. Churchill concluiu, expressando sua frustração, que a tarefa de governar a Índia era tão difícil pelo fato de que os indianos eram "as pessoas mais bestiais do mundo, ao lado dos alemães".[4] Teorias culturais evidentemente têm seus usos.

## COREIA E GANA

Explicações culturais de subdesenvolvimento econômico têm recentemente recebido um espaço considerável. Tomemos, por exemplo, o argumento a seguir extraído do livro influente e absorvente, organizado por Lawrence Harrison e Samuel Huntington, intitulado *Culture Matters* [Cultura importa]; ele

3 Ver Cecil Woodham-Smith, *The Great Hunger: Ireland, 1845–9* (Londres: Hamish Hamilton, 1962), p. 76.
4 Ver Andrew Roberts, *Eminent Churchillians* (Londres: Weidenfeld & Nicolson, 1994), p. 213.

ocorre no ensaio introdutório de Huntington, chamado "Cultures Count" [Culturas contam], naquele volume:

> No início da década de 1990, por acaso deparei com dados econômicos sobre Gana e Coreia do Sul referentes ao início da década de 1960, e fiquei abismado de ver quão semelhantes eram aquelas economias no período. [...] Trinta anos mais tarde, a Coreia do Sul tornou-se um gigante industrial junto com as catorze maiores economias do mundo, empresas multinacionais, exportações de automóveis significativas, equipamentos eletrônicos e outras mercadorias requintadas, e uma renda *per capita* aproximadamente igual à da Grécia. Além disso, rumava para a consolidação de instituições democráticas. Nenhuma mudança semelhante ocorreu em Gana, cuja renda *per capita* é agora cerca de um quinze avos da renda da Coreia do Sul. Como explicar essa extraordinária diferença de desenvolvimento? Sem dúvida, muitos fatores contribuíram, mas pareceu-me que cultura tinha de ter um grande papel na explicação. Os sul-coreanos valorizaram parcimônia, investimento, trabalho árduo, educação, organização e disciplina. Os ganenses tinham valores diferentes. Em resumo, culturas contam.[5]

Pode haver algo de interesse nessa comparação extrema (talvez até algo fora do contexto), mas o contraste requer uma análise. Como usada na explicação citada acima, a história causal é extremamente falaz. Existiam muitas diferenças importantes — além das predisposições culturais — entre Gana e Coreia do Sul nos anos 1960.

Em primeiro lugar, as estruturas de classe nos dois países eram bastante diferentes, com um papel bem maior — e proativo — para as classes comerciais na Coreia do Sul. Em segundo lugar, a política de cada país era também bastante diferente, com o governo da Coreia do Sul pronto e impaciente para desempenhar um papel motor do desenvolvimento econômico centrado em negócios de uma forma que não era verdade em Gana. Em terceiro lugar, a estreita relação entre a economia coreana e o Japão, de um lado, e os Estados Unidos, de outro, fez uma enorme diferença, pelo menos nos primeiros estágios da expansão econômica coreana.

Em quarto lugar — e talvez o mais importante — nos anos 1960 a Coreia do Sul havia adquirido uma taxa de alfabetização bem maior e um sistema escolar

---

5 Lawrence E. Harrison e Samuel P. Huntington, orgs., *Culture Matters: How Values Shape Human Progress* (Nova York: Basic Books, 2000), p. xiii.

muito mais expandido do que Gana. O progresso coreano na educação escolar tinha em grande parte sido ocasionado no período posterior à Segunda Guerra Mundial, principalmente através de uma política pública resoluta, e não podia ser visto apenas como um reflexo da cultura (exceto no sentido geral no qual cultura é vista como incluindo tudo o que acontece em um país).[6] Levando em conta o insuficiente exame que embasou a conclusão de Huntington, é difícil justificar tanto o triunfalismo cultural em favor da cultura coreana como o pessimismo radical quanto ao futuro de Gana ao qual Huntington é levado por sua dependência do determinismo cultural.

Com isso não se sugere que fatores culturais sejam irrelevantes ao processo de desenvolvimento. Acontece que eles não atuam isolados de influências sociais, políticas e econômicas. Nem sequer são imutáveis. Se questões culturais são levadas em conta, entre outras, em considerações mais completas de mudanças sociais, elas podem ajudar sobremaneira a ampliar nossa compreensão do mundo, incluindo aí o processo de desenvolvimento e a natureza de nossa identidade. Embora não seja particularmente esclarecedor, nem especialmente útil, desaprovar veementemente a ideia de prioridades culturais supostamente fixas ("ganenses têm valores diferentes", como coloca Huntington), é proveitoso examinar como valores e comportamentos podem responder a mudanças sociais, por exemplo, por meio da influência de escolas e universidades. Volto a referir-me à Coreia do Sul, que era uma sociedade muito mais alfabetizada e educada do que Gana nos anos 1960 (quando as duas economias pareciam bastante semelhantes a Huntington). O contraste, como já foi mencionado, foi substancialmente o resultado de políticas públicas postas em prática na Coreia do Sul no período posterior à Segunda Guerra Mundial. Mas as políticas públicas do pós-guerra em educação também foram influenciadas por aspectos culturais precedentes. Fazer uma distinção entre cultura e ilusão do destino ajuda a proporcionar uma melhor compreensão de mudanças sociais quando colocadas junto com outras influências e outros processos sociais interativos.

Em uma relação bidirecional, assim como a educação influencia a cultura, da mesma forma uma cultura precedente pode ter um efeito sobre políticas educacionais. É, por exemplo, notável que quase todos os países do mundo com uma poderosa presença da tradição budista tenham apresentando uma ten-

---

6 A respeito, ver Noel E. McGinn, Donald R. Snodgrass, Yung Bong Kim, Shin-Bok Kim e Quee-Young Kim, *Education and Development in Korea* (Cambridge, Massachusetts: Council on East Asian Studies, Harvard University Press, 1980).

dência a implementar com avidez ampla escolaridade e alfabetização. Isso aplica-se não só ao Japão e à Coreia mas também à China, Tailândia, Sri Lanka e até mesmo à Birmânia (Mianmá), sob outros aspectos retrógrada. O foco sobre a iluminação no budismo (a palavra "Buda" em si mesma significa "iluminado") e a prioridade dada à leitura de textos, em vez de encarregá-la aos sacerdotes, pode ajudar a incentivar a expansão da educação. Visto num contexto mais amplo, há aqui, provavelmente, algo a ser investigado e aprendido.

No entanto, também é importante entender a natureza interativa do processo no qual o contato com outros países e o conhecimento de suas experiências pode fazer uma significativa diferença prática. Tudo indica que, quando resolveu levar rapidamente adiante a expansão da educação escolar no fim da Segunda Guerra Mundial, a Coreia foi influenciada não apenas por seu interesse cultural na educação mas também por uma nova compreensão da função e da significação da educação, fundamentada nas experiências do Japão e do Ocidente, inclusive os Estados Unidos.

## A EXPERIÊNCIA JAPONESA E A POLÍTICA PÚBLICA

Há uma história semelhante, anterior, de interação internacional e reação nacional na própria história de desenvolvimento educacional no Japão. Quando saiu do isolamento do mundo que impôs a si mesmo (a partir do século 17, sob o regime de Tokugawa), o Japão já tinha um sistema escolar relativamente bem desenvolvido, e, nessa conquista, o interesse tradicional do país em educação desempenhara um papel importante. De fato, na época da restauração de Meiji em 1868, o Japão tinha uma taxa de alfabetização mais alta do que a Europa. E, no entanto, a taxa de alfabetização no Japão ainda era baixa (como evidentemente também o era na Europa), e talvez, o que é mais importante, o sistema educacional japonês não estava a par dos avanços na ciência e no conhecimento tecnológico no Ocidente em industrialização.

Quando, em 1852, o Comodoro Matthew Perry avançou pela Baía de Edo, emitindo fumaça negra do navio a vapor recém-projetado, os japoneses não só ficaram impressionados — e um tanto amedrontados — e se viram forçados a aceitar relações diplomáticas e comerciais com os Estados Unidos mas também tiveram que reexaminar e reavaliar seu isolamento intelectual do mundo. Isso contribuiu para o processo político que levou à restauração de Meiji, e como decorrência veio a decisão de mudar a fisionomia da educação japonesa.

A chamada Carta de Juramento, proclamada em 1868, inclui uma firme declaração sobre a necessidade de "buscar conhecimento no mundo inteiro".[7]

O Código Fundamental da Educação publicado três anos mais tarde, em 1872, colocou a nova direção educacional em termos inequívocos:

No futuro, não existirá uma comunidade sequer com uma família analfabeta, nem uma família com uma pessoa analfabeta.[8]

Kido Takayoshi, um dos líderes mais influentes daquele período, formulou o problema básico com muita clareza:

Nosso povo não é diferente dos norte-americanos ou europeus de hoje; é tudo uma questão de educação ou falta de educação.[9]

Esse foi o desafio que o Japão enfrentou com determinação no final do século 19.

Entre 1906 e 1911, a educação chegou a consumir 43% dos orçamentos de cidades e vilarejos para o Japão como um todo.[10] Em 1906, os oficiais militares encarregados do alistamento constataram que, em contraposição aos fins do século 19, praticamente não havia um novo recruta que já não tivesse sido alfabetizado. Em 1910, o Japão tinha, o que em geral é aceito como válido, uma presença universal em escolas primárias. Em 1913, embora ainda fosse economicamente bastante pobre e subdesenvolvido, o Japão tinha se tornado um dos maiores produtores de livros do mundo, publicando mais livros que a Grã-Bretanha e, realmente, mais do que duas vezes os Estados Unidos. Na verdade, toda a experiência de desenvolvimento econômico do Japão foi, em grande parte, movida pela formação da capacidade humana, que incluía o papel da educação e do treinamento, e isso foi incentivado *tanto* pela política pública *como* por um clima cultural favorável (um interagindo com o outro). A dinâmica das relações associativas são extraordinariamente importantes para a compreensão de como o Japão deitou os alicerces de seu espetacular desenvolvimento econômico e social.

---

7 William K. Cummings, *Education and Equality in Japan* (Princeton, Nova Jersey: Princeton University Press, 1980), p. 17.

8 Ver Herbert Passin, *Society and Education in Japan* (Nova York: Teachers College Press, Columbia University, 1965), pp. 209–11; também Cummings, *Education and Equality in Japan*, p. 17.

9 Citado em Shumpei Kumon e Henry Rosovsky, *The Political Economy of Japan*, v. 3, *Cultural and Social Dynamics* (Stanford, Califórnia: Stanford University Press, 1992), p. 330.

10 Ver Carol Gluck, *Japan's Modern Myths: Ideology in the Late Meiji Period* (Princeton, Nova Jersey: Princeton University Press, 1985).

Para levar essa história mais adiante, o Japão não só foi um aluno como também um ótimo professor. Os esforços de desenvolvimento de países da Ásia Oriental e do Sudeste foram profundamente influenciados pela experiência do Japão na expansão da educação e seu êxito manifesto na transformação da sociedade e da economia. O chamado milagre da Ásia Oriental foi, em parcela considerável, uma conquista inspirada pela experiência japonesa.

Dar atenção a inter-relações culturais, dentro de uma estrutura ampla, pode ser uma maneira útil de melhorar nossa compreensão do desenvolvimento e mudança. Difere completamente tanto de negligenciar a cultura (como o fazem alguns modelos econômicos limitados) quanto de privilegiar a cultura como uma força independente e estacionária, com uma presença imutável e um impacto irresistível (como parecem preferir alguns teóricos culturais). A ilusão do destino cultural não só é enganosa como também pode ser seriamente debilitante, uma vez que pode gerar um sentimento de fatalismo e resignação entre pessoas em situação desfavorável.

## CULTURA EM UMA ESTRUTURA AMPLA

Não restam muitas dúvidas de que nossa formação cultural pode exercer uma grande influência sobre nosso comportamento e pensamento. Além disso, a qualidade de vida de que desfrutamos não pode deixar de ser influenciada por nossa formação cultural. Decerto pode influenciar também nosso sentimento de identidade e nossa percepção da filiação a grupos dos quais nos vemos como integrantes. O ceticismo que tenho expressado aqui não se refere ao reconhecimento da importância fundamental da cultura na percepção e no comportamento humanos. Refere-se ao modo como a cultura é às vezes vista, de forma bastante arbitrária, como a determinante básica, inexorável e totalmente independente de situações sociais difíceis.

Nossas identidades culturais podem ser extremamente importantes, mas não permanecem completamente isoladas e isentas de outras influências sobre nossa compreensão e nossas prioridades. Existem várias ressalvas que devem que ser feitas ao se reconhecer a influência da cultura sobre vidas e ações humanas. Em primeiro lugar, ainda que importante, a cultura não é excepcionalmente significativa na determinação de nossa vida e de nossa identidade. Outros elementos, como classe, etnia, sexo, profissão e política, também importam, e importam de maneira possante.

Em segundo lugar, a cultura não é um atributo homogêneo — podem existir muitas variações mesmo dentro do mesmo meio cultural geral. Por exemplo, o Irã contemporâneo tem aiatolás moderados e dissidentes radicais, assim como os Estados Unidos têm lugar para cristãos renascidos e descrentes fervorosos (entre um grande número de outras escolas de pensamento e comportamento). Os deterministas culturais muitas vezes subestimam a dimensão da heterogeneidade dentro do que entendem como "uma" cultura. Vozes discordantes são frequentemente "internas", não vindas de fora. Além disso, dependendo do aspecto específico da cultura no qual decidimos nos concentrar (por exemplo, se focamos religião, literatura ou música), podemos obter um quadro bem variável das relações internas e externas implicadas.

Em terceiro lugar, a cultura não é imóvel. A breve recordação da transformação do Japão e da Coreia, com implicações culturais profundas, demonstrou a importância de mudanças, ligadas — como o são muitas vezes — a políticas e debates públicos. Qualquer suposição de fixidez — explícita ou implícita — pode ser desastrosamente falaz. A tentação de usar o determinismo cultural com frequência assume a irremediável forma de tentar lançar a âncora cultural de um barco em movimento veloz.

Em quarto lugar, a cultura interage com outras determinantes da percepção e ação sociais. Por exemplo, a globalização econômica gera não só mais comércio mas também mais música e cinema globais. A cultura não pode ser vista como uma força isolada independente de outras influências. A suposição de insularidade — muitas vezes invocada implicitamente — pode ser profundamente enganosa.

Finalmente, é necessário distinguir entre a ideia de *liberdade cultural*, que põe em foco nossa liberdade para preservar ou modificar nossas prioridades (levando em conta maior conhecimento ou reflexão mais extensa, ou, ainda, levando em conta nossa avaliação de hábitos e modas em mudança), e a ideia de *valorização da conservação cultural*, que se tornou um importante problema no jargão do multiculturalismo (muitas vezes fornecendo apoio para a continuação de estilos de vida tradicionais por novos imigrantes no Ocidente). Há, sem dúvida, um forte argumento para incluir-se liberdade cultural entre as capacidades humanas que as pessoas têm razão em valorizar, mas também é necessário um exame minucioso da relação exata entre liberdade cultural e as prioridades do multiculturalismo.[11]

11 A inclusão da liberdade cultural na lista de preocupações com "desenvolvimento humano" no *Human Development Report 2004* das Nações Unidas (Nova York: UNDP, 2004) enriquece de maneira substancial a

## MULTICULTURALISMO E LIBERDADE CULTURAL

Nos últimos anos, o multiculturalismo ganhou muito terreno como valor importante, ou, mais precisamente, como *slogan* poderoso (uma vez que seus valores básicos não são totalmente claros). Pode-se ver o florescimento simultâneo de diferentes culturas dentro do mesmo país ou da mesma região como importante em si mesmo, mas muitas vezes o multiculturalismo é defendido com o fundamento de que é isso que a liberdade cultural exige. Essa asserção requer ser examinada mais de perto.

A importância da liberdade cultural deve ser diferenciada da celebração de todas as formas de herança cultural, sem levar em consideração se as pessoas envolvidas escolheriam aquelas determinadas práticas caso tivessem a oportunidade de um exame crítico e um conhecimento adequado de outras opções e das escolhas que existem realmente. Ainda que nos últimos anos muito se tenha discutido sobre a importância e o extenso papel de fatores culturais na vida social e no desenvolvimento humano, o foco muitas vezes tendeu a ser, explicitamente ou por ilação, na necessidade de conservação cultural (por exemplo, a contínua aderência aos estilos de vida conservadores de pessoas cuja mudança geográfica para a Europa ou os Estados Unidos nem sempre é igualada pela adaptação cultural). A liberdade cultural pode incluir, entre outras prioridades, a liberdade de questionar o endosso automático de tradições passadas, quando as pessoas — em especial pessoas jovens — veem uma razão para mudar seu modo de vida.

Se a liberdade da decisão humana é importante, então os resultados de um exercício racional dessa liberdade devem ser valorizados, em vez de serem negados por uma precedência de conservação imposta e não questionada. A ligação crítica inclui nossa capacidade de considerar opções alternativas, entender quais escolhas estão envolvidas, e então decidir o que temos razões para querer.

Evidentemente, deve-se reconhecer que a liberdade cultural pode ser tolhida quando uma sociedade não permite que uma determinada comunidade siga um estilo de vida tradicional ao qual integrantes dessa comunidade livremente escolheriam aderir. De fato, a repressão social de determinados estilos de vida— de gays, imigrantes, grupos religiosos específicos — é comum em vários países do mundo. A insistência para que gays ou lésbicas vivam como heterossexuais, ou que fiquem "dentro do armário", é não só uma exigência de

cobertura da análise do desenvolvimento humano.

uniformidade mas também uma negação da liberdade de escolha. Se a diversidade não é permitida, então muitas escolhas tornam-se inviáveis. Permitir a diversidade pode realmente ser importante para a liberdade cultural.

A diversidade cultural pode ser aumentada se os indivíduos tiverem permissão e incentivo para viver do modo como valorizam a vida (em vez de serem refreados por uma tradição vigente). Por exemplo, a liberdade de aderir a estilos de vida etnicamente diversos — digamos, hábitos alimentares ou preferências musicais — pode tornar uma sociedade mais variada em termos culturais precisamente como resultado do exercício da liberdade cultural. Nesse caso, a importância da diversidade cultural — que tanto pode servir de instrumento — resultará diretamente do valor da liberdade cultural, uma vez que aquela será uma consequência deste.

A diversidade pode também desempenhar um papel positivo no aumento da liberdade até mesmo daqueles que não estejam diretamente envolvidos. Por exemplo, uma sociedade culturalmente variada pode levar benefícios a outros na forma de uma ampla variedade de experiências que eles, como consequência, estarão em condições de apreciar. Como demonstração, pode-se argumentar de maneira plausível que a rica tradição da música afro-americana — com sua linhagem africana e evolução norte-americana — não só ajudou a aumentar a liberdade cultural e o amor-próprio dos afro-americanos mas também expandiu as opções culturais de todas as pessoas (afro-americanas ou não) e enriqueceu o panorama cultural dos Estados Unidos, e, na verdade, do mundo.

Contudo, se nosso foco for *liberdade* (inclusive liberdade cultural), o significado da diversidade cultural não pode ser incondicional e deve variar eventualmente com suas ligações causais com a liberdade humana e seu papel no processo que leva as pessoas a tomarem suas próprias decisões. De fato, não é necessário que a relação entre liberdade cultural e diversidade cultural seja uniformemente positiva. Por exemplo, o modo mais simples de se ter diversidade cultural pode ser, em algumas circunstâncias, uma continuação total de todas as práticas culturais preexistentes que *acaso* estejam presentes em um determinado momento (por exemplo, novos imigrantes podem ser induzidos a dar prosseguimento a seus antigos e arraigados modos e costumes, e desencorajados — direta ou indiretamente — a mudarem de alguma forma seu padrão de comportamento). Sugere isso que, em nome da *diversidade cultural*, devamos apoiar o *conservadorismo cultural* e pedir às pessoas que se aferrem a sua própria formação cultural e não tentem pensar em aderir a outros estilos de vida, mesmo que encontrem boas razões para fazê-lo? O enfraquecimento das escolhas que isso envolveria nos levaria imediatamente a uma posição de anti-liberdade, que procuraria meios de bloquear a escolha de um modo de vida modificado que muitos podem almejar.

Por exemplo, mulheres jovens de famílias conservadoras de imigrantes no Ocidente poderiam ser mantidas sob rédea curta pelos mais velhos por receio de que elas emulassem o estilo de vida mais livre da comunidade majoritária. A diversidade será então alcançada ao custo da liberdade cultural. Se, em última análise, importante for a liberdade cultural, então a valorização da diversidade cultural deve assumir uma forma contingente e condicional. O mérito da diversidade deve, portanto, depender de precisamente *como* essa diversidade é realizada e sustentada.

Na verdade, pleitear a diversidade cultural com o pretexto de que isso é o que diferentes grupos de pessoas *herdaram* claramente não é um argumento fundamentado em liberdade cultural (embora o caso seja às vezes apresentado *como se fosse* um argumento "pró-liberdade"). Nascer em uma determinada cultura não é, evidentemente, um exercício de liberdade cultural, e a preservação de algo com o qual uma pessoa é rotulada, simplesmente por causa do nascimento, dificilmente pode ser, em si mesma, um exercício de liberdade. Nada pode ser justificado em nome da liberdade sem na realidade dar às pessoas uma oportunidade de exercer essa liberdade, ou pelo menos sem avaliar cautelosamente o modo como uma oportunidade de escolha seria exercida caso estivesse disponível. Assim como a repressão social pode ser uma negação da liberdade cultural, a violação da liberdade também pode partir da tirania do conformismo que pode tornar difícil para os integrantes de uma comunidade optarem por outros estilos de vida.

## ESCOLAS, RACIOCÍNIO E FÉ

Falta de liberdade pode resultar também de uma falta de conhecimento e compreensão de outras culturas e estilos de vida alternativos. Para demonstrar o problema principal aqui implicado, mesmo um admirador (como o é este escritor) das liberdades culturais que a Grã-Bretanha moderna tem conseguido, de um modo geral, dar a pessoas de diferentes antecedentes culturais e origens que são residentes naquele país, pode muito bem ter grandes dúvidas sobre a medida oficial no Reino Unido para a extensão de escolas confessionais financiadas pelo Estado (como referido brevemente no primeiro capítulo).

Em vez de reduzir as escolas confessionais financiadas pelo Estado que já existiam, na verdade adicionar outras a elas — escolas muçulmanas, hindus e siques às cristãs preexistentes — pode ter o efeito de reduzir a função de raciocinar que as crianças talvez tenham a oportunidade de cultivar e usar. E isso ocorre no momento em que há uma enorme necessidade de alargar o horizonte da compreensão de outras pessoas e outros grupos, e quando a capacidade de assegurar tomadas de decisão racionais é de especial importância. As limitações impostas às crianças são particularmente cruciais quando as novas escolas religiosas oferecem às crianças pouquíssimas oportunidades para cultivar a escolha racional ao decidirem as prioridades de sua vida. Além do mais, muitas vezes não alertam os estudantes para a necessidade de decidirem por si mesmos de que modo os vários componentes de sua identidade (relacionados, respectivamente, a nacionalidade, língua, literatura, religião, etnicidade, história cultural, interesses científicos etc.) devem receber atenção.

Com isso não se sugere que os problemas de preconceito (e a fomentação intencional de um ponto de vista limitado) nessas novas escolas britânicas confessionais sejam de certa maneira tão radicais quanto, digamos, as madrasas, escolas fundamentalistas de instrução islâmica, no Paquistão, que se tornaram parte do caldo de cultura para a intolerância e a violência — e muitas vezes ao terrorismo — naquela tensa região do mundo. Mas a oportunidade de cultivar a razão e o reconhecimento da necessidade de escolhas conscientes ainda podem ser bem menores nessas novas escolas confessionais, até mesmo na Grã-Bretanha, do que nas instituições educacionais mais heterogêneas e menos isoladas naquele país. As oportunidades reais são frequentemente bem menores do que em escolas religiosas tradicionais — em especial nas escolas cristãs com uma longa tradição de currículos abrangentes, juntamente com a tolerância a um grande ceticismo quanto à própria educação religiosa (embora seja possível tornar também essas escolas mais antigas consideravelmente menos restritivas do que já são).

A criação de escolas confessionais na Grã-Bretanha reflete também uma determinada visão da Grã-Bretanha como uma "federação de comunidades", em vez de uma sociedade de seres humanos que vivem na Grã-Bretanha, com diferenças diversas, das quais religião e distinções fundamentadas na comunidade constituem apenas uma parte (juntamente com diferenças de língua, literatura, política, classe, sexo, localização e outras características). É injusto que crianças que ainda não tiveram muita oportunidade de pensar e escolher por si mesmas sejam colocadas em compartimentos rígidos guiados por um critério específico de categorização, e sejam informadas: "Essa é sua identidade e isso é tudo o que você vai ter".

Na palestra anual de 2001 na Academia Britânica que tive o privilégio de proferir (com o título "Other People" [Outras pessoas]), apresentei o argumento de que essa abordagem de "federação" é bastante problemática, tendendo, em especial, a reduzir o desenvolvimento das capacidades humanas de crianças britânicas de famílias imigrantes de forma significativa.[12] Desde então, os incidentes do ataque suicida em Londres (em julho de 2005), realizado por jovens nascidos na Grã-Bretanha, porém profundamente alienados, acrescentaram uma outra dimensão à questão da autopercepção e de seu cultivo na Grã-Bretanha. Contudo, eu diria que a limitação fundamental da abordagem federativa vai muito além de qualquer ligação possível com o terrorismo. Há uma importante necessidade de discutir a relevância de nossa humanidade comum — um tema no qual as escolas podem desempenhar (e muitas vezes desempenharam no passado) um papel decisivo. Há, ademais, o importante reconhecimento de que identidades humanas podem assumir formas distintas e de que as pessoas têm de raciocinar para decidir como veem a si mesmas, e que significado devem atribuir ao fato de terem nascido como membro de uma determinada comunidade. Terei a oportunidade de retornar a essa questão nos últimos dois capítulos do livro.

É quase impossível exagerar a importância da educação escolar não sectária e não paroquial que expande, em vez de reduzir, a capacidade de raciocínio (inclusive o escrutínio crítico). Shakespeare exprimiu a preocupação de que "alguns nascem grandes, alguns alcançam a grandeza, e alguns sofrem a imposição da grandeza sobre eles". Na instrução de crianças, é necessário garantir que os jovens não sofram a "imposição" da *pequenez*, pois sua vida está ainda por vir. Aqui, muito está em perigo.

12 Ver "Other People", publicado nos *Proceedings of the British Academy 2002*, e também como "Other People — Beyond Identity", *The New Republic*, 18 dez. 2000.

CAPÍTULO 7

# GLOBALIZAÇÃO E VOZ

O mundo é espetacularmente rico mas também aflitivamente pobre. Há uma opulência inaudita na vida contemporânea, e nossos antepassados dificilmente poderiam imaginar o enorme controle sobre recursos, conhecimento e tecnologia com que hoje contamos. Mas este é também um mundo de chocante pobreza e espantosa privação. Uma estarrecedora quantidade de crianças são subalimentadas, mal vestidas, maltratadas, além de analfabetas e desnecessariamente doentes. Milhões morrem *a cada semana* por causa de doenças que poderiam ser completamente eliminadas, ou que pelo menos deixariam de matar descontroladamente. Dependendo do lugar em que nascem, as crianças podem ter os meios e os recursos para alcançarem grande prosperidade ou enfrentarem a probabilidade de vidas desesperadamente destituídas.

A enorme desigualdade nas oportunidades que diferentes pessoas têm incentiva o ceticismo quanto à globalização ser capaz de satisfazer os interesses dos desfavorecidos. De fato, um sentimento rígido de frustração reflete-se bem nos slogans de movimentos de protesto dos chamados ativistas contra a globalização. Estimulados pela tese de que as relações globais são essencialmente hostis e adversas em vez de mutuamente encorajadoras, os manifestantes querem resgatar os desfavorecidos do mundo daquilo que consideram as punições da globalização. As críticas do globalismo não foram ensurdecedoramente expressas apenas nas manifestações que continuam a ocorrer no mundo inteiro — em Seattle, Washington, Quebec, Madri, Londres, Melbourne, Gênova, Edimburgo e outras partes. Tais preocupações também recebem atenção solidária de um número bem maior de pessoas que talvez não desejem aderir às veementes manifestações, mas para quem também as assimetrias de prosperidades vivamente díspares parecem bastante injustas e condenáveis. Alguns veem nessas desigualdades um fracasso total também de qualquer força moral que uma identidade global possa ocasionar.

## VOZ, VERACIDADE E OPINIÃO PÚBLICA

Argumentarei aqui que é um equívoco ver as privações e as vidas divididas como punições da globalização, em vez de como fracassos de planejamentos sociais, políticos e econômicos, que são totalmente contingentes e não companheiros inevitáveis da contiguidade global. Contudo, argumentarei também que os chamados críticos da globalização podem fazer — e muitas vezes fazem — uma contribuição positiva e importante para ajudar a levantar várias questões importantes para o debate público que têm de ser consideradas e avaliadas. Um diagnóstico sério das causas pode ser posto em um lugar relativamente errado e no entanto ajudar a iniciar uma investigação para esclarecer o que é necessário fazer para superar os graves problemas que sem dúvida existem.

Como observou Francis Bacon há quatrocentos anos (em 1605), no tratado *The Advancement of Learning* [O desenvolvimento do aprendizado]: "O registro e a proposição de dúvidas têm uma aplicação *dupla*". Uma aplicação é fácil de compreender: previne "erros". A segunda aplicação, sustentou Bacon, implicava na função da dúvida ao se iniciar e avançar um processo de investigação, que pode como consequência enriquecer nossa compreensão. Questões que "teriam passado levianamente sem intervenção", indicou Bacon, acabam sendo "observadas atenta e cuidadosamente" justamente devido à "intervenção de dúvidas".[1]

Levantar questões importantes sobre a globalização e a natureza da economia global pode constituir uma contribuição dialética construtiva mesmo quando existe lugar para um grande ceticismo quanto aos slogans específicos usados, em especial por manifestantes jovens e impetuosos. Pode haver boas razões para se duvidar das consequências supostamente malignas das relações econômicas globais, que viram manchetes interessantes como síntese da perspectiva da antiglobalização. É necessário examinar de perto as questões graves que os manifestantes podem pôr — e muitas vezes põem — em destaque, e isso é em si mesmo uma contribuição de grande importância. Na verdade, os debates iniciados dessa maneira podem servir como a base da opinião pública global sobre questões significativas. Uma vez que a democracia essencialmente diz respeito à opinião pública (como se examinou no Capítulo

---

1 *The Advancement of Learning* (1605; reimpresso em B. H. G. Worlmald, *Francis Bacon: History, Politics and Science, 1561–1626* [Cambridge: Cambridge University Press, 1993]), pp. 356–7.

3), os debates gerados por essas "dúvidas globais" podem ser vistos como contribuições elementares, porém possivelmente importantes, para a prática de alguma forma de (necessariamente primitiva) democracia global.[2]

## CRÍTICA, VOZ E SOLIDARIEDADE GLOBAL

Irei agora focar as questões essenciais formuladas pelos manifestantes e por outros céticos da globalização e examinar também os contra-argumentos apresentados pelos defensores da globalização. Antes disso, porém, gostaria de fazer um breve comentário sobre a natureza da identidade global envolvida — explicitamente ou por ilação — nesses debates. Alguns críticos gerais da globalização tomam para si o papel de chamar energicamente a atenção para a deplorável ausência, em um mundo sem coração, de um sentimento real de solidariedade global. Com certeza há muito de deprimente na manifesta falta de uma moralidade global real ao tratar-se de questões internacionais profundamente confrangedoras.

Mas vivemos nós em um mundo moralmente isolado? Se um sentimento de solidariedade global for realmente absurdo, por que tantas pessoas no mundo inteiro (incluindo manifestantes "antiglobalização" e, na verdade, muitos outros) ficariam indignadas com a situação mundial e reivindicariam apaixonadamente — senão ruidosamente — uma melhor política para os desfavorecidos e destituídos? Os próprios manifestantes vêm do mundo inteiro — não são apenas habitantes locais de Seattle, Melbourne, Gênova ou Edimburgo. Os dissidentes procuram trabalhar em conjunto para protestar contra o que consideram uma grave iniquidade ou injustiça que aflige as pessoas no mundo inteiro.

Por que homens e mulheres de uma parte do mundo deveriam se preocupar com o fato de que pessoas de outras partes do mundo vivem sob condições ruins se não existe um sentimento de participação global e interesse algum na injustiça global? O descontentamento global, ao qual os movimentos de protesto dão voz (às vezes, confessadamente, uma voz bastante dura), pode ser visto como indício da existência de um sentimento de identidade global e uma certa preocupação com a ética global.

Devo aqui examinar o motivo pelo qual o termo "antiglobalização" não é uma boa designação da natureza do descontentamento que recebe tal nome.

---

2 Abordei essa questão em minha palestra de colação de grau ("Global Doubts") na Universidade de Harvard em 8 de junho de 2000, publicada na *Harvard Magazine* 102 (ago. 2000).

Não importa como o chamemos, porém, esse descontentamento sem fronteiras é em si mesmo um importante fenômeno global, tanto em termos do objeto de sua preocupação (incluindo sua ética implicitamente humanitária e política inclusiva), quanto na forma do grande interesse e envolvimento que gera em todo o mundo.

O sentimento de uma extensa identidade subjacente a tais preocupações vai muito além dos limites de nacionalidade, cultura, comunidade ou religião. É difícil não perceber a possante ideia inclusiva de participação que leva tantas pessoas a desafiar o que consideram uma injustiça que divide a população mundial. De fato, a chamada crítica da antiglobalização talvez seja o movimento ético mais globalizado do mundo hoje.

## SOLIDARIEDADE INTELECTUAL

Tudo isso aumenta a importância de prestar-se muita atenção ao objeto da crítica da antiglobalização. Apesar de ser um dos tópicos mais discutidos no mundo contemporâneo, globalização não é, no todo, um conceito bem definido. Um grande número de interações globais é colocado sob o rótulo geral de globalização, indo da expansão de influências culturais e científicas através de fronteiras até a ampliação de relações econômicas e comerciais em todo o mundo. Uma rejeição indiscriminada da globalização não só iria contra o comércio global como também eliminaria movimentos de ideias, compreensão e conhecimento que podem ajudar todas as pessoas do mundo, incluindo os membros mais desfavorecidos da população mundial. Uma ampla rejeição da globalização pode, portanto, ser poderosamente contraproducente. Há uma nítida necessidade de separar as questões diversas que aparecem mescladas na retórica dos protestos de antiglobalização. A globalização do conhecimento merece um reconhecimento de especial destaque, não obstante todas as coisas boas que se possa corretamente dizer sobre a importância do "conhecimento local".

A globalização é frequentemente vista, tanto em discussões jornalísticas quanto em extraordinariamente prolíferos estudos acadêmicos, como um processo de ocidentalização. Realmente, aqueles que têm uma visão otimista — na verdade, enaltecedora — do fenômeno até mesmo enxergam nele uma contribuição da civilização ocidental ao mundo. De fato, há uma história habilmente simplificada que acompanha essa interpretação presumivelmente séria. Tudo aconteceu na Europa: primeiro veio o

Renascimento, depois o Iluminismo, em seguida a Revolução Industrial, e a consequência foi uma grande melhoria do padrão de vida no Ocidente. E agora essas notáveis conquistas do Ocidente estão se disseminando no mundo. A globalização, segundo essa perspectiva, é não só boa como também um presente do Ocidente para o mundo. Os defensores dessa interpretação da história tendem a ficar contrariados não só com o modo como essa grande bênção é vista por muitas pessoas como uma maldição mas também com o modo como a doação altamente benéfica do Ocidente para o mundo é desprezada e criticada severamente por um ingrato mundo não ocidental. Como muitas boas histórias simplificadas, essa também tem um lado de verdade, mas também uma porção de fantasia, que, por acaso, alimenta uma divisão global artificial.

Há uma outra história — sob certos aspectos, "oposta" — que também recebe atenção e desempenha um papel seriamente distrativo. Essa aceita a supremacia ocidental como fundamental para a globalização, mas atribui àquela as detestáveis características associadas à globalização. Segundo essas críticas, ao caráter presumivelmente "ocidental" da globalização é muitas vezes conferido um papel proeminente e prejudicial (o que se percebe facilmente na linguagem dos movimentos de protesto em andamento). De fato, a globalização é às vezes vista como correlativa à supremacia ocidental — na realidade uma continuação do imperialismo ocidental. Embora diferentes partes dos movimentos de antiglobalização tenham preocupações e prioridades diversas, o ressentimento com a supremacia ocidental decerto desempenha um importante papel em muitos desses protestos. Há claramente um elemento "antiocidental" em partes do movimento de antiglobalização. A celebração de identidades não ocidentais de diversos tipos (examinadas nos Capítulos 4 a 6), relacionadas a religião (como o fundamentalismo islâmico), região (como os valores asiáticos) ou cultura (como a ética confuciana), pode acrescentar mais lenha à fogueira do separatismo global.

Para encetar nossa investigação crítica, pode-se perguntar: "A globalização é realmente uma nova maldição ocidental?" Eu diria que não é, em geral, nova, nem necessariamente ocidental, nem uma maldição. Na verdade, ao longo de milhares de anos a globalização contribuiu para o progresso do mundo, por meio de viagens, transações comerciais, migrações, difusões de influências culturais e a disseminação de conhecimento e compreensão (inclusive da ciência e da tecnologia). Essas inter-relações globais foram frequentemente bastante produtivas no desenvolvimento de diferentes países no mundo. E os agentes ativos da globalização às vezes estavam situados muito longe do Ocidente.

Para demonstrar, retorno ao início do último milênio, não a seu fim. Por volta de 1000 d.C., a difusão global da ciência, tecnologia e matemática estava mudando a face do mundo antigo, mas a disseminação no período se dava, em grande parte, na direção oposta à que registramos hoje. Por exemplo, a alta tecnologia no mundo de 1000 d.C. incluía o relógio e a ponte pênsil sustentada por cabos, o papagaio e a bússola magnética, o papel e a imprensa, a balesta e a pólvora, o carrinho de mão e o ventilador. Cada um desses exemplos de alta tecnologia do mundo há um milênio estava bem estabelecido e era extensamente utilizado na China e praticamente desconhecido em qualquer outro lugar. A globalização os difundiu pelo mundo, incluindo a Europa.

Em *Critical and Miscellaneous Essays* [Ensaios críticos e diversos], Thomas Carlyle afirma que "os três elementos notáveis da civilização" são "a pólvora, a imprensa e a religião protestante". Embora os chineses não possam ser louvados — ou responsabilizados — pela origem do protestantismo, a contribuição chinesa para a lista de Carlyle de ingredientes civilizacionais inclui dois dos três itens, a saber pólvora e imprensa. Isso, porém, é menos abrangente do que todo o legado avassalador dos chineses na lista de ingredientes civilizacionais elaborada por Francis Bacon em *Novum Organum*, publicado em 1620, "imprensa, pólvora e bússola".

Um movimento semelhante ocorreu, como se viu no Capítulo 3, na influência oriental sobre a matemática ocidental. O sistema decimal surgiu e foi bastante desenvolvido na Índia entre os séculos 2 e 6 e foi amplamente utilizado também por matemáticos árabes logo depois. As inovações matemáticas e científicas na Ásia Ocidental e do Sul resultaram dos trabalhos pioneiros de uma galáxia de intelectuais, como, por exemplo, Aryabhata, Brahmagupta e al-Khwarizmi. Essas obras chegaram à Europa principalmente no último quartel do século 10 e começaram a ter um grande impacto nos primeiros anos do último milênio, desempenhando um papel significativo na revolução científica que ajudou a transformar a Europa. Quanto ao que se pode dizer sobre a identidade dos agentes de globalização, essa identidade não é exclusivamente ocidental, nem regionalmente europeia e nem está necessariamente vinculada à supremacia ocidental.

## O PROVINCIANO VERSUS O GLOBAL

O diagnóstico errôneo de que a globalização de ideias e práticas deve ser rechaçada porque acarreta necessariamente uma "ocidentalização" exerceu um papel bastante regressivo já no mundo colonial e pós-colonial (como foi referido brevemente no Capítulo 5). Ele estimula uma visão regionalmente estreita e também debilita o avanço da ciência e do conhecimento, atravessando fronteiras. De fato, não só é contraprodutivo em si mesmo como também pode acabar sendo uma boa maneira de sociedades não ocidentais prejudicarem a si mesmas — e até mesmo seu mais precioso patrimônio cultural.

Irei aqui dar um exemplo da natureza particularmente reacionária dessa visão "localista". Tomemos o caso da resistência na Índia ao uso de ideias e conceitos ocidentais na ciência e na matemática no século 19. Esse debate na Índia britânica encaixa-se na controvérsia mais ampla sobre o foco na educação ocidental ou (como se fosse uma alternativa exclusiva) na educação indiana indígena; viu-se isso como uma dicotomia intransponível. Os "ocidentalizadores", como, por exemplo, o temível T. B. Macaulay — o poderoso administrador britânico que escreveu, em 1835, a tremendamente influente "Minuta" sobre a educação indiana —, não viam qualquer mérito na tradição indiana. Como ele explicou, "jamais encontrei alguém entre eles [defensores de idiomas e tradições indianas] que pudesse negar que uma única prateleira de uma boa biblioteca europeia tivesse o valor de toda a literatura nativa da Índia e da Arábia".[3] Em parte como retaliação, os defensores da educação nativa resistiram a todas as importações ocidentais, dando preferência à cultura tradicional e à educação clássica indiana. Mas ambos os lados pareciam aceitar que deve haver, em grande parte, uma exclusividade necessária em cada abordagem.

Contudo, dada a relação entre culturas e civilizações, essa presunção não poderia evitar a criação de problemas classificatórios bastante embaraçosos. Uma clara demonstração da natureza de extensas relações internacionais é proporcionada pela chegada à Índia do termo trigonométrico "seno" diretamente da trigonometria ocidental. Esse termo moderno (ou seja, "seno"), cuja origem tida como britânica data dos meados do século 19, substituiu os anti-

---

3 T. B. Macaulay, "Indian Education: Minute of the 2nd February, 1835", reproduzido em G. M. Young, org., *Macaulay: Prose and Poetry* (Cambridge, Massachusetts: Harvard University Press, 1952), p. 722.

gos conceitos em sânscrito, e isso foi visto como apenas mais outro exemplo da invasão anglo-saxã da cultura indiana.

Mas o engraçado é que "seno" na realidade foi originado na própria Índia, através de várias transformações, de um perfeito nome sânscrito para esse conceito trigonométrico de importância crucial. De fato, a migração do conceito e da terminologia dá uma ideia da natureza da globalização histórica — e nitidamente "pré-moderna" — de ideias. No século 5, o matemático indiano Aryabhata desenvolveu e fez amplo uso do conceito de "seno": ele o chamou *jya-ardha*, que em sânscrito significa, literalmente, "meia corda". A partir daí, o termo seguiu por um interessante movimento migratório, como descreve Howard Eves em sua *History of Mathematics* [História da Matemática]:

> Aryabhata denominou-o *ardha-jya* ("corda meia") e *jya-ardha* ("meia corda"), e em seguida abreviou o termo simplesmente usando *jya* ("corda"). De *jya* os árabes derivaram foneticamente *jiba*, que, seguindo a prática árabe de omissão de vogais, foi escrito como *jb*. Acontece que *jiba*, à parte o significado técnico, é uma palavra sem sentido em árabe. Posteriormente, escritores que encontraram *jb* como abreviação da palavra sem sentido *jiba* substituíram-na por *jaib*, que contém as mesmas letras e é uma palavra árabe correta que significa "curvatura" ou "sinuosidade". Ainda mais tarde, o escritor italiano Geraldo de Cremona (cerca de 1150), quando fez a tradução do árabe, substituiu o *jaib* árabe pelo equivalente latino, *sinus* [que significa curvatura ou sinuosidade], do qual derivou a palavra *seno* que temos hoje.[4]

Dadas as inter-relações culturais e intelectuais na história mundial, fica difícil resolver a questão do que é ou não é "ocidental". De fato, a palavra *jya* de Aryabhata foi traduzida para o chinês como *ming* e foi empregada em tabelas amplamente utilizadas, como a *yue jianliang ming*, literalmente "seno de intervalos lunares". Se tivesse entendido um pouco melhor a história intelectual do mundo, Macaulay teria necessitado alargar sua visão da "prateleira única" de livros europeus que tanto admirava. Seus antagonistas indianos também teriam experimentado menos desconfiança diante das prateleiras ocidentais.

Na verdade, a Europa teria sido muito mais pobre — econômica, cultural e cientificamente — se tivesse resistido à globalização da matemática, ciên-

---

4 Howard Eves, *An Introduction to the History of Mathematics*, 6. ed. (Nova York: Saunders College Publishing House, 1990), p. 237. Ver também Ramesh Gangolli, "Asian Contributions to Mathematics", Portland Public Schools Geocultural Baseline Essay Series, 1999.

cia e tecnologia vindas da China, da Índia, do Irã e do mundo árabe no início do segundo milênio. E o mesmo se aplica, embora na direção oposta, hoje. Rejeitar a globalização da ciência e da tecnologia com o pretexto de que é imperialismo ocidental (como alguns manifestantes sugerem) não só significaria fechar os olhos para as contribuições globais — feitas de diferentes partes do mundo — que formam uma sólida base para as chamadas ciência e tecnologia ocidentais mas também seria uma decisão prática bastante insensata, levando-se em conta quanto o mundo inteiro pode beneficiar-se do processo do toma-lá-dá--cá intelectual. Equiparar esse fenômeno ao imperialismo ou ao colonialismo de ideias e crenças europeu (como os jargões muitas vezes sugerem) seria um erro grave e custoso, como teria sido uma rejeição europeia da influência oriental sobre a ciência e a matemática no início do último milênio.

Não devemos, claro, fazer vista grossa ao fato de que existem problemas relacionados à globalização que de fato têm ligação com o imperialismo. A história de conquistas, dominação colonial, administração estrangeira e a humilhação de povos conquistados permanece pertinente hoje em diferentes formas (como examinamos anteriormente, em especial no Capítulo 5). Mas seria um grande equívoco entender a globalização principalmente como uma característica do imperialismo. É um processo bem maior — imensamente mais extenso — do que isso.

## GLOBALIZAÇÃO ECONÔMICA E DESIGUALDADE

Os manifestantes da antiglobalização pertencem, todavia, a vários grupos diferentes, e alguns adversários da "globalização econômica" não têm problema algum com a globalização de ideias (inclusive as de ciência e literatura). Seus pontos de vista, que requerem cuidadosa atenção, decerto não merecem ser rejeitados com base em que a globalização da ciência, da matemática e do entendimento fez contribuições bastante positivas para o mundo — algo que esses críticos da globalização econômica de modo algum negariam.

Contudo, acontece que muitas conquistas positivas especificamente da globalização econômica são também visíveis em diferentes lugares do mundo. Dificilmente poderíamos deixar de notar que a economia global levou uma prosperidade material bem maior a algumas áreas bastante diferentes do planeta, como Japão, China e Coreia do Sul, e também, em diversas medidas, a outros lugares, do Brasil a Botsuana. Uma pobreza onipresente dominava o mundo há alguns séculos, com apenas alguns focos de rara riqueza. A vida era uniforme e equitativamente "ruim, brutal e breve", como expressou Thomas Hobbes no clássico livro *Leviathan* [Leviatã], publicado em 1651. Para superar essa penúria, as extensas relações econômicas entre as nações, bem como incentivos econômicos para o desenvolvimento e o uso de métodos modernos de produção, foram imensamente influentes e úteis.

Seria difícil acreditar que o progresso das condições de vida dos pobres no mundo inteiro pode ser acelerado negando-se a eles as enormes vantagens da tecnologia contemporânea, a valiosa oportunidade de negociar e fazer trocas, e os méritos sociais e econômicos de viver em sociedades abertas, em vez de fechadas. As pessoas de países extremamente pobres clamam pelos frutos da tecnologia moderna (como, por exemplo, o uso de remédios recém-inventados, em especial no tratamento da AIDS — esses novos remédios transformaram a vida de aidéticos nos Estados Unidos e na Europa); elas procuram obter maior acesso aos mercados nos países mais ricos para uma grande variedade de mercadorias, de açúcar a produtos têxteis; e desejam mais voz ativa e atenção nas questões mundiais. Se há ceticismo quanto aos resultados da globalização, não é porque a humanidade sofredora deseja fechar-se em sua concha.

Na verdade, os preeminentes desafios práticos de hoje incluem a possibilidade de fazer bom uso dos extraordinários benefícios das relações econômicas, do progresso tecnológico e das oportunidades políticas de uma forma que atente adequadamente para os interesses dos destituídos e desfavorecidos. Não se trata, de fato, de uma questão de desprezar relações econômicas globais, mas, sim, de compartilhar de maneira mais equitativa os imensos benefícios da globalização. Não obstante a terminologia adotada pelos movimentos "antiglobalização", o problema essencial na crítica está relacionado, de uma forma ou de outra, às reais existência e flexibilidade da enorme desigualdade e da pobreza globais, não à suposta fecundidade de rejeitar as relações econômicas globais.

## POBREZA E JUSTIÇA GLOBAIS

O que dizer então da desigualdade e da pobreza globais? As questões distribucionais que figuram — de maneira explícita ou implícita — no jargão dos chamados manifestantes da antiglobalização e dos defensores da "pró-globalização" sensata requerem um exame crítico. Na verdade, esse problema foi prejudicado, a meu ver, pela popularidade de algumas questões estranhamente desfocadas.

Alguns dos defensores da "antiglobalização" argumentam que o problema essencial é que os ricos do mundo estão ficando mais ricos, e os pobres, mais pobres. Isso sem dúvida não se dá de maneira uniforme (embora existam muitos casos, em especial na América Latina e na África, em que isso realmente ocorreu), mas a questão crucial é se essa é a maneira correta de compreender as questões essenciais de justiça e equidade na economia global de hoje.

No outro lado, os entusiastas da globalização sensata frequentemente recorrem ao entendimento — e nele se apoiam muito — de que os pobres no mundo estão tipicamente ficando menos pobres, não (como muitas vezes se alega) mais empobrecidos. Isso refere-se, em especial, à prova de que aqueles entre os pobres que participam de negócios e trocas não estão ficando mais pobres de modo algum — muito pelo contrário. Uma vez que estão ficando mais ricos através do envolvimento na economia global, logo (conclui o argumento) a globalização não é injusta com os pobres: "Os pobres também se beneficiam — portanto, qual é a queixa?" Se a essência dessa questão fosse aceita, então todo o debate se concentraria na decisão de qual lado está certo nessa disputa principalmente empírica: "Estão os pobres globalmente envolvidos ficando mais pobres *ou* mais ricos (respondam, respondam, qual)?"

Mas é essa realmente a pergunta correta que se deve fazer? Respondo que *de jeito nenhum*. Há dois problemas nessa maneira de ver a questão da injustiça. O primeiro é a necessidade de reconhecer que, em virtude das vantagens globais existentes hoje, inclusive problemas de omissão e ação (a serem examinados adiante), muitas pessoas acham difícil sequer fazer parte da economia global. A concentração naqueles que estão envolvidos lucrativamente no comércio deixa de fora milhões que permanecem excluídos — e efetivamente não são bem-vindos — das atividades dos privilegiados. A exclusão é aqui um problema tão importante quanto a inclusão desigual. A correção de tal exclusão exigiria mudanças de rumo radicais nas políticas econômicas domésticas (como maiores recursos para a educação elementar, saúde e microcréditos), mas também requer a modificação de políticas internacionais de outros países, especialmente os mais ricos. Uma razão é que os países mais avançados economicamente podem fazer uma grande diferença ao adquirirem mais produtos — mercadorias agrícolas e têxteis, além de outros produtos industriais — exportados pelo mundo em desenvolvimento. Existem problemas também relacionados ao tratamento humano — e realista — de dívidas passadas que limitam tanto a liberdade dos países mais pobres (é em boa hora que alguns passos iniciais tenham sido dados nessa direção nos últimos anos).[5] Existe ainda o grande problema de ajuda e assistência ao desenvolvimento, sobre o qual opiniões políticas divergem, mas que de modo algum é um foco irrelevante de atenção.[6] Existem muitos outros problemas a serem resolvidos, incluindo a necessidade de reconsiderar os dispositivos legais vigentes, como o sistema atual de direitos sobre patente (retomarei essas questões mais adiante).

O segundo problema, no entanto, é mais complexo e requer com mais urgência um entendimento mais claro. Mesmo que os pobres envolvidos na economia globalizada estejam ficando um pouquinho mais ricos, isso não implica, necessariamente, que os pobres estejam obtendo uma parcela *justa* dos benefícios das inter-relações econômicas e de seu imenso potencial. Nem é adequado indagar se a desigualdade internacional está ficando ligeiramente maior ou menor. Para rebelar-se contra a pobreza chocante e as tremendas desigualdades que caracterizam o mundo contemporâneo, ou para protestar contra a divisão injusta dos benefícios da cooperação global, não é necessário afirmar que a desigualdade não só é terrivelmente grande mas que também está ficando ligeiramente *maior*.

A questão da justiça em um mundo de diferentes grupos e identidades díspares exige um entendimento mais completo. Quando há ganhos na cooperação, pode haver vários arranjos alternativos que beneficiem cada parte em comparação com a não cooperação. A divisão de benefícios pode variar bastante, apesar da necessidade de cooperação (a isso às vezes se chama "conflito cooperativo").[7] Por exemplo, pode haver ganhos consideráveis na criação de novas indústrias, mas ainda permanece o problema da divisão dos benefícios entre trabalhadores, capitalistas, vendedores de insumos, compradores (e consumidores) de produtos, e aqueles que se beneficiam indiretamente da receita aumentada nas localidades envolvidas. As divisões envolvidas dependeriam de preços relativos, salários e outros parâmetros econômicos que influiriam nas trocas e na produção. É pertinente, portanto, indagar se a distribuição de ganhos é *justa ou aceitável*, e não apenas se *existem* alguns ganhos para todas

---

5 É preciso registrar aqui que a Grã-Bretanha, sob a liderança de Tony Blair e Gordon Brown, desempenhou um importante papel ao incentivar os países do G8 a seguirem essa direção. Movimentos populares encabeçados por personalidades públicas pitorescas, porém solidárias, como, por exemplo, Bob Geldorf, também desempenharam um importante papel na geração de apoio a tais iniciativas (não obstante o ceticismo acadêmico que muitas vezes recebe esses movimentos ruidosos).

6 Ver Jeffrey Sachs, *The End of Poverty: How We Can Make It Happen in Our Lifetime* (Londres: Penguin Books, 2005).

7 Meu ensaio "Gender and Cooperative Conflict", em Irene Tinker, org., *Persistent Inequalities* (Nova York: Oxford University Press, 1990), examina a pertinência e o âmbito da combinação de cooperação e conflito.

as partes em comparação com a não cooperação (que pode ser o caso para uma grande quantidade de arranjos alternativos).

Como o norte-americano John Forbes Nash, o matemático e teórico dos jogos (e hoje também um nome familiar graças ao filme de enorme sucesso baseado na excelente biografia de Sylvia Nasar, *A Beautiful Mind* [Uma mente brilhante], examinou há mais de meio século (em ensaio publicado em 1950, que figurou entre seus textos mencionados pela Academia Real Sueca ao conferir-lhe o prêmio Nobel de Economia em 1994), a questão fundamental não é se um determinado arranjo é melhor para todos do que nenhuma cooperação, o que seria verdadeiro para muitos arranjos alternativos. Mais exatamente, a questão principal é se as divisões específicas criadas, entre as várias alternativas disponíveis, são justas em contraposição às que poderiam ser escolhidas.[8] Uma crítica de que um arranjo distribucional que acompanha a cooperação é injusto (manifesto no contexto de relações industriais, de arranjos familiares ou de instituições internacionais) não pode ser refutada simplesmente observando-se que todas as partes estão em melhores condições do que seria o caso na ausência da cooperação (bem refletida no argumento supostamente revelador: "Os pobres também se beneficiam — portanto, qual é a queixa?"). Uma vez que isso seria verdadeiro para muitos — possivelmente, infinitamente muitos — arranjos alternativos, o exercício real não reside aí, mas, sim, na escolha *entre* essas várias alternativas com diferentes distribuições de ganhos para todas as partes.

O caso pode ser exemplificado com uma analogia. Para afirmar que um determinado arranjo familiar desigual e sexista é injusto, é desnecessário mostrar que mulheres teriam um desempenho comparativamente melhor se não existissem famílias de modo algum ("Se você pensa que as divisões em vigor na família são injustas para as mulheres, por que não vai e vive longe da família?"). O problema não é esse — mulheres que buscam uma condição melhor dentro da família não propõem, como alternativa, a possibilidade de viver sem família. O pomo da discórdia é se o compartilhamento dos benefícios dentro do sistema familiar é seriamente desigual nos arranjos institucionais existentes, em comparação com os arranjos alternativos que podem ser feitos. A consideração sobre a qual muitos dos debates sobre globalização se concentraram, a saber, se os pobres também se beneficiam da ordem econômica estabelecida, é um foco inteiramente inadequado para a avaliação do que deve ser avaliado.

8 Ver J. F. Nash, "The Bargaining Problem", *Econometrica* 18 (1950); Sylvia Nasar, *A Beautiful Mind* (Nova York: Simon & Schuster, 1999).

Em lugar disso, o que se deve indagar é se é factível que eles possam obter um acordo melhor e mais justo, com menores disparidades de oportunidades econômicas, sociais e políticas, e, se for o caso, através de quais novos arranjos internacionais e nacionais isso poderia ser efetuado. É aí que reside o verdadeiro comprometimento.

## A POSSIBILIDADE DE MAIS JUSTIÇA

Há, contudo, algumas questões preliminares a serem examinadas em primeiro lugar. É possível um arranjo global mais justo sem perturbar todo o sistema globalizado de relações econômicas e sociais? Devemos perguntar, em especial, se o arranjo que os diferentes grupos obtêm das relações econômicas e sociais globalizadas pode ser modificado sem solapar nem destruir os benefícios de uma economia de mercado global? A convicção, muitas vezes invocada implicitamente nas críticas da antiglobalização, de que a resposta deve ser negativa exerceu um papel criticamente importante na geração de desânimo e pessimismo quanto ao futuro do mundo com mercados globais, e isso é o que dá aos chamados protestos da antiglobalização o nome que escolheram. Há, em especial, uma presunção estranhamente comum de que existe algo assim como "*o* resultado do mercado", não importa quais normas de operação privada, iniciativas públicas e instituições não relacionadas ao mercado estejam combinadas com a existência de mercados. Essa resposta é, de fato, inteiramente equivocada, como pode ser verificado prontamente.

O uso da economia de mercado é compatível com muitos padrões de propriedade, disponibilidades de recursos, comodidades sociais e normas de operação (como, por exemplo, leis sobre patentes, regulamentos antitruste, provisões para saúde e ajuda de custo etc.). E, dependendo dessas condições, a própria economia de mercado geraria claras tendências de preços, termos de comércio, distribuições de renda e, mais geralmente, resultados totais bastante diferentes.[9] Por exemplo, toda vez que hospitais, escolas ou faculdades públicos são organizados, ou há recursos transferidos de um grupo para outro, os preços e as quantidades refletidos no resultado do mercado são inevitavelmente alterados. Os mercados não agem sozinhos, e não podem fazê-lo. Não existe "*o* resultado do mercado" independente das condições que governam

9 Na realidade, os teóricos pioneiros da economia de mercado, de Adam Smith, Leon Walras e Francis Edgeworth até John Hicks, Oscar Lange, Paul Samuelson e Kenneth Arrow, procuraram deixar claro que os resultados do mercado dependem profundamente da distribuição de recursos e de outros determinantes, e, de Adam Smith em diante, propuseram modos e meios de tornar os planejamentos mais claros e justos.

os mercados, incluindo a distribuição de recursos econômicos e propriedades. A introdução e a melhoria de arranjos institucionais para a segurança social e outras intervenções públicas de amparo também podem produzir diferenças significativas no resultado.

A questão fundamental não é — na verdade, não pode ser — usar ou não usar a economia de mercado. É fácil responder a essa questão superficial. Nenhuma economia na história mundial jamais alcançou prosperidade geral, indo além do estilo de vida luxuoso e extravagante da elite, sem fazer uso considerável de mercados e condições de produção que dependem de mercados. Não é difícil concluir que é impossível alcançar uma prosperidade econômica geral sem fazer extenso uso das oportunidades de intercâmbio e de especializações que as relações de mercado oferecem. Isso não nega de modo algum o fato básico de que a operação da economia de mercado pode com certeza ser significativamente deficiente em muitas circunstâncias, por causa da necessidade de lidar com mercadorias que são consumidas coletivamente (como as instalações públicas de saúde) e também (como tem sido bastante discutido recentemente) por causa da importância da informação assimétrica — e, mais geralmente, imperfeita — que diferentes participantes na economia de mercado possam ter.[10] Por exemplo, o comprador de um carro usado sabe bem menos sobre o carro do que o dono que o vende, de modo que as pessoas têm que tomar suas decisões de troca em um estado de ignorância parcial e, em especial, com conhecimento desigual. Tais problemas, que são significativos e sérios, podem, porém, ser enfocados através de políticas públicas apropriadas que complementem o funcionamento da economia de mercado. Mas seria difícil prescindir totalmente da instituição de mercados sem debilitar profundamente as perspectivas de progresso econômico.

Na verdade, o uso de mercados não difere muito de falar em prosa. Não é fácil prescindir dela, mas muito depende da prosa que escolhemos usar. A economia de mercado não atua sozinha em relações *globalizadas* — na realidade, não pode funcionar sozinha nem mesmo *dentro* de um determinado país. Não é somente o caso de que um sistema global que inclui o mercado pode gerar resultados bastante diferentes dependendo de diversas condições facilitadoras (por exemplo, como os recursos físicos são distribuídos, como os recursos humanos são desenvolvidos, quais regulamentos das relações comerciais

---

10 Ver Paul A. Samuelson, "The Pure Theory of Public Expenditure", *Review of Economics and Statistics* 35 (1954); Kenneth Arrow, "Uncertainty and the Welfare Economics of Medical Care", *American Economic Review* 53 (1963); George Akerlof, *An Economic Theorist's Book of Tales* (Cambridge: Cambridge University Press, 1984); Joseph Stiglitz, "Information and Economic Analysis: A Perspective", *Economic Journal* 95 (1985).

prevalecem, que seguros sociais estão em vigor, como o conhecimento extensivamente técnico é compartilhado, e assim por diante) mas também que as próprias condições facilitadoras dependem decisivamente de instituições econômicas, sociais e políticas que atuam nacional e globalmente.

Como estudos empíricos demonstraram amplamente, a natureza dos resultados do mercado é maciçamente influenciada por políticas públicas em educação e alfabetização, epidemiologia, reforma agrária, recursos de microcrédito, proteção legal adequada etc., e em cada uma dessas áreas há coisas que devem ser feitas através da ação pública que possa alterar radicalmente o resultado das relações econômicas regionais e globais. É essa categoria de interdependências que deve ser compreendida e utilizada para mudar as desigualdades e assimetrias que caracterizam a economia mundial. A simples globalização de relações de mercado pode, em si mesma, constituir uma abordagem profundamente inadequada para a prosperidade mundial.

## OMISSÕES E AÇÕES

Há muitos problemas difíceis a enfrentar para a obtenção de arranjos econômicos e sociais mais justos no mundo. Existem, por exemplo, indícios consideráveis de que o capitalismo global está tipicamente mais envolvido com mercados do que com, digamos, o estabelecimento da democracia, a expansão da educação pública ou a melhoria das oportunidades sociais dos desfavorecidos da sociedade. Empresas multinacionais também podem exercer uma grande influência sobre as prioridades de despesas públicas em muitos países do terceiro mundo em direção a dar preferência à conveniência das classes empresariais e trabalhadores privilegiados em detrimento da eliminação do analfabetismo amplamente difundido, da privação de assistência médica e outras desvantagens que afetam os pobres.[11] É indispensável enfrentar e atacar tais ligações prejudiciais, observáveis na América Latina, África e também em partes da Ásia. Embora possam não impor uma barreira intransponível ao desenvolvimento equitativo, é importante que as barreiras transponíveis sejam diagnosticadas com clareza e realmente transpostas.

As persistentes iniquidades na economia global estão estreitamente relacionadas a diversos fracassos institucionais que precisam ser superados. Além das sérias *omissões* que têm que ser retificadas, existem também outros problemas graves de *ações* que requerem ser abordados para a obtenção de uma

11 A respeito, ver George Soros, *Open Society: Reforming Global Capitalism* (Nova York: Public Affairs, 2000).

justiça global básica. Muitos desses problemas foram amplamente examinados em estudos relacionados.[12] Todavia, alguns deles exigem maior atenção no debate público sustentado até agora.

Uma "ação" global peculiarmente pouco discutida e que causa não apenas profunda penúria mas também preocupações com uma privação duradoura, como examinado no capítulo anterior, é o envolvimento das potências mundiais no comércio globalizado de armas (quase 85% das armas vendidas internacionalmente nos últimos anos foram vendidas pelos países do G8, as grandes potências que têm um papel importante na liderança do mundo).[13] Esse é um campo em que se faz urgente uma nova iniciativa global, indo além da necessidade — a extremamente importante necessidade — de refrear o terrorismo, no qual o foco está fortemente concentrado no momento.

Ações que prejudicam também abrangem barreiras comerciais severamente restritivas — e ineficientes — que limitam as exportações dos países mais pobres. Outra questão importante é a das iníquas leis de patentes que podem servir de obstáculos contraprodutivos ao uso de medicamentos que salvam vidas — necessários para doenças como a AIDS — que podem frequentemente ser produzidos com um custo muito baixo, mas cujo preço de mercado fica exorbitante pelo ônus dos direitos de exploração de patentes. Embora com certeza seja importante não criar condições econômicas que sequem recursos destinados à pesquisa inovadora de produtos farmacêuticos, existe, na realidade, uma grande abundância de acordos conciliatórios inteligentes, incluindo facilidades para preços variáveis, que podem oferecer bons incentivos para a pesquisa e ao mesmo tempo possibilitar que os pobres no mundo comprem esses medicamentos imprescindíveis. É preciso lembrar que o fato de os pobres não terem condição de comprar medicamentos de preço exorbitante dificilmente acrescenta algo ao incentivo dos produtores dos medicamentos; o problema está na combinação de considerações de eficiência com exigências de equidade, de uma forma inteligente e humana, com uma compreensão adequada tanto das exigências de eficiência global quanto de justiça.

Os regimes contraproducentes de patente que existem no momento — e que tudo regem — também oferecem um incentivo bastante inadequado para

---

12 Ver, entre outras colaborações, Joseph Stiglitz, *Globalization and Its Discontents* (Londres: Penguin, 2003), e Sachs, *The End of Poverty: How We Can Make It Happen in Our Lifetime*.

13 A média foi de 84,31% para os anos 1990 como um todo, de acordo com as conclusões do Stockholm International Peace Research Institute, e os números mais recentes indicam uma consolidação, não uma inversão, desse quadro. A questão foi examinada mais detalhadamente no Capítulo 6. Dos países do G8, somente um (Japão) não faz qualquer exportação.

a pesquisa médica voltada para o desenvolvimento de novos medicamentos (incluindo vacinas não periódicas) que seriam especialmente úteis para as pessoas mais pobres do mundo cuja capacidade para oferecer um preço elevado para tais medicamentos é bastante limitada. O alcance de incentivos para a produção de inovações medicinais que beneficiem especificamente pessoas de baixa renda pode de fato ser insignificante. Isso está bem refletido na forte preferência da pesquisa farmacêutica por atender àqueles com mais renda para gastar. Dada a natureza da economia de mercado e o papel que os cálculos de lucros inevitavelmente desempenham em sua operação, a concentração tem que ser em ações que possam mudar radicalmente o padrão de incentivos. Estes podem variar de arranjos legais modificados para direitos de propriedade intelectual (incluindo tratamento tributário diferenciado de lucros obtidos de diferentes tipos de inovações) a fornecer incentivos públicos através de programas de apoio especialmente planejados.[14] As exigências da globalização econômica não se restringem somente a entrar na economia de mercado e liberar o comércio e o intercâmbio (por mais importantes que frequentemente sejam) mas também a se estender para tornar os arranjos institucionais mais justos e equitativos para a distribuição de ganhos do intercâmbio econômico.[15]

O incremento dos acordos nacionais também pode ser decisivo para o modo como a globalização afeta as pessoas que são levadas mais para o intercâmbio global. Por exemplo, embora forças da concorrência possam expulsar alguns produtores tradicionais de seus empregos usuais, as pessoas deslocadas não conseguem facilmente encontrar novos empregos ao entrarem em empreendimentos ligados à economia global quando por acaso são analfabetas, não são capazes de ler instruções e seguir as novas exigências de controle de qualidade, ou quando sofrem com doenças que prejudicam sua produtividade ou mobilidade.[16] Com tais desvantagens, elas podem ser penalizadas pela econo-

14 O Conselho de Vacinas e a Aliança Mundial para Vacinas e Imunização (GAVI Alliance) fizeram todos os esforços para disponibilizar vacinas amplamente nos países mais pobres. Um bom exemplo de uma proposta inovadora para aumentar os incentivos para o desenvolvimento de tais medicamentos é a possibilidade de oferecer a compra pré-garantida de grande quantidade por meio de ONGs globais e outras instituições internacionais que possam ser oferecidas como atrativo para a pesquisa médica; ver Michael Kremmer e Rachel Glennerster, *Strong Medicine: Creating Incentives for Pharmaceutical Research on Neglected Diseases* (Princeton, Nova Jersey: Princeton University Press, 2004).

15 O problema geral de "linhas de frente globais da medicina moderna" é abordado com muita clareza por Richard Horton, *Health Wars* (Nova York: New York Review of Books, 2003). Ver também Paul Farmer, *Pathologies of Power: Health, Human Rights, and the New War on the Poor* (Berkeley: University of California Press, 2003), e Michael Marmot, *Social Determinants of Health: The Solid Facts* (Copenhague: World Health Organization, 2003).

16 O papel dos serviços públicos na operação equitativa dos processos mercadológicos é examinado, com diversas demonstrações, no livro que escrevi em colaboração com Jean Drèze, *India: Development and Participation* (Delhi e Oxford: Oxford University Press, 2002).

mia global sem levar uma vantagem sequer. A quebra dessas barreiras requer o desenvolvimento de recursos para a escolaridade e a educação, além de uma rede de segurança protetora, incluindo serviços de saúde. A globalização econômica não diz respeito somente à abertura dos mercados.

De fato, a economia de mercado global só funciona até certo ponto.[17] Vozes globais — de toda parte — podem ajudar a globalização, incluindo mercados globais, a serem mais amigáveis. Existe todo um mundo a ser conquistado em nome da humanidade, e as vozes globais podem nos ajudar a conquistar isso.

## POBREZA, VIOLÊNCIA E SENTIMENTO DE INJUSTIÇA

Se religião e comunidade estão associadas à violência global na cabeça de muitas pessoas, da mesma forma estão a pobreza e a desigualdade globais. De fato, houve nos últimos anos uma tendência cada vez maior para justificar políticas de eliminação da pobreza com o pretexto de que esta é a maneira mais segura de prevenir conflitos e agitação políticos. Basear políticas públicas — tanto internacionais quanto nacionais — em tal entendimento tem alguns atrativos óbvios. Dada a preocupação pública com guerras e distúrbios nos países ricos no mundo, a justificação indireta da eliminação da pobreza — não por causa dela mesma, mas por causa da paz e da tranquilidade mundiais — oferece um argumento que agrada ao interesse pessoal para ajudar os necessitados. Ela apresenta um argumento para alocar mais recursos à eliminação da pobreza devido à sua suposta relevância política, não moral.

Embora seja fácil entender a tentação de seguir nessa direção, trata-se de um caminho perigoso até mesmo para uma causa digna. Parte da dificuldade está na possibilidade de que, se errôneo, o reducionismo econômico não só prejudicaria nossa compreensão do mundo mas também tenderia a debilitar a declarada exposição de motivos do compromisso público para eliminar a pobreza. Essa é uma consideração especialmente séria, uma vez que a pobreza e a imensa desigualdade são em si mesmas bastante terríveis e merecem prioridade mesmo que não tivessem qualquer ligação com a violência. Assim como a virtude é sua própria recompensa, a pobreza é no mínimo sua própria punição. Com isso não se nega que a pobreza e a desigualdade podem ter — e, na realidade, têm — ligações de amplas consequências com os conflitos e a discórdia, mas tais ligações precisam ser examinadas e investigadas com cuidado

17 A respeito, ver meu artigo "Sharing the World", *The Little Magazine* (Delhi) 5 (2004).

apropriado e escrutínio empírico, em vez de serem invocadas casualmente com rapidez irracional em apoio a uma "boa causa".

A privação pode, claro, provocar o desafio de leis e regras estabelecidas. Mas não precisa dar às pessoas a iniciativa, a coragem e a capacidade real de fazer qualquer coisa bastante violenta. A privação pode ser acompanhada tanto de debilidade econômica quanto de impotência política. Um infeliz faminto pode estar demasiado fraco e deprimido para lutar e combater, e mesmo para protestar e gritar. Não surpreende, portanto, que muito frequentemente sofrimento e penúria bastante intensos e disseminados se façam acompanhar de paz e silêncio incomuns.

Na verdade, muitas epidemias de fome ocorreram sem muita rebelião política, discórdia civil ou conflitos armados entre grupos. Por exemplo, os anos de fome na Irlanda nos anos 1840 estavam entre os mais pacíficos, e houve poucas tentativas de intervenção por parte das multidões famintas mesmo quando uma grande quantidade de embarcações navegaram o rio Shannon carregadas de alimentos substanciosos, transportando-os da Irlanda faminta para a Inglaterra bem nutrida, que possuía um poder aquisitivo bem maior. Os irlandeses não têm grande reputação por uma docilidade maleável, e no entanto os anos de fome foram, de um modo geral, de lei e ordem (com pouquíssimas exceções). Considerando outro lugar, minhas próprias lembranças de criança em Calcutá durante a fome dos bengalis em 1943 incluem a visão de famintos morrendo em frente de confeitarias cujas vitrines expunham várias camadas de comida deliciosa, sem um vidro sequer sendo estilhaçado ou a lei e a ordem sendo quebrados. Os bengalis foram responsáveis por muitas rebeliões violentas (uma delas contra a soberania imperial britânica ocorreu até mesmo em 1942, o ano que precedeu a epidemia de fome de 1943), mas a vida seguia calma no próprio ano da fome.

A questão de qual é o momento oportuno é especialmente importante, uma vez que um sentimento de injustiça pode nutrir o descontentamento por um longo período, muito depois de as consequências debilitantes e incapacitantes da fome e da privação terem terminado. A lembrança da carência e da devastação tende a ficar e pode ser invocada e utilizada para gerar rebeliões e violência. As epidemias de fome dos anos 1840 na Irlanda podem ter ocorrido em períodos pacíficos, mas a lembrança da injustiça e o forte ressentimento social pela negligência política e econômica tiveram o resultado de alienar severamente os irlandeses da Grã-Bretanha, e contribuíram muito para a violência que caracterizou as relações anglo-irlandesas por mais de 150 anos. A privação econômica pode não conduzir a uma violência imediata, mas seria um erro inferir disso que não há ligação entre pobreza, de um lado, e violência, de outro.

Negligenciar a difícil situação da África hoje pode ter uma consequência duradoura semelhante sobre a paz no futuro. O que o resto do mundo (em especial os países ricos) fez — ou deixou de fazer — quando pelo menos um quarto da população africana parecia estar ameaçada de extinção através de epidemias, envolvendo AIDS, malária e outras doenças, talvez não seja esquecido por muito tempo no futuro. Temos que compreender com mais clareza como a pobreza, a privação, a negligência e as humilhações associadas à assimetria do poder se relacionam ao longo de muito tempo com uma propensão à violência, ligada a confrontos fundamentados em ressentimentos contra os mandachuvas em um mundo de identidades divididas.

A negligência pode ser uma razão suficiente para o ressentimento, mas pode ser ainda mais fácil mobilizar um sentimento de abuso, aviltamento e humilhação para a rebelião e a revolta. A capacidade de Israel de deslocar, reprimir e dominar palestinos, com ajuda do poder militar, tem consequências extensas e duradouras que vão muito além do que quaisquer ganhos políticos imediatos que possam hoje dar a Israel. O sentimento de injustiça na violação arbitrária dos direitos dos palestinos permanece de prontidão para ser recrutado para o que, do lado oposto, é visto como "retaliação" violenta. A vingança talvez venha não só de palestinos mas também de grupos muito maiores de pessoas ligados a palestinos por identidades árabes, muçulmanas ou do terceiro mundo. A noção de que o mundo está dividido entre ricos e pobres ajuda muito no cultivo do descontentamento, expandindo as possibilidades de recrutamento para a causa do que muitas vezes se vê como "violência retaliativa".

Para entender como isso funciona, é necessário distinguir entre os líderes de insurreições violentas e as populações bem maiores de cujo apoio os líderes dependem. Líderes como Osama bin Laden não sofrem — é o mínimo que se pode dizer — de pobreza e não têm qualquer razão econômica para se sentirem excluídos do compartilhamento dos frutos do capitalismo global. E no entanto os movimentos conduzidos por líderes em boa situação econômica tipicamente dependem muito de um sentimento de injustiça, iniquidade e humilhação que a ordem mundial estabelecida teria produzido. Pobreza e desigualdade econômica talvez não engendrem o terrorismo instantaneamente nem influenciem os líderes de organizações terroristas, mas, a despeito disso,

GLOBALIZAÇÃO E VOZ 153

podem ajudar a criar terrenos férteis para o recrutamento de soldados para os grupos terroristas.

Em segundo lugar, a tolerância do terrorismo por uma população pacífica quanto ao mais é outro fenômeno peculiar em muitas partes do mundo contemporâneo, especialmente onde há uma percepção de tratamento injusto, por exemplo, ter sido ignorado pelo progresso econômico e social global, ou onde há uma forte lembrança de ter sido politicamente abusado no passado. Um compartilhamento mais equitativo dos benefícios da globalização pode contribuir para medidas preventivas de longo prazo (1) contra o recrutamento da bucha para canhão do terrorismo e (2) contra a criação de um clima geral no qual o terrorismo é tolerado (e às vezes até comemorado).

Ainda que a pobreza e um sentimento de injustiça global possam não levar imediatamente a uma irrupção de violência, com certeza aí existem ligações, atuantes por um longo tempo, que podem ter um efeito significativo sobre a possibilidade de violência. A lembrança de maus tratos no Oriente Médio por potências ocidentais há muitas décadas — talvez até há centenas de anos —, que ainda persiste sob várias formas na Ásia Ocidental, pode ser cultivada e ampliada pelos comandantes de confrontos para aumentar a capacidade de terroristas de recrutar voluntários para a violência. A raiva em relação à União Soviética ligada especificamente à sua política afegã pode ter sido vista por estrategistas norte-americanos como uma arma satisfatoriamente utilizável na guerra fria, mas estava aberta ao redirecionamento contra o mundo ocidental por meio da visão solitarista de uma identidade islâmica que entrava em confronto com a Europa e os Estados Unidos (a distinção entre um capitalista dos Estados Unidos e um comunista da União das Repúblicas Socialistas Soviéticas não teria muita importância naquela perspectiva singular). Nessa classificação dupla, o jargão da injustiça global é arrancado de seus correlatos construtivos e, em vez disso, é empregado, de uma forma convenientemente adequada, para nutrir uma atmosfera de violência e represália.

## CONHECIMENTO E IDENTIDADE

Na realidade, modos alternativos de reagir a desigualdades e ao sentimento de injustiça global podem, até certo ponto, competir entre si pela atenção das pessoas do mundo hoje. O próprio diagnóstico que, em uma perspectiva, motiva uma procura pela equidade global pode também, sob outra perspectiva, constituir bom material para ser distorcido, estreitado e tornado espinhoso para nutrir a causa da vingança global.

Muito dependeria de como a questão de identidade fosse tratada ao se avaliar as implicações da desigualdade global. Isso nos leva a diversas direções diferentes. Uma utilização com consequência devastadora é o cultivo e a exploração do descontentamento causado por percepções de humilhações no passado ou disparidades no presente, fundamentando-se em algum contraste solitarista de identidade, especialmente através da formulação "Ocidente-Antiocidente" (examinada no Capítulo 5). É o que vemos em abundância neste momento, complementando e — até certo ponto — alimentando uma identidade religiosa belicosa (especialmente islâmica) pronta para enfrentar o Ocidente. Este é um mundo de identidades incrivelmente divididas no qual são encaixados — como "subtemas" — os contrastes econômicos e políticos nas diferenças de etnicidade religiosa.

Felizmente, essa não é a única maneira de tratar desigualdades globais e humilhações passadas e presentes. Em primeiro lugar, uma reação construtiva pode vir do tratamento mais explícito de desigualdades e agravos globais, com uma compreensão mais completa dos problemas reais envolvidos e das possíveis direções do tratamento deles (enfocado em grande parte neste capítulo). Em segundo lugar, um papel construtivo também pode ser desempenhado pela própria globalização, não só através da prosperidade que pode ser gerada — e mais equitativamente compartilhada — pelo funcionamento das relações econômicas globais complementadas por outros arranjos institucionais (examinados anteriormente) mas também através de interesses que vão além de fronteiras, que podem resultar de extensos contatos humanos gerados por uma proximidade econômica global.

O mundo encolheu muito nos últimos tempos, devido à maior integração, comunicações mais rápidas e acesso mais fácil. Todavia, já há dois séculos e meio, David Hume falou da contribuição das relações econômicas e sociais cada vez maiores para a expansão do alcance de nosso sentimento de identidade e da extensão de nossa preocupação com a justiça. Em *An Enquiry Concerning the Principles of Morals* [Investigação sobre os princípios da moral], publicado em 1777, Hume chamou a atenção para essas ligações (em um capítulo intitulado "Of Justice" [Sobre a justiça]):

Suponhamos, mais uma vez, que diversas sociedades distintas mantêm uma espécie de relações para conveniência e proveito mútuos, as fronteiras da justiça ainda se expandem mais, em proporção à amplidão das visões do homem, e à força de suas ligações. A história, a experiência e a razão nos ensinam suficientemente neste progresso natural de sentimentos humanos, e na ampliação gradual de nossas considerações para com a justiça, à proporção que nos tornamos familiarizados com a extensa utilidade dessa virtude.[18]

Hume falava sobre a possibilidade de que ligações comerciais e econômicas entre países pudessem aumentar o envolvimento entre pessoas distantes umas das outras. À medida que se colocam em contato mais próximo, elas podem começar a se interessar por pessoas distantes cuja existência anteriormente talvez tenha sido percebida apenas vagamente.

O muito difundido interesse em desigualdades e assimetrias globais, do qual os protestos de antiglobalização fazem parte, pode ser visto como uma materialização do que falava David Hume ao afirmar que relações econômicas mais próximas colocariam pessoas distantes ao alcance da "ampliação gradual de nossas considerações para com a justiça". Isso se encaixa na afirmação, feita anteriormente, de que as vozes do protesto global fazem parte da ética recém-desenvolvida da globalização no mundo contemporâneo. Embora a crítica de que o capitalismo global negligencia a equidade muitas vezes não vá além da denúncia, ela pode ser facilmente estendida para exigir mais equidade global através de modificações institucionais apropriadas.

As críticas da "antiglobalização", que focam nos arranjos desiguais e injustos obtidos pelos desfavorecidos no mundo inteiro, não podem ser entendidas sensatamente (dado o grande uso da ética global por elas feito) como realmente de antiglobalização. As ideias motoras sugerem a necessidade de procurar um arranjo mais justo para os destituídos e os miseráveis, e uma distribuição mais justa de oportunidades em uma ordem global adequadamente modificada. A discussão global da urgência dessas questões pode ser a base de uma busca construtiva dos meios para reduzir a injustiça global. Essa busca tem em si mesma uma importância decisiva e deve ser a primeira — e a principal — coisa a se dizer a respeito. Mas pode também ter um papel muitíssimo importante em nos afastar do confronto de identidades nitidamente divisivas. O modo como escolhemos ver a nós mesmos faz uma grande diferença.

18 David Hume, *An Enquiry Concerning the Principles of Morals* (primeira publicação em 1777; republicado, La Salle, Illinois: Open Court, 1966), p. 25.

CAPÍTULO 8

# MULTICULTURALISMO E LIBERDADE

No mundo contemporâneo, a demanda por multiculturalismo é grande. Ele é bastante invocado na elaboração de planos de ação sociais, culturais e políticos especialmente na Europa Ocidental e nos Estados Unidos. Isso não surpreende de modo algum, uma vez que contatos e interações globais, e, em especial, vastas migrações, puseram práticas diversas de diferentes culturas umas ao lado de outras. A aceitação corrente da exortação "ama teu próximo" pode ter surgido quando os próximos levavam, de um modo geral, o mesmo tipo de vida ("continuemos essa conversa no domingo que vem, quando o organista da igreja fizer uma pausa"), mas o mesmo pedido de amar o próximo hoje requer que as pessoas tenham interesse por modos de vida bastante diversos dos "próximos". A natureza global do mundo contemporâneo não se dá o luxo de ignorar as questões difíceis levantadas pelo multiculturalismo.

O assunto deste livro — ideias de identidade e sua relação com a violência no mundo — está ligado estreitamente à compreensão da natureza, das implicações e dos méritos (ou deméritos) do multiculturalismo. Existem, a meu ver, duas maneiras fundamentalmente distintas de abordar o multiculturalismo: uma se concentra no fomento da diversidade como um valor em si mesmo, a outra focaliza a liberdade do raciocínio e da tomada de decisões, e celebra a diversidade cultural na medida em que é livremente escolhida como possível pelas pessoas envolvidas. Esses temas foram examinados com brevidade anteriormente neste livro (em especial no Capítulo 6) e também se encaixam em uma abordagem ampla do progresso social em geral — "desenvolvimento como liberdade" — que procurei defender em outro estudo.[1] Os pontos em debate, porém, exigem um exame mais minucioso no contexto específico da avaliação da prática do multiculturalismo hoje em dia, em especial na Europa e nos Estados Unidos.

1 *Development as Freedom* (Nova York: Knopf; Oxford: Oxford University Press, 1999).

Uma das questões básicas refere-se a como os seres humanos são vistos. Devem eles ser categorizados em termos de tradições herdadas, especialmente a religião herdada, da comunidade na qual acaso nasceram, fazendo com que essa identidade não escolhida tenha prioridade automática sobre outras filiações que envolvem política, profissão, classe, sexo, língua, literatura, relações sociais e muitas outras ligações? Ou devem elas ser entendidas como pessoas com muitas filiações e associações cujas prioridades elas mesmas têm que escolher (assumindo a responsabilidade decorrente da escolha racional)? Ademais, devemos nós avaliar a imparcialidade do multiculturalismo principalmente pela quantidade de pessoas de diferentes formações culturais que "não são incomodadas", que ficam entregues à própria sorte ou pelo grau em que sua capacidade de fazer escolhas racionais tem apoio positivo por meio de oportunidades sociais de educação e participação na sociedade civil e do processo político e econômico em andamento no país? Não há como fugir dessas questões fundamentais caso o multiculturalismo tenha que ser avaliado com imparcialidade.

Na discussão da teoria e da prática do multiculturalismo, é útil prestar especial atenção à experiência britânica. A Grã-Bretanha esteve em primeiro plano na fomentação do multiculturalismo inclusivo, com uma mescla de sucessos e dificuldades, que tem pertinência também para outros países na Europa e nos Estados Unidos.[2] Na Grã-Bretanha, ocorreram tumultos raciais nas cidades de Londres e Liverpool em 1981 (embora não tão graves como na França no outono de 2005) e estes levaram a um maior empenho nos esforços de integração. No último quartel do século, a situação esteve relativamente estável e calma. O que ajudou muitíssimo o processo de integração na Grã-Bretanha foi o fato de que todos os residentes britânicos dos países da Commonwealth, de onde veio a maioria dos imigrantes não brancos para a Grã-Bretanha, têm direitos imediatos totais de votação no país, mesmo sem terem cidadania britânica. A integração também foi ajudada pelo tratamento em grande parte não discriminatório de imigrantes pelos serviços de saúde, educação e previdência social. Apesar de tudo isso, porém, a Grã-Bretanha recentemente passou a vivenciar a alienação de um grupo de imigrantes, além de um terrorismo surgido totalmente em território nacional quando alguns jovens muçulmanos de famílias imigrantes — nascidos, educados e criados na Grã-Bretanha — mataram um grande número de pessoas em Londres em atentados suicidas.

2 Em relação a problemas comuns aos EUA e aos países europeus, ver também Timothy Garton Ash, *Free World: Why a Crisis of the West Reveals the Opportunity of Our Time* (Londres: Allen Lane, 2004).

Os debates sobre os planos de ação britânicos quanto a multiculturalismo têm, portanto, um alcance bem maior e criam um interesse e uma paixão bem maiores do que as fronteiras do ostensivo assunto levariam alguém a esperar. Seis semanas depois dos ataques terroristas em Londres no verão de 2005, quando o importante jornal francês *Le Monde* apresentou uma crítica com o título "O Modelo Multicultural Britânico em Crise", imediatamente juntou-se ao debate o líder de outra instituição liberal, James A. Goldston, diretor da Open Society Justice Initiative, nos Estados Unidos, que qualificou o artigo do *Le Monde* de "alarde", e replicou: "Não usem a ameaça muito real de terrorismo para justificar o arquivamento de mais de um quartel de século da conquista britânica na esfera de relações raciais".[3] Há nisso uma questão geral de alguma importância a ser discutida e avaliada.

Sustento que a verdadeira questão não é se "o multiculturalismo foi longe demais" (como Goldston resume uma das frases da crítica), mas, sim, que forma específica o multiculturalismo deve assumir. Será o multiculturalismo nada além da tolerância à diversidade de culturas? Faz diferença quem escolhe as práticas culturais, sejam elas impostas em nome da "cultura da comunidade", sejam elas livremente escolhidas por pessoas com oportunidades adequadas para aprender e pensar sobre alternativas? Quais os recursos que têm membros de diferentes comunidades, tanto em escolas quanto na sociedade em geral, para aprender sobre fés — ou não fés — de diferentes pessoas no mundo e compreender como raciocinar sobre escolhas que os seres humanos têm, ao menos implicitamente, que fazer?

## CONQUISTAS DA GRÃ-BRETANHA

A Grã-Bretanha, para onde fui pela primeira vez como estudante em 1953, vem dando lugar a culturas diferentes de uma maneira notável. O trajeto percorrido tem sido, sob vários aspectos, extraordinário. Eu me lembro (com certa afeição, devo admitir) de como a senhoria do primeiro alojamento que aluguei em Cambridge estava preocupada com a possibilidade de que a cor de minha pele pudesse sair no banho (vi-me obrigado a lhe garantir que a coloração era reconfortantemente firme e permanente), e também do cuidado com que ela me explicou que a escrita era uma invenção específica da civilização ociden-

---

3 James A. Goldston, "Multiculturalism Is Not the Culprit", *International Herald Tribune*, 30 ago. 2005, p. 6. Para uma perspectiva diferente, ver também Gilles Kepel, *The War for Muslim Minds: Islam and the West* (Cambridge, Massachusetts: Harvard University Press, 2004), sobretudo o Capítulo 7 ("Battle for Europe").

tal ("a Bíblia a criou"). Para quem viveu — com interrupções, mas por longos períodos — durante a forte evolução da diversidade cultural britânica, é simplesmente espantoso o contraste entre a Grã-Bretanha de hoje e a de meio século atrás.

O estímulo dado à diversidade cultural com certeza contribuiu muitíssimo para a vida das pessoas. Ajudou a Grã-Bretanha a tornar-se um lugar excepcionalmente animado de muitas maneiras diferentes. Dos prazeres dos alimentos, da literatura, da música, da dança e das artes multiculturais à estonteante sedução do Carnaval de Notting Hill, a Grã-Bretanha oferece à população — das mais diversas origens — muito que celebrar e saborear. Além disso, o acolhimento da diversidade cultural (bem como direitos de voto e serviços públicos e previdência social em grande parte não discriminantes, mencionados anteriormente) facilitou para que as pessoas de origens bem diferentes se sentissem à vontade.

Vale, no entanto, lembrar que o acolhimento de diferentes modos de vida e de prioridades culturais variadas nem sempre foi fácil mesmo na Grã-Bretanha. Houve uma exigência periódica, porém persistente, de que os imigrantes renunciassem a seus estilos de vida tradicionais e adotassem os modos de vida predominantes na sociedade para a qual imigraram. Essa exigência às vezes adotou uma visão de cultura notavelmente detalhada, envolvendo questões comportamentais bastante pormenorizadas, bem demonstrada pelo famoso "teste do críquete" proposto pelo temível Lord Tebbit, com razão um famoso líder político conservador. O teste mostra que um imigrante bem-integrado torce pela Inglaterra em jogos contra o país de origem da pessoa (por exemplo, o Paquistão) quando as duas equipes disputam.

Para dizer algo positivo em primeiro lugar, o "teste do críquete" de Tebbit tem o invejável mérito de ser explícito, dando a um imigrante um procedimento incrivelmente claro para estabelecer sua integração à sociedade britânica: "Torça pelo time de críquete inglês e não terá problema!" A tarefa do imigrante de assegurar que está realmente integrado à sociedade britânica poderia de outra forma ser trabalhosa, no mínimo porque já não é fácil identificar qual é realmente o estilo de vida predominante na Grã-Bretanha ao qual o imigrante deve se conformar. Por exemplo, em culinária o *curry* é hoje tão onipresente na dieta britânica que figura como "autêntico condimento britânico" segundo o British Tourist Board. Em 2005, nos exames especiais de curso secundário (GCSE)[4] a que os alunos se submetem quando estão por volta dos

4 General Certificate of Secondary Education – certificado geral de educação secundária. (N.T.)

dezesseis anos, duas das questões incluídas em "Lazer e Turismo" eram: "Além de comida indiana, mencione outro tipo de comida frequentemente oferecido por restaurantes que entregam a domicílio" e "Descreva o que fregueses precisam fazer para receber um uma 'entrega em domicílio' de um restaurante indiano". Em uma reportagem sobre o GCSE de 2005, o jornal conservador *Daily Telegraph* queixou-se, não de qualquer preconceito cultural naqueles exames nacionais, mas do caráter "fácil" das questões, que qualquer pessoa na Grã-Bretanha poderia responder sem treinamento especial.[5]

Também me lembro de ver, não faz muito tempo, uma descrição definitiva da característica especificamente inglesa da mulher inglesa em um jornal londrino: "Ela é tão inglesa quanto narcisos ou um frango *tikka masala*". Diante disso, um imigrante sul-asiático na Grã-Bretanha poderia ficar um bocado confuso, exceto pela gentil ajuda de Tebbit quanto ao que contaria como um teste infalível de adesão ao modo britânico de vida ao qual aquele que vem de fora tem que se conformar. A questão importante subjacente ao que pode ser visto como frivolidade na discussão precedente é que os contatos culturais estão atualmente levando a um tal hibridismo de modos comportamentais em todo o mundo que fica difícil identificar qualquer "cultura local" como sendo autenticamente indígena, com uma qualidade atemporal.[6] Mas, graças a Lord Tebbit, a tarefa de estabelecer o que é especificamente britânico pode tornar-se perfeitamente algorítmico e assombrosamente fácil (de fato, tão fácil quanto responder as questões do GCSE citadas acima).

Lord Tebbit opinou recentemente que, caso tivesse sido aplicado, o "teste do críquete" teria ajudado a prevenir os ataques terroristas cometidos por militantes nascidos na Grã-Bretanha de origem paquistanesa: "Se meus comentários tivessem sido postos em prática, aqueles ataques teriam sido menos prováveis".[7] É difícil evitar o pensamento de que tal prognóstico seguro talvez subestime a facilidade com que qualquer suposto terrorista — com ou sem treinamento do Al Qaeda — poderia passar no "teste do críquete" sem nada modificar sequer em seu padrão comportamental.

Não sei o quanto Lord Tebbit realmente aprecia o críquete. Quem gosta do jogo, torcer para um ou outro time é algo que se decide por muitos fatores variáveis, incluindo, claro, lealdade nacional ou identidade residencial, mas também

---

5 "Dumbed-Down GCSEs Are a 'Scam' to Improve League Tables, Claim Critics", por Julie Henry, *Daily Telegraph*, 28 ago. 2005, p. 1.

6 A respeito da ampla relevância da hibridização no mundo contemporâneo, ver Homi Bhabha, *The Location of Culture* (Nova York: Routledge, 1994).

7 Relatório da agência France-Presse, 18 de agosto de 2005

a qualidade do jogo e o interesse geral de uma partida ou de uma série de partidas. A expectativa de um determinado resultado geralmente tem uma qualidade fortuita que dificultaria insistir em uma torcida invariável e infalível para qualquer time (inglês ou de outra nacionalidade). Não obstante minha origem e nacionalidade indianas, devo confessar que às vezes torci pelo time paquistanês, não só contra a Inglaterra mas também contra a Índia. Durante a turnê do time paquistanês pela Índia em 2005, quando o Paquistão perdeu as duas primeiras partidas de um dia na série de seis, torci pelo Paquistão na terceira partida, para manter a série animada e interessante. No fim, o Paquistão, indo muito além de minhas expectativas, venceu todas as quatro partidas restantes e derrotou a Índia completamente pela margem de quatro a dois (outro caso ilustrativo do "extremismo" do Paquistão do qual os indianos tanto reclamam!).

Um problema mais sério está no fato óbvio de que conselhos do tipo consagrado pelo teste do críquete de Tebbit são totalmente irrelevantes para as obrigações de cidadania ou residência britânicas, por exemplo a participação na política britânica, tomar parte da vida social britânica ou desistir de fabricar bombas. Estão ainda bem distantes de qualquer coisa que possa ser necessária para levar uma vida inteiramente coesa no país.

Tais questões foram rapidamente percebidas na Grã-Bretanha pós-imperial, e, não obstante as digressões do tipo representado pelo teste do críquete de Tebbit, a índole inclusiva das tradições políticas e sociais britânicas garantiu que variados modos culturais no país pudessem ser vistos como absolutamente aceitáveis em uma Grã-Bretanha multiétnica. Existem, o que não é de surpreender, muitos nativos que continuam a sentir que essa tendência histórica é um grande erro, e tal desaprovação muitas vezes combina-se com um forte ressentimento de que a Grã-Bretanha acabou tornando-se um país tão multiétnico (em meu último encontro com um ressentido, em um ponto de ônibus, de repente tive que ouvir: "Já conheci outros como você", mas fiquei frustrado com o fato de meu informante não falar mais sobre o que descobrira). No entanto, o peso da opinião pública britânica está, ou pelo menos esteve até recentemente, com bastante força na direção da tolerância — e até celebração — da diversidade cultural.

Tudo isso e o papel inclusivo do direito de voto e dos serviços públicos não discriminantes (referidos anteriormente) contribuíram para uma calma inter-racial de um tipo que a França, em especial, não desfrutou recentemente. Contudo, ainda assim deixam algumas das questões essenciais do multiculturalismo totalmente sem solução, e pretendo abordá-las agora.

## PROBLEMAS DO MONOCULTURALISMO PLURAL

Uma questão importante refere-se à distinção entre multiculturalismo e o que se pode chamar de "monoculturalismo plural". Será que a existência de uma diversidade de culturas, que podem se cruzar como navios à noite, pode ser contada como um caso bem-sucedido de multiculturalismo? Uma vez que a Grã-Bretanha no momento está dividida entre *interação* e *isolamento*, a distinção tem uma importância fundamental (e tem relação até mesmo com terrorismo e violência).

Para comentar tal distinção, parto de um contraste observando que se pode considerar as culinárias indiana e britânica como autenticamente multiculturais. A Índia só conheceu a pimenta quando os portugueses lá a introduziram levando-a dos Estados Unidos, mas é efetivamente usada hoje em uma grande variedade de pratos indianos e parece ser um elemento preponderante na maioria dos tipos de *curry*. Está, por exemplo, presente em abundância em uma versão de queimar a boca de *vindaloo*, que, como o nome sugere, traz a recordação de imigrantes que combinam vinho com batatas. Além disso, a culinária *tandoori* possivelmente foi aperfeiçoada na Índia, mas originalmente veio da Ásia Ocidental para a Índia. O *curry* em pó, por sua vez, é uma invenção nitidamente inglesa, desconhecido na Índia antes de Lord Clive, e que adquiriu tal forma, imagino, no preparo de rações do exército britânico. E começamos a ver o surgimento de novos modos de preparar comida indiana, oferecidos em requintados restaurantes do subcontinente em Londres.

Em contraposição, a coexistência de dois estilos ou tradições, sem o encontro par a par, deve realmente ser entendida como "monoculturalismo plural". A sonora defesa do multiculturalismo que ouvimos com frequência hoje em dia é muitas vezes nada mais que um apelo ao monoculturalismo plural. Se uma moça de uma família de imigrantes conservadores desejar ter um encontro com um rapaz inglês, isso com certeza seria uma iniciativa multicultural. Em contraposição, a tentativa de seus tutores de impedi-la de fazê-lo (o que ocorre com muita frequência) dificilmente será uma medida multicultural, uma vez que procura manter as culturas apartadas. Contudo, é a proibição dos pais, que contribui para o monoculturalismo plural, que parece receber a defesa mais sonora e ruidosa dos supostos multiculturalistas, baseados na importância de respeitar as culturas tradicionais, como se a liberdade cultural da moça não tivesse pertinência alguma, e como se as culturas distintas devessem de certa forma permanecer em compartimentos isolados.

Nascer em um determinado meio social não é em si mesmo um exercício de liberdade cultural (como foi examinado anteriormente), uma vez que não é um ato de escolha. Em contraposição, a decisão de ficar resolutamente *dentro* do costume tradicional seria um exercício de liberdade se a escolha fosse feita levando em conta outras alternativas. Da mesma forma, a decisão de *abandonar* — um pouco ou muito — o padrão comportamental recebido, tomada após reflexão, também poderia ser considerada tal exercício. Na realidade, a liberdade cultural pode frequentemente chocar-se com o conservadorismo cultural, e se o multiculturalismo for defendido em nome da liberdade cultural então dificilmente ele poderá ser visto como exigindo um apoio persistente e irrestrito à permanência firme dentro de uma tradição cultural herdada.

A segunda questão relaciona-se ao fato, bastante discutido neste livro, de que, embora a religião ou a etnia possam ser uma identidade importante para as pessoas (em especial se tiverem a liberdade de escolher entre celebrar ou rejeitar tradições herdadas ou atribuídas), existem outras filiações e associações que as pessoas valorizam com razão. A menos que seja definido de maneira estranha, o multiculturalismo não pode suprimir o direito de uma pessoa de participar da sociedade civil, de envolver-se na política nacional ou de levar uma vida socialmente não conformista. E, ademais, independentemente de quão importante seja, o multiculturalismo não pode levar automaticamente a dar prioridade aos ditames da cultura tradicional sobre tudo o mais.

Como mostrado anteriormente, as pessoas do mundo não podem ser vistas simplesmente em termos de suas filiações religiosas — como uma federação de religiões. Pelas mesmas razões, uma Grã-Bretanha multiétnica dificilmente pode ser vista como um agrupamento de comunidades étnicas. Contudo, a visão "federativa" ganhou forte apoio na Grã-Bretanha contemporânea. De fato, não obstante as implicações tirânicas de encaixar as pessoas em compartimentos rígidos de "comunidades" especificadas, tal visão é frequentemente interpretada, de maneira muito desconcertante, como um aliado da liberdade individual. Existe até mesmo uma "visão" bastante difundida do "futuro da Grã-Bretanha multiétnica" que a enxerga como "uma federação mais solta de culturas mantida unidas por laços comuns de interesse e simpatia e um sentimento coletivo de existência".[8]

Mas deve a relação de uma pessoa com a Grã-Bretanha ser *mediada pela* "cultura" da família na qual ela nasceu? Uma pessoa pode resolver se aproximar de mais de uma dessas culturas predefinidas ou, o que também é plausível, com nenhuma delas. Além disso, uma pessoa pode muito bem decidir que sua identidade étnica ou cultural é menos importante para ela do que, por exemplo, suas convicções políticas, ou seus compromissos profissionais ou preferências literárias. É uma escolha dela, não importa seu lugar na estranhamente imaginada "federação de culturas".

Essas não são considerações abstratas, nem são características específicas da complexidade da vida moderna. Tome-se o caso da chegada de uma sul-asiática às ilhas britânicas há muitos anos. Cornelia Sorabji (1866-1954) veio da Índia para a Grã-Bretanha nos anos 1880, e suas identidades refletiam as variadas filiações que ela, assim como outras pessoas, tinha. Ela foi diferentemente descrita por ela mesma e por outros como "indiana" (posteriormente retornou à Índia e escreveu um absorvente livro intitulado *India Calling* [Vocação indiana]), como à vontade na Inglaterra também ("em casa em dois países, Inglaterra e Índia"), como parse ("sou parse por nacionalidade"), como cristã (cheia de admiração pelos "antigos mártires da Igreja Cristã"), como mulher que veste sári ("sempre perfeitamente vestida em sári de seda de cores vivas", como a descreveu o jornal *Manchester Guardian*), como advogada e causídica (no Lincoln's Inn),[9] como defensora da educação das mulheres e de direitos legais especialmente para mulheres reclusas (especializou-se como consultora jurídica para mulheres de véus, "*purdahnaschins*"), como devotada partidária da soberania imperial britânica (que chegou até a acusar Mahatma Gandhi, de modo não exatamente justo, de recrutar "crianças com cerca de seis e sete anos de idade"), sempre sentindo nostalgia da Índia ("os periquitos verdes em Budh Gaya: a fumaça azul de madeira queimada em um povoado indiano"), como uma crente inabalável da assimetria entre mulheres e homens (orgulhava-se de ser vista como "uma mulher moderna"), como professora em uma facul-

8 A descrição apresentada aqui foi feita pelo eminente presidente da "Comission on the Future of Multi-ethnic Britain", Lord Parekh, em "A Britain We All Belong To", *Guardian*, 11 out. 2000. Houve muitas outras manifestações desse tipo, em geral reivindicando um sistema "federal" em uma forma bem mais elementar. Contudo, o próprio Bhikhu Parekh apresentou outras visões do multicultarismo em seus escritos e de maneira discernente; ver em especial *Re-thinking Multi-culturalism: Cultural Diversity and Political Theory* (Basingstoke: Palgrave, 2000).

9 A Honourable Society of Lincoln's Inn é uma das quatro ordens de advogados que atuam na corte de Londres, assim denominada em homenagem ao terceiro Duque de Lincoln, Henry de Lacy. (N.R.)

dade exclusivamente masculina ("aos dezoito, em uma faculdade masculina"), e como "a primeira mulher" de *qualquer* tipo de formação a obter o diploma de direito civil em Oxford (o que requereu "um decreto especial da Congregação autorizando-a a ser membro").[10] As escolhas de Cornelia Sorabji devem ter sido influenciadas por sua formação e origem sociais, mas ela tomou suas próprias decisões e escolheu suas próprias prioridades.

Haveria sérios problemas com as reivindicações morais e sociais do multiculturalismo caso insistissem que a identidade de uma pessoa deva ser definida por sua comunidade ou religião, ignorando todas as outras filiações dessa pessoa (variando de língua, classe e relações sociais a pontos de vista políticos e funções civis) e dando prioridade automática à religião ou à tradição herdadas sobre a reflexão e a escolha. E no entanto essa abordagem limitada do multiculturalismo assumiu nos últimos anos um papel proeminente em alguns dos planos de ação oficiais na Grã-Bretanha.

O plano estatal de incentivar ativamente novas "escolas confessionais", recém-projetadas para crianças muçulmanas, hindus e siques (além das escolas cristãs já existentes), que demonstram tal abordagem, é não só problemático em termos pedagógicos como também estimula uma percepção fragmentária das exigências de viver em uma Grã-Bretanha não segregada. Muitas dessas novas instituições estão sendo criadas precisamente em um momento em que a priorização religiosa tem sido uma grande fonte de violência no mundo (contribuindo para a história de tal violência na própria Grã-Bretanha, incluindo as divisões católico-protestantes na Irlanda do Norte — elas mesmas não desligadas da educação segmentada). O primeiro-ministro Tony Blair com certeza tem razão ao observar que "existe um sentimento muito forte de ethos e valores nessas escolas".[11] Mas a educação não se limita a fazer com que crianças, mesmo as mais novas, mergulhem em um ethos antigo e herdado. Ela também se destina a ajudar as crianças a desenvolver a capacidade de refletir sobre novas decisões que qualquer pessoa adulta terá de tomar. A meta importante não é uma "paridade" prescrita em relação a britânicos antigos com suas antigas escolas confessionais, mas, sim, o que melhor capacitaria as crianças de viver conscientemente à medida que crescem em um país integrado.

10 Ver Cornelia Sorabji, *India Calling* (Londres: Niesbet, 1934), e Vera Brittain, *The Women at Oxford* (Londres: Harrap, 1960).

11 Extraído do texto de uma coletiva à imprensa dada pelo primeiro-ministro Tony Blair em 26 de julho de 2005. Tony Blair demonstra um forte desejo de justiça cultural no tratamento das recém-fundadas escolas islâmicas da mesma forma que as escolas cristãs mais antigas. Essa questão também foi examinada no Capítulo 6.

## A PRIORIDADE DA RAZÃO

A questão principal foi colocada há muito tempo e com grande clareza por Akbar, o imperador indiano, em suas observações sobre a razão e a fé nos anos 1590. Akbar, o grão-mogol, nasceu muçulmano e morreu muçulmano, mas insistiu que a fé não pode ter prioridade sobre a razão, uma vez que um indivíduo deve justificar — e, se necessário, rejeitar — a fé herdada por meio da razão. Criticado por tradicionalistas que argumentavam em favor da fé instintiva, Akbar disse a seu amigo e auxiliar de confiança Abul Fazl (um respeitável estudioso do sânscrito, além do árabe e do persa, com profundo conhecimento de diferentes religiões, incluindo o hinduísmo e o islamismo):

A busca da razão e a rejeição do tradicionalismo são tão brilhantemente patentes que devem estar acima da necessidade de argumentação. Se os tradicionalistas estivessem corretos, os profetas teriam simplesmente seguido seus próprios antepassados (e não viriam com novas mensagens).[12]

A razão tinha de ser suprema, uma vez que, mesmo ao contestar a razão, teríamos que apresentar razões.

Convencido de que tinha de interessar-se seriamente pelas diferentes religiões da Índia multicultural, Akbar providenciou a realização de diálogos regulares que envolviam (como foi mencionado anteriormente) não só pessoas de antecedentes hindus e muçulmanos convencionais na Índia do século 16 mas também cristãos, judeus, parses, jainistas e inclusive os seguidores de "Carvaka"— uma escola de pensamento ateísta que vicejara robustamente na Índia por mais de dois mil anos a partir de por volta do século 6 a.C.[13]

De preferência a adotar uma visão "tudo ou nada" de uma fé, Akbar gostava de pensar sobre componentes específicos de cada religião multifacetada. Por exemplo, ao debater com os jainistas, Akbar manteve o ceticismo quanto a seus rituais, mas deixou-se convencer pelo argumento apresentado por eles em favor do vegetarianismo e até mesmo acabou por deplorar o consumo de toda carne em geral. Apesar da irritação que tudo isso causou entre aqueles

12 Ver M. Athar Ali, "The Perception of India in Akbar e Abu'l Fazl", em Irfan Habib, org., *Akbar and His India* (Delhi: Oxford University Press, 1997), p. 220.
13 A respeito da tradição de refletir sobre escolas alternativas de pensamento religioso (entre eles, agnosticismo e ateísmo), ver meu livro *The Argumentative Indian* (Londres: Allen Lane; Nova York: Farrar, Straus & Giroux, 2005).

que preferiam basear a crença religiosa na fé e não no raciocínio, ele ateve-se ao que chamava de "o caminho da razão" (*rahi aql*) e insistiu na necessidade do diálogo aberto e da escolha livre. Akbar também afirmou que sua própria crença religiosa islâmica provinha do raciocínio e da escolha, não da "fé cega", muito menos do que chamou de "o terreno pantanoso da tradição".

Existe ainda a questão mais ampla (especialmente pertinente à Grã-Bretanha) relacionada a como comunidades de *não imigrantes* deveriam entender as reivindicações de uma educação multicultural. Será que deveria ser adotada a prática de deixar que cada comunidade conduza suas próprias comemorações históricas especiais, sem responder à necessidade de que os "velhos britânicos" estejam perfeitamente cientes das inter-relações globais nas origens e no desenvolvimento da civilização mundial (tema examinado nos Capítulos 3 a 7)? Se as raízes das supostas ciência ou cultura ocidentais se baseiam, entre outras coisas, digamos, em inovações chinesas, matemática indiana e árabe ou a preservação na Ásia Ocidental da herança greco-romana (com, por exemplo, traduções árabes de esquecidos clássicos gregos sendo retraduzidas para o latim muitos séculos depois), será que não deveria haver uma reflexão mais completa desse robusto passado interativo que pode ser encontrado, neste momento, no currículo escolar da Grã-Bretanha multiétnica? As prioridades do multiculturalismo podem ser bastante diferentes das de uma sociedade monocultural plural.

Se uma questão relacionada a escolas confessionais envolve a natureza problemática de dar prioridade à fé irracional em detrimento da razão, há aqui uma outra importante questão, relacionada ao papel da religião na categorização de pessoas, em lugar do uso de outros métodos de classificação. As prioridades e ações das pessoas são influenciadas pela totalidade de suas filiações e associações, não apenas pela religião. Para dar um exemplo, a separação de Bangladesh do Paquistão, como examinamos anteriormente, foi baseada em razões linguísticas e literárias, junto com prioridades políticas, não na religião, que ambas as alas do Paquistão ainda não dividido compartilhavam. Ignorar tudo, exceto a fé, é apagar a realidade de interesses que têm motivado as pessoas a afirmar identidades que vão muito além da religião.

A comunidade de Bangladesh, bastante grande na Grã-Bretanha, está mesclada, segundo o cálculo religioso, em uma vasta massa juntamente com todos os outros correligionários, sem qualquer reconhecimento adicional de cultura e prioridades. Embora talvez agrade a sacerdotes islâmicos e líderes religiosos, isso com certeza enganosamente reduz a cultura abundante daquele país e descarna as identidades bastante diversas das pessoas de Bangladesh. Além disso, opta por ignorar completamente a história da formação do próprio Bangladesh. Há, na verdade, uma contínua luta política no momento *dentro* de Bangladesh entre secularistas e seus detratores (entre eles, fundamentalistas religiosos), e não é óbvio o motivo pelo qual o plano de ação oficial britânico tem que estar mais em sintonia com estes do que com aqueles.

Não há como exagerar a importância política da questão. É preciso reconhecer que o problema não se originou com os governos britânicos recentes. De fato, o plano de ação oficial britânico deu a impressão, durante anos, de que tende a ver cidadãos e residentes britânicos originários do subcontinente essencialmente em termos de suas respectivas comunidades, e hoje — depois da recente ênfase na religiosidade (incluindo o fundamentalismo) no mundo — a comunidade é definida essencialmente em termos de fé, em vez de levar em conta culturas definidas mais amplamente. O problema não está restrito à escolaridade, nem, claro, a muçulmanos. A tendência de aceitar líderes religiosos hindus ou siques como porta-vozes da população britânica hindu ou sique, respectivamente, também faz parte do mesmo processo. Em vez de incentivar cidadãos britânicos de origens diversas a interagir na sociedade civil, a participar da política britânica como cidadãos, o convite é agir "através" de "sua própria comunidade".

Os horizontes limitados desse pensamento reducionista abalam diretamente os estilos de vida das diferentes comunidades, com consequências especialmente coercivas na vida de imigrantes e seus familiares. Todavia, indo além disso, como mostram os eventos de 2005 na Grã-Bretanha, o modo como cidadãos e residentes veem a si mesmos pode afetar a vida de outros. Em primeiro lugar, a vulnerabilidade e as influências do extremismo sectário são bem maiores quando alguém cresceu e estudou no costume sectário (mas não necessariamente violento). O governo britânico busca pôr fim à pregação do ódio por líderes religiosos, o que deve estar certo, mas o problema é certamente bem mais extenso. Relaciona-se à questão de se cidadãos originalmente imigrantes devem ou não primeiro se verem como membros de comunidades determinadas e etnicidades religiosas específicas e somente *através* dessa associação se verem como britânicos, em uma pretensa federação de comunidades. Não é difícil entender que tal visão singularmente fragmentada de qualquer nação a tornaria mais exposta à pregação e ao cultivo da violência sectária.

Tony Blair tinha um bom motivo para desejar "sair" e realizar debates sobre terror e paz "dentro da comunidade muçulmana" e "penetrar nas entranhas dessa comunidade".[14] É difícil questionar a devoção de Blair à imparcialidade e à justiça. Todavia, o futuro da Grã-Bretanha muçulmana depende de reconhecer, apoiar e ajudar o avanço das muitas maneiras diferentes pelas quais cidadãos com visões políticas, heranças linguísticas e prioridades sociais diversas (juntamente com diferentes etnicidades e religiões) podem interagir no âmbito de suas diferentes capacidades, inclusive *como cidadãos*. A sociedade civil, em especial, tem um importante papel a desempenhar na vida de todos os cidadãos. A participação de imigrantes britânicos — tanto muçulmanos quanto outros — não deve ser posta em primeiro lugar, como tem sido cada vez mais, na cesta de "relações comunitárias" e vista como sendo mediada por líderes religiosos (até mesmo sacerdotes "moderados" e imãs "conciliatórios", além de outros porta-vozes convenientes das comunidades religiosas).

Existe uma necessidade real de repensar a compreensão do multiculturalismo, tanto para evitar a confusão conceitual no que respeita à identidade social quanto para rechaçar a exploração premeditada da divisão que tal confusão conceitual permite e mesmo, até certo ponto, encoraja. O que deve ser precisamente evitado (se a análise anterior estiver correta) é, de um lado, a confusão entre multiculturalismo e liberdade cultural, e, de outro, entre monoculturalismo plural e separatismo com base na fé. Dificilmente pode-se entender uma nação como uma reunião de segmentos isolados, imputando-se a cada um de seus cidadãos um lugar fixo em segmentos predeterminados. Muito menos pode a Grã-Bretanha ser entendida, explicitamente ou por ilação, como uma federação nacional imaginada de etnicidades religiosas.

## OS ARGUMENTOS DE GANDHI

Existe uma estranha semelhança entre os problemas que a Grã-Bretanha enfrenta hoje e aqueles enfrentados pela Índia sob a administração britânica, os quais, segundo pensava Mahatma Gandhi, estavam sendo estimulados diretamente pela soberania imperial britânica. Gandhi criticava, em especial, a visão oficial de que a Índia era um agrupamento de comunidades religiosas. Quando foi a Londres para participar da "Conferência da Mesa-Redonda Indiana" convocada pelo governo britânico em 1931, Gandhi notou que havia sido designado para ocupar um canto sectário específico na comissão cujo nome revelador era "Comissão da Estrutura Federal". Gandhi se ofendeu com o fato de que estava sendo representado principalmente como porta-voz dos

14 Extraído de uma coletiva à imprensa em 26 de julho de 2005.

hindus, em especial "hindus de casta", enquanto a outra metade da população indiana era representada por delegados, escolhidos pelo primeiro-ministro britânico, de cada uma das "outras comunidades".

Gandhi insistiu que, embora ele mesmo fosse hindu, o movimento político liderado por ele era fortemente universalista e não um movimento fundamentado em uma comunidade; seus partidários pertenciam a todos os diferentes grupos religiosos na Índia. Não obstante entendesse que era possível fazer uma distinção segundo filiações religiosas, ele chamou a atenção para o fato de que outras formas de dividir a população da Índia não eram menos pertinentes. Gandhi apresentou uma convincente argumentação aos governantes britânicos para que entendessem a *pluralidade* das distintas identidades dos indianos. De fato, afirmou que desejava falar não pelos hindus em especial, mas pelos "milhões emudecidos, labutadores e semifamintos" que compõem "mais de 85% da população da Índia.[15] Ele acrescentou que, com algum esforço adicional, poderia até mesmo falar pelo resto, "os príncipes [...] a pequena nobreza fundiária, a classe instruída".

Sexo era outro elemento principal para uma importante distinção que, Gandhi salientou, as categorias britânicas ignoravam, desse modo não dando lugar especial para considerar os problemas das mulheres indianas. Ele disse ao primeiro-ministro: "O senhor teve, em nome das mulheres, uma negação total da representação especial", e em seguida chamou a atenção para o fato de que "acontece que elas constituem metade da população da Índia". Sarojini Naidu, que acompanhou Gandhi na Conferência da Mesa-Redonda, era a única representante feminina na conferência. Gandhi mencionou o fato de que ela foi eleita presidente do Partido do Congresso, o partido de esmagadora maioria na Índia (isto se deu em 1925, na realidade cinquenta anos antes de uma mulher ser eleita para presidir um partido político britânico majoritário, a saber, Margaret Thatcher, em 1975). Sarojini Naidu podia, na linha "representativa" de raciocínio da soberania imperial inglesa, falar por metade da população indiana, isto é, pelas mulheres indianas; Abdul Qaiyum, outro delegado, também chamou a atenção para o fato de que Sarojini Naidu, a quem chamava de "o rouxinol da Índia", era ademais a única poeta eminente na assembleia reunida, uma espécie de identidade que diferia de ser vista como um político hindu.

---

15 *Indian Round Table Conference (Second Session) 7th September, 1931–1st December, 1931: Proceedings* (Londres: Her Majesty's Stationary Office, 1932); ver também C. Rajagopalachari e J. C. Kumarappa, orgs., *The Nation's Voice* (Ahmedabad: Mohanlal Maganlal Bhatta, 1932).

Em uma reunião organizada no Instituto Real de Assuntos Internacionais durante essa visita, Gandhi também insistiu que tentava resistir à "vivissecção de uma nação inteira".[16] No fim Gandhi não teve, claro, êxito na tentativa de "permanecer juntos", embora se saiba que ele fosse a favor de dar mais tempo para negociar — para impedir a partição de 1947 — do que o resto da liderança do Congresso julgava aceitável. Gandhi também teria ficado profundamente desgostado com a violência contra muçulmanos que foi organizada por líderes hindus sectários em seu próprio estado de Gujarat em 2002.[17] Teria, porém, sido consolado com a condenação maciça de tais barbaridades recebida da população indiana em geral, que influenciou a grande derrota, nas eleições gerais indianas que se seguiram (em maio de 2004), dos partidos implicados na violência em Gujarat.

Gandhi teria tido uma certa satisfação com o fato, não sem relação com seu ponto principal na Conferência da Mesa-Redonda de 1931 em Londres, de que a Índia, com uma população composta por hindus em mais de 80%, é hoje liderada por um primeiro-ministro sique (Manmohan Singh) e chefiada por um presidente muçulmano (Abdul Kalam), com seu partido dirigente (Congresso) presidido por uma mulher de antecedentes cristãos (Sonia Gandhi). Pode-se verificar tais mesclas de comunidades em muitas atividades da vida indiana, da literatura ao cinema e dos negócios aos esportes, e de forma alguma elas são vistas como especiais. Não se trata somente de que muçulmanos ocupam a posição de ser, por exemplo, o homem de negócios mais rico (de fato, a pessoa mais rica) da Índia (Azim Premji), de ter capitaneado o time de críquete indiano (Pataudi e Azharuddin), ou a primeira séria estrela internacional no tênis feminino (Sania Mirza), mas também de que todos eles são vistos, em tais circunstâncias, como indianos em geral, não como muçulmanos indianos em particular.

Durante o recente debate parlamentar sobre o relatório judicial da matança de siques ocorrida logo depois do assassinato de Indira Gandhi por seu guarda-costas sique, o primeiro-ministro indiano, Manmohan Singh, disse ao parlamento indiano: "Não hesito em pedir desculpas não só à comunidade sique mas também a toda a nação indiana, porque o que aconteceu em 1984 é a negação do conceito de nacionalidade e do que está preservado em nossa

16 M. K. Gandhi, "The Future of India", *International Affairs* 10 (nove. 1931), p. 739.
17 À parte as barbaridades envolvidas naquele terrível episódio em Gujarat, em 2002, as questões ideológicas postas em relevo por aquela violência em grande parte engendrada (incluindo a tentativa de rejeição de ideias integradoras de Gandhiji) são examinadas de forma esclarecedora por Rafiq Zakaria em *Communal Rage in Secular India* (Mumbai: Popular Prakashan, 2002).

Constituição".[18] As diversas identidades de Manmohan Singh ganham bastante destaque aqui quando ele se desculpou, em sua função de primeiro-ministro da Índia e um líder do Partido do Congresso (que também estava no governo em 1984), à comunidade sique, da qual é integrante (com seu turbante azul onipresente), e à nação indiana como um todo, da qual é, evidentemente, um cidadão. Tudo isso seria bastante confuso caso as pessoas fossem vistas na perspectiva "solitarista" de apenas uma identidade cada uma, mas a variedade de identidades e funções adptam-se muito bem ao ponto fundamental formulado por Gandhi na conferência em Londres.

Muito se escreveu sobre o fato de que a Índia, com mais muçulmanos do que quase qualquer país do mundo com maioria muçulmana (e com quase tantos muçulmanos, mais de 145 milhões, quanto o Paquistão), produziu pouquíssimos terroristas em âmbito doméstico que agissem em nome do islamismo, e quase nenhum ligado ao 1555. Há aqui muitas influências causais (por exemplo, como afirmou o colunista e autor Thomas Friedman, a influência da crescente e integrada economia indiana).[19] Mas também devemos dar algum crédito ao caráter da política democrática indiana e à ampla aceitação na Índia da ideia, defendida por Mahatma Gandhi, de que existem muitas identidades, além da etnicidade religiosa, que também são pertinentes para a compreensão que uma pessoa tem de si mesma e para as relações entre cidadãos de origens diversas dentro do país.

Admito que é um pouco embaraçoso para mim, como indiano, afirmar que, graças à liderança de Mahatma Gandhi e outros (até mesmo a análise lúcida da "ideia de Índia" feita pelo maior poeta indiano, Rabindth Tagore, que descreveu os antecedentes de sua família como "uma confluência de três culturas, hindu, maometana e britânica"), a Índia conseguiu, em grande parte, evitar o terrorismo nativo ligado ao islamismo que atualmente ameaça vários países ocidentais, inclusive a Grã-Bretanha. Gandhi, porém, estava expressando uma preocupação bastante geral, não específica da Índia, quando indagou: "Imaginem a nação inteira vivisseccionada e desmembrada; como poderia tornar-se uma nação?"

Essa pergunta foi motivada pelas profundas inquietações de Gandhi quanto ao futuro da Índia. O problema, todavia, não é específico da Índia e pode surgir também para outras nações, inclusive o país que governou a Índia até 1947. As

18 *Indian Express*, 13 ago. 2005.
19 Thomas Friedman, *The World Is Flat* (Nova York: Farrar, Straus & Giroux, 2005). Os antecedentes da Índia na Caxemira em especial são, todavia, menos satisfatórios. A política da Caxemira foi prejudicada pela invasão do terrorismo do exterior e pela rebelião interna.

desastrosas consequências de definir pessoas segundo sua etnicidade religiosa e dar prioridade predeterminada à perspectiva fundamentada na comunidade em detrimento de todas as demais identidades, que Gandhi pensou estarem recebendo apoio dos governantes ingleses da Índia, podem muito bem estar, lamentavelmente, perseguindo o país dos próprios governantes.

Na Conferência da Mesa-Redonda de 1931, Gandhi não foi bem-sucedido, e mesmo suas opiniões divergentes foram apenas brevemente registradas, sem menção à proveniência da divergência. Em um protesto polido endereçado ao primeiro-ministro britânico, Gandhi observou na reunião: "Na maior parte destes relatórios, o senhor irá verificar que existe uma opinião divergente, e na maioria dos casos tal divergência lamentavelmente foi, por acaso, apresentada por mim". No entanto, a presciente recusa de Gandhi de ver uma nação como uma federação de religiões e comunidades não "pertence" somente a ele. Pertence também a um mundo que está propenso a enxergar o grave problema para o qual Gandhi estava chamando a atenção. Pode pertencer também à Grã--Bretanha. Pelo menos espero que sim.

CAPÍTULO 9

# LIBERDADE DE PENSAMENTO

Minha primeira exposição ao homicídio ocorreu quanto eu tinha onze anos. Isso se deu em 1944, nos distúrbios comunitários que caracterizaram os últimos anos da soberania imperial britânica, terminada em 1947. Eu vi um homem desconhecido sangrando profusamente de repente passar cambaleante pelo portão de nosso jardim, pedindo ajuda e um pouco de água. Chamei meus pais aos berros e fui buscar água. Meu pai o levou às pressas para o hospital, mas lá ele morreu em consequência dos ferimentos. Ele se chamava Kader Mia.

Os distúrbios hindu-muçulmanos que antecederam a independência também levaram à divisão do país em dois, Índia e Paquistão. A matança irrompeu espantosamente de súbito, e não poupou a normalmente pacífica Bengala. Kader Mia foi morto em Daca, na época a segunda cidade — depois de Calcutá — da Bengala indivisa, que se tornaria, após a divisão, a capital do Paquistão Oriental. Meu pai lecionava na Universidade de Daca e morávamos em uma área chamada Wari, na Daca antiga, não longe da universidade, que por acaso era uma área predominantemente hindu. Kader Mia era muçulmano, e nenhuma outra identidade era relevante para os violentos criminosos hindus que o atacaram. Naquele dia de distúrbios, centenas de muçulmanos e hindus mataram uns aos outros, e isso continuaria a acontecer dia após dia.

A matança repentina parecia originar-se de lugar nenhum, mas era, claro, cuidadosamente articulada pela instigação sectária, ligada, de diferentes maneiras, às ardorosas exigências políticas de divisão do país. Os distúrbios homicidas não durariam muito; logo evaporariam de ambos os lados da Bengala pós-divisão. A intensidade da violência hindu-muçulmana rapidamente desapareceria, dando lugar a outras visões pelas quais as pessoas viam a si mesmas e às outras, levando ao primeiro plano outros traços da identidade humana. De fato, minha cidade de Daca irromperia, em poucos anos, em patriotismo bengali, com uma intensa celebração da língua, literatura, música e cultura bengalis — comum aos muçulmanos e aos hindus de Bengala. O ressurgimento de um profundo orgulho da riqueza de uma cultura bengali compartilhada tinha sua própria importância, uma vez que fora eclipsada de uma maneira tão inclemente durante o atordoante furor da violência hindu-muçulmana. Mas tinha também fortes correlatos políticos, ligados, especialmente, ao ressentimento no Paquistão Oriental (ou seja, a metade bengali do Paquistão) sobre a grave disparidade do poder político, da situação linguística e das oportunidades econômicas entre as duas metades do estado islâmico integrado de forma imperfeita.

A alienação dos bengalis dentro do Paquistão teria posteriormente como resultado, em dezembro de 1971, a divisão do Paquistão, e a formação do novo estado de Bangladesh, secular e democrático, com Daca elevada a sua nova capital. Na matança ocorrida em Daca, em março de 1971, durante o doloroso processo de separação, com a frenética tentativa do exército paquistanês de reprimir a rebelião bengali, as divisões de identidade seguiam as coordenadas de língua e política, não de religião, com soldados muçulmanos do Paquistão Ocidental brutalizando — e matando — principalmente muçulmanos dissidentes (ou suspeitos de serem dissidentes) no Paquistão Oriental. A partir de então o recém-formado "Mukti Bahini" ("brigada da liberdade") lutou pela independência total de Bangladesh do Paquistão. A divisão de identidades que nutriu a "luta pela liberdade" estava firmemente vinculada a língua e cultura (e, evidentemente, política), e não a qualquer diferença religiosa.

Mais de sessenta anos após a morte de Kader Mia, enquanto procuro recordar os fatais distúrbios hindu-muçulmanos dos anos 1940, é difícil convencer a mim mesmo de que aqueles eventos terríveis realmente aconteceram. Todavia, não obstante os distúrbios públicos em Bengala terem sido inteiramente transitórios e efêmeros (e os poucos casos em que distúrbios foram encorajados mais tarde em outros lugares da Índia não se comparam em escala e alcance aos eventos dos anos 1940), eles deixaram, em seu rastro, milhares e milhares de mortos hindus e muçulmanos. Os instigadores políticos que pressionaram pela matança (em nome do que chamavam, respectivamente, de "nosso povo") tiveram êxito em persuadir pessoas normalmente pacíficas de ambas as comunidades a se transformarem em criminosos dedicados. Elas foram levadas a se ver somente como hindus ou somente como muçulmanas (que devem desencadear a vingança contra "a outra comunidade") e absolutamente nada mais:

não indianos, subcontinentais, asiáticos, membros de uma espécie humana compartilhada.

Embora a grande maioria de ambas as comunidades não pensasse nesses termos estreitamente loucos, muitos deles de repente ficaram presos nesse modo malévolo de pensar, e os mais selvagens entre eles — frequentemente nos perturbados extremos de cada comunidade — foram induzidos a matar "os inimigos que nos matam" (como eram definidos respectivamente). Pessoas múltiplas eram vistas, através das lentes embaçadas da singularidade sectária, como tendo exatamente uma identidade cada uma, ligada a religião ou, mais precisamente, a etnicidade religiosa (uma vez que ser um não praticante da religião herdada não dava a uma pessoa qualquer imunidade contra ataques).

Kader Mia, um trabalhador diarista muçulmano, foi esfaqueado quando se dirigia a uma casa vizinha, para fazer um trabalho por um pagamento irrisório. Foi esfaqueado na rua por homens que sequer o conheciam e, muito provavelmente, jamais o tinham visto antes. Para um menino de onze anos, o evento, à parte ter sido um verdadeiro pesadelo, foi profundamente perturbador. Por que alguém deveria de repente ser morto? E por que por pessoas que nem sequer conheciam a vítima, a qual não poderia ter feito qualquer mal aos assassinos? O fato de que Kader Mia seria visto como tendo somente uma identidade — a de ser membro da comunidade "inimiga" que "devia" ser atacado e, se possível, assassinado — parecia absolutamente inacreditável. Para um menino aturdido, era extremamente difícil compreender a violência contra a identidade. Não é particularmente fácil nem mesmo para um adulto idoso ainda aturdido.

Enquanto estava sendo levado às pressas para o hospital em nosso carro, Kader Mia disse a meu pai que sua mulher lhe pedira para não entrar em uma área hostil durante os distúrbios públicos. Mas ele precisava ir atrás de trabalho, para uma renda magra, porque a família não tinha o que comer. A punição dessa necessidade, causada por privação econômica, veio a ser a morte. A terrível relação entre pobreza econômica e completa falta de liberdade (até mesmo a falta de liberdade de viver) foi uma percepção profundamente chocante que atingiu minha mente de menino com uma força esmagadora.

Kader Mia morreu como um muçulmano vitimado, mas também morreu como um trabalhador pobre e desempregado que procurava desesperadamente um trabalho e uma pequena quantidade de dinheiro para a família sobreviver em tempos bastante difíceis. Os membros mais pobres de qualquer comunidade é que morrem mais facilmente em tais distúrbios, uma vez que têm que se expor totalmente desprotegidos em busca da subsistência diária, e seus abrigos sem solidez podem ser facilmente invadidos e destruídos por gangues. Nos distúrbios hindus-muçulmanos, criminosos hindus mataram com facilidade muçulmanos pobres e desfavorecidos, enquanto criminosos muçulmanos assassinaram desenfreadamente vítimas hindus empobrecidas. Embora as identidades comunitárias dos dois grupos de presas brutalizadas fossem bastante diferentes, sua identidade de classe (trabalhadores pobres com parcos recursos econômicos) era praticamente a mesma. Mas nenhuma identidade que não fosse a da etnicidade religiosa contava naqueles dias de visão polarizada concentrada em uma categorização singular. A ilusão de uma realidade exclusivamente de confronto havia reduzido completamente os seres humanos e eclipsado a liberdade de pensamento dos protagonistas.

## O CULTO À VIOLÊNCIA

A violência sectária em todo o mundo não é hoje menos crua, nem menos reducionista, do que era há sessenta anos. Subjacente à brutalidade rude há ainda uma grande confusão conceitual sobre a identidade das pessoas, que transforma seres humanos multidimensionais em criaturas unidimensionais. A uma pessoa aliciada para aliar-se à malta criminosa hutu em 1994 pedia-se, ao menos implicitamente, que não se visse como ruandês, africano ou ser humano (identidades partilhadas pelos tutsis que eram o alvo), mas apenas como um hutu cujo dever era "dar aos tutsis o que mereciam". Um amigo paquistanês, Shaharyar Khan, um diplomata de hierarquia elevada altamente respeitável que foi enviado pelo secretário-geral das Nações Unidas a Ruanda depois dos massacres, posteriormente me disse: "Você e eu vimos a brutalidade dos distúrbios no subcontinente nos anos 1940, mas nada tinha nos preparado para a magnitude colossal da matança ocorrida em Ruanda e para a extensão do genocídio organizado que lá se deu".[1] A carnificina em Ruanda, e a aparentada violência entre hutus e tutsis na vizinha Burundi, matou mais de um milhão de pessoas em apenas alguns dias.

Não é fácil odiar pessoas. O poema de Ogden Nash ("A Plea for Less Malice Toward None" [Uma súplica de menos rancor com ninguém]) tratou disso com propriedade:

---

1 Ver também seu livro tocante e deprimentemente esclarecedor: Shaharyar M. Khan, *The Shallow Graves of Rwanda*, que inclui um preâmbulo de Mary Robinson (Nova York: I. B. Tauris, 2000).

Any kiddie in school can love like a fool,
But hating, my boy, is an art.

(Toda criança na escola pode amar como um bobo,
Mas odiar, garoto, é uma arte.)

Quando, todavia, vemos muito ódio e um conflito violento entre grupos diferentes, a pergunta que surge imediatamente é: "Como é que esta 'arte' funciona?".

A ilusão da identidade singular, que satisfaz ao propósito violento daqueles que organizam tais defrontações, é habilidosamente cultivada e incentivada pelos comandantes da perseguição e da carnificina. Não é digno de nota que a produção da ilusão de uma identidade única, da qual se pode tirar partido para fins de defrontação, atraia aqueles que se ocupam em fomentar a violência, e não há mistério no fato de que se busca tal reducionismo. Há, porém, uma grande indagação sobre a razão pela qual o cultivo da singularidade é tão bem-sucedido, levando-se em conta a extraordinária ingenuidade dessa tese em um mundo de filiações obviamente plurais. Ver uma pessoa exclusivamente em termos de apenas uma de suas muitas identidades é, claro, uma atitude intelectual profundamente rudimentar (como procurei argumentar em capítulos anteriores), e no entanto, a julgar por sua eficácia, é evidentemente bastante fácil defender e incentivar a ilusão cultivada de singularidade. A defesa de uma identidade única para fins violentos assume a forma de isolar um grupo de identidades — ligado diretamente aos fins violentos à mão — para sobre ele jogar um foco especial, e a partir daí encobrir a pertinência de outras associações e filiações através da ênfase seletiva e da incitação ("Mas como é que você pode falar destas outras coisas quando nosso povo está sendo assassinado e nossas mulheres estupradas?").

A arte marcial de fomentar a violência recorre a alguns instintos básicos e usa-os para excluir pela força do número a liberdade de pensamento e a possibilidade de raciocínio sereno. Mas também recorre, há que se reconhecer, a um tipo de lógica — uma lógica *fragmentária*. A identidade específica que é separada para uma ação especial é, na maioria dos casos, uma identidade autêntica da pessoa a ser aliciada: um hutu *é* de fato um hutu, um "tigre tâmil" é evidentemente um tâmil, um sérvio não é um albanês, e um alemão cristão com uma mentalidade corrompida pela filosofia nazista é com certeza um alemão cristão. O que se fez para transformar esse sentimento de compreensão de si mesmo em um instrumento mortífero é (1) ignorar a pertinência de todas as outras filiações e associações e (2) redefinir as exigências da identidade "exclusiva" em uma forma particularmente beligerante. É aí que se faz insinuar a maldade e as confusões conceituais.

## A BAIXA PENETRAÇÃO DA ALTA TEORIA

Embora pedir às pessoas que limitem seus pensamentos a uma única identidade possa parecer um convite especialmente rudimentar, vale lembrar que colocar pessoas à força em compartimentos de identidade singular é também uma característica de muitas das altas teorias de culturas e civilizações que são, na realidade, bastante influentes hoje em dia (como também examinei em capítulos anteriores). Evidentemente essas teorias não advogam nem justificam a violência — da fato, longe disso. Contudo, elas tentam compreender os seres humanos não como pessoas com identidades diversas mas predominantemente como membros de um determinado grupo social ou de uma comunidade. A participação em grupos pode, claro, ser importante (nenhuma teoria séria sobre pessoas ou indivíduos pode ignorar tais relações sociais), mas a diminuição de seres humanos envolvidos em somente uma categoria de participação para cada pessoa (desprezando todas as outras) elimina de um só golpe a extensa pertinência de nossas afinidades e nossos envolvimentos múltiplos.

Por exemplo, os classificadores civilizacionais muitas vezes colocaram a Índia no escaninho da "civilização hindu" — uma descrição que, entre outras coisas, não leva em devida conta (como referido anteriormente) os mais de 145 milhões de muçulmanos (para não mencionar siques, indianos, jainistas, cristãos, parses e outros) e também ignora as extensas ligações entre as pessoas do país que não atuam de modo algum por meio da religião, mas de envolvimentos em atividades políticas, sociais, econômicas, comerciais, artísticas, musicais ou outras atividades culturais. De uma forma menos fácil de compreender, a poderosa escola de pensamento comunitário também consagra exatamente *uma identidade por ser humano*, com base em participação comunitária, e na prática rebaixa a importância de todas as demais filiações que fazem dos seres humanos as criaturas sociais complexas e intricadas que são.

Neste contexto, é interessante lembrar que o pensamento comunitário começou, ao menos em parte, como uma abordagem construtiva à identidade, ao tentar avaliar uma pessoa em seu "contexto social".[2] Todavia, o que começou como uma tentativa teórica inteiramente respeitável de ver os seres humanos mais "completamente" — e mais "socialmente" — acabou em grande parte com uma compreensão altamente restrita de uma pessoa sobretudo como membro de exatamente um grupo. Isso, lamentavelmente, não faz justiça a um "contexto social", uma vez que cada pessoa tem diferentes associações e ligações, cuja respectiva importância depende bastante da circunstância. A despeito da imensidão da visão implícita na louvável tarefa de "situar uma pessoa na sociedade" (que foi repetidas vezes invocada em teorias sociais), a transferência dessa visão para a aplicação real muitas vezes assumiu a forma da indiferença à pertinência das relações sociais plurais da pessoa, subestimando gravemente a riqueza das características múltiplas de sua "situação social". A visão subjacente vê a humanidade de uma forma drasticamente reduzida.

## AS DORES DA ILUSÃO SOLITARISTA

O menoscabo solitarista da identidade humana tem consequências extensas. Uma ilusão que pode ser invocada com o objetivo de dividir pessoas em categorias enrijecidas únicas pode ser utilizada para apoiar o encorajamento do antagonismo entre grupos. Altas teorias com traços solitaristas, por exemplo compartimentos civilizacionais ou isolamentos comunitários, evidentemente não visam de modo algum semear confronto — na verdade, muito pelo contrário. Quando, por exemplo, uma teoria de "choque de civilizações" é apresentada e desenvolvida, o objetivo é identificar o que se percebe como uma realidade preexistente (argumentei que isso é feito de maneira equívoca, mas essa é uma questão diferente de motivação e ímpeto), e os teóricos se veem como "descobrindo" uma defrontação, não criando uma — ou contribuindo para uma.

No entanto teorias podem influenciar o pensamento social, a ação política, os planos de ação públicos. A redução artificial de seres humanos a identidades singulares pode ter consequências divisionistas, tornando o mundo potencialmente muito mais inflamável. Por exemplo, a caracterização reducionista da Índia como uma "civilização hindu", referida anteriormente, foi recebida com aclamação pelos ativistas sectários do chamado movimento Hindutva. Na verdade, qualquer categorização conceitual que possa ser entendida como apoio a sua visão miniaturizada da Índia tende, naturalmente, a ser invocada por aquele movimento ativista. A ala radical desse movimento até mesmo desem-

2 Ver Will Kymlicka, *Contemporary Political Philosophy: An Introduction* (Oxford: Clarendon Press, 1990).

penhou um papel crucialmente importante na incitada violência em Gujarat, em 2002, na qual a maioria das vítimas era, em última análise, muçulmana. Teorias são às vezes levadas mais a sério em encontros práticos do que os próprios teóricos esperam. E, quando não são só conceitualmente confusas mas também prontamente utilizáveis para acentuar a exclusão sectária, essas teorias podem ser recebidas entusiasticamente pelos líderes do confronto e da violência sociais.

Da mesma forma, teorias de exclusividade islâmica, combinadas com a desconsideração da pertinência de todas as outras identidades que os muçulmanos têm (além das filiações religiosas), podem ser utilizadas para fornecer uma base conceitual para a versão violenta da guerra santa muçulmana, o *jihad* (um vocábulo elástico que pode ser invocado tanto para uma feroz incitação quanto para um esforço pacífico). Pode-se verificar o uso profuso desse caminho para a violência instigada na história recente no que se chama, de forma enganosa, de terrorismo islâmico. A riqueza histórica de diferentes identidades dos muçulmanos, por exemplo como humanistas, cientistas, matemáticos, filósofos, historiadores, arquitetos, pintores, músicos ou escritores, que muito contribuíram para as realizações passadas do povo muçulmano (e para a herança global do mundo, examinada nos Capítulos 3 a 6), pode ser esmagada — com uma pequena ajuda da teoria — pela defesa simplista de uma identidade beligerantemente religiosa, com consequências devastadoras.

Como examinamos anteriormente, não há por que os ativistas muçulmanos descontentes de hoje devam concentrar-se apenas nas realizações religiosas do islamismo, e também não nas grandes conquistas dos muçulmanos em diferentes campos, ao decidir o que podem fazer para mudar o mundo contemporâneo, o qual eles associam a humilhações e desigualdades sistemáticas. E no entanto o reducionismo proporcionado por uma compreensão solitarista das pessoas, em termos exclusivos de uma identidade beligerantemente religiosa, pode ser empregado de maneira desastrosa pelos patrocinadores do *jihad* violento para fechar todos os outros caminhos que os muçulmanos podem facilmente tomar, de acordo com suas tradições históricas consideráveis.

De forma análoga, de outro lado, ao se resistir e combater terrorismo desse tipo, há uma boa razão para recorrer à riqueza das muitas identidades dos seres humanos, não apenas sua identidade religiosa (de cuja exploração o recrutamento terrorista desse tipo depende). Mas, como vimos anteriormente, o componente intelectual da resistência tendeu a ficar restrito a denunciar as religiões implicadas (a crítica severa do islamismo foi bastante usada neste contexto) ou a tentar definir (ou redefinir) as religiões para situá-las no lado "certo" da divisão (recorrendo, por exemplo, ao uso das palavras inspiradoras de Tony Blair, "a voz moderada e verdadeira do islamismo"). Embora os militantes islâmicos tenham boas razões para negar todas as identidades de muçulmanos que não sejam da fé islâmica, não está de modo algum claro por que aqueles que desejam resistir a essa militância também tenham de confiar tanto na interpretação e na exegese do islamismo, em vez de recorrer às muitas outras identidades que os muçulmanos também têm.

Às vezes a singularidade é ainda mais limitada do que permitiria a categoria geral de ser islâmico. A distinção entre xiitas e sunitas, por exemplo, foi utilizada vigorosamente para fins de violência sectária entre esses dois grupos de muçulmanos. Do Paquistão ao Iraque, esse conflito acrescenta uma outra dimensão à violência da identidade, definida em termos ainda mais restritos. De fato, no momento em que termino de escrever este livro, ainda não está claro que apoio a nova constituição iraquiana terá dos líderes sunitas, juntamente com líderes dos xiitas e curdos, e o que poderá acontecer no futuro.

A integridade do Iraque está, evidentemente, tolhida por muitos fatores históricos, inclusive a arbitrariedade de suas fronteiras determinadas por colonizadores ocidentais e a inescapável divisão causada por uma intervenção militar arbitrária e mal informada. Todavia, além disso, a abordagem política baseada em seitas dos líderes da ocupação (não de todo diferente da abordagem oficial britânica da Índia colonial da qual Gandhi tanto se queixou) pôs mais lenha em uma fogueira preexistente.

A visão do Iraque como um somatório de comunidades, com indivíduos vistos simplesmente como xiitas, sunitas ou curdos, tendeu a dominar o noticiário ocidental sobre o Iraque, mas ao mesmo tempo reflete o modo como se desenvolveu a política no país depois de Saddam Hussein. Um membro da comissão constitucional iraquiana, Sa'Doon al-Zubaydi, pode perguntar ao jornalista James Naughtie, da BBC: "Posso pedir ao senhor que se dirija a mim como iraquiano, não como sunita?"[3] Mas a combinação da política sectária no Iraque e um confuso compromisso militar com o que lá ocorre torna difícil esperar que os problemas públicos enfrentados hoje pelo Iraque e por Bagdá possam dar lugar a algo mais amplo e mais nacional naquele país totalmente perturbado.

Uma vez que a iniciativa política liderada pelos Estados Unidos tendeu a ver o Iraque como um agrupamento de comunidades religiosas, mais do que de cidadãos, quase todas as negociações se concentraram nas decisões e declara-

3 Ver "The Real News from Iraq", *Sunday Telegraph*, 28 ago. 2005, p. 24.

ções de líderes de comunidades religiosas. Essa foi sem dúvida a maneira mais fácil de proceder, considerando-se as tensões já existentes no país e, claro, as novas criadas pela própria ocupação. Mas o caminho mais fácil imediato não é sempre a melhor maneira de construir o futuro de um país, sobretudo quando algo extraordinariamente importante está em jogo, em especial a necessidade que uma nação tem de ser uma aglomeração de cidadãos, em vez de um agrupamento de etnicidades religiosas.

O problema foi examinado anteriormente, especialmente no Capítulo 8, no contexto de um país bastante diferente, ou seja, a Grã-Bretanha, cuja história e cujos antecedentes são muito diversos. Todavia, a dificuldade fundamental de ver um país como uma federação de comunidades, às quais indivíduos pertencem *antes* de pertencerem à nação, está presente em ambos os casos. Gandhi referiu-se ao incentivo e à priorização dessa identificação única baseada na comunidade como a "vivissecção" de uma nação, e existem boas razões para uma preocupação política sobre tal seccionamento. É também de importância decisiva levar em conta a pluralidade das identidades iraquianas, inclusive sexo, classe e religião. Vem à memória a advertência que Gandhi fez ao primeiro-ministro britânico, durante a soberania imperial em 1931, de que as mulheres "por acaso compõem metade da população da Índia" — uma linha de pensamento também de certo modo pertinente ao Iraque contemporâneo. A necessidade de levar em conta tais preocupações mais amplas no Iraque continua tão forte hoje quanto o foi antes.

## O PAPEL DAS VOZES GLOBAIS

A ilusão solitarista tem também implicações para o modo como as identidades globais são vistas e invocadas. Se uma pessoa pode ter apenas uma identidade, então a escolha entre a nacional e a global torna-se uma disputa entre "tudo ou nada". E o mesmo se dá com a disputa entre qualquer sentimento global de pertencer que se possa ter e as lealdades que talvez também nos motivem. No entanto, ver o problema pelo prisma desses termos rígidos e exclusivos reflete uma compreensão profundamente equívoca da natureza da identidade humana, em especial sua pluralidade inevitável. O reconhecimento da necessidade de refletir sobre as reivindicações de uma identidade global não elimina a possibilidade de prestar atenção também aos problemas regionais e nacionais. O papel do raciocínio e da escolha na determinação de prioridades não precisa assumir, necessariamente, a forma de "ou isto ou aquilo".

Procurei, anteriormente, identificar vários problemas econômicos, sociais e políticos que têm dimensões globais, bem como os planos de ação a eles relacionados, os quais devem ser focados com urgência. Existem, em especial, fortes razões para reformas institucionais que facilitariam o tipo de mudanças necessárias para tornar a globalização um arranjo mais justo. As adversidades que os vulneráveis e inseguros enfrentam devem ser abordadas em várias frentes. A extensão de ações necessárias varia de planos de ação nacionais (por exemplo, a urgência de expandir o alcance da educação e da saúde pública) a iniciativas internacionais e reformas institucionais (relacionadas, por exemplo, a acordos globais para limitar o comércio de armas, ampliar o acesso de países pobres aos mercados das economias mais ricas, tornar leis de patentes e sistemas de incentivo mais favoráveis ao desenvolvimento e à utilização de medicamentos de que os pobres no mundo inteiro precisam, e assim por diante). Tais mudanças seriam importantes em si mesmas, mas, como vimos no Capítulo 7, também podem contribuir para uma maior segurança humana e coibir o fácil aliciamento para o terrorismo e o treinamento. Podem contribuir, além disso, para modificar o clima de tolerância à violência, que é, em si mesmo, um fator que permite que o terrorismo seja alimentado em sociedades com profundas injustiças.

Existe ainda um problema de imparcialidade intelectual na abordagem da história global, que é importante para uma compreensão mais completa do passado da humanidade (uma tarefa não desprezível) e para sobrepujar o falso sentimento de superioridade total do Ocidente que contribui para confrontações de identidade de uma maneira inteiramente gratuita. Por exemplo, embora recentemente se tenha debatido — e com razão — a necessidade de as pessoas de antecedentes imigrantes na Europa ou nos Estados Unidos saberem mais sobre a civilização ocidental, ainda existe um reconhecimento extraordinariamente pequeno da importância que se deveria atribuir à necessidade de os "velhos britânicos", "velhos alemães", "velhos norte-americanos", e outros, saberem mais sobre a história intelectual do mundo.

Não só houve notáveis conquistas em diversas áreas, da ciência, matemática e engenharia até a filosofia e a literatura, na história das diferentes partes do mundo, como também as fundações de muitos dos elementos do que hoje se chama de "civilização ocidental" e "ciência ocidental" tiveram profunda influência das contribuições vindas de diferentes países do planeta (como se examinou nos Capítulos 3 a 7). Teorias culturais ou civilizacionais que ignoram o papel de "outras" sociedades não só limitam os horizontes intelectuais dos "velhos europeus" ou "velhos norte-americanos", deixando sua educação em um estado especialmente fragmentário, como também dão aos movimentos antiocidentais uma falsa noção de separação e conflito que ajuda a dividir as pessoas ao longo de uma linha largamente artificial de confronto "Ocidente-Antiocidente".

## UM MUNDO POSSÍVEL

Com frequência se diz, com inegável justiça, que é impossível ter, em um futuro previsível, um estado democrático global. Isso é verdade, mas, quando a democracia é vista (como argumentei anteriormente que deveria ser) em termos de opinião pública, especialmente a necessidade de um debate mundial sobre problemas globais, não é necessário congelar a possibilidade da democracia global indefinidamente. Não se trata de uma escolha "ou tudo ou nada", e há uma forte razão para estimular o debate público generalizado, ainda que restem muitas limitações e fraquezas inevitáveis no escopo do processo. Nesse exercício de identidade global, existem muitas instituições a que se pode recorrer, inclusive, claro, as Nações Unidas, mas existe também a possibilidade do trabalho, já iniciado, de organizações de cidadãos, muitas instituições não governamentais, e setores independentes dos meios de comunicação.

Existe ainda um papel importante para as iniciativas tomadas por uma grande quantidade de indivíduos apreensivos que são motivados a exigir que se preste mais atenção à justiça global (em concordância com a expectativa de David Hume, citada anteriormente, de que "as fronteiras da justiça fiquem ainda mais amplas"). Os governos de Washington e Londres talvez se irritem com a crítica amplamente disseminada quanto à estratégia da coalizão no Iraque, assim como o governo de Chicago, Paris ou Tóquio possa se indignar com a espetacular difamação do comércio global em setores dos chamados protestos antiglobalização. Os pontos levantados pelos manifestantes não são invariavelmente corretos, mas muitos deles fazem, como procurei demonstrar, perguntas bastante pertinentes e, portanto, contribuem de forma construtiva para a opinião pública. Isso é parte do modo como a democracia global já está sendo iniciada, sem esperar que surja um estado global gigantesco sob uma forma completamente institucionalizada.

Há no mundo contemporâneo uma irresistível necessidade de fazer perguntas não só sobre a economia e a política da globalização mas também sobre os valores, a ética e o sentimento de participação que dão forma a nosso conceito de mundo global. Em uma compreensão não solitarista da identidade humana, o envolvimento com tais questões não tem, necessariamente, que exigir que nossos compromissos de fidelidade nacional ou lealdades regionais sejam todos *substituídos* por um sentimento global de participação, a ser refletido no funcionamento de um "estado mundial" colossal. De fato, a identidade global pode começar a receber o que lhe é devido sem a eliminação de nossas outras lealdades.

Em circunstâncias muitíssimo diferentes, ao tratar de sua compreensão integrada do Caribe (não obstante as imensas variedades de etnia, cultura, preocupações e antecedentes históricos), Derek Walcott escreveu:

> Jamais encontrei aquele momento
> em que a mente foi dividida ao meio por um horizonte —
> para o ourives de Benares,
> para o pedreiro de Cantão,
> assim como a linha de pescar submerge, o horizonte
> submerge na memória.[4]

Ao resistir ao apequenamento dos seres humanos, com o que este livro se ocupou, podemos também abrir a possibilidade de um mundo que pode superar a memória de seu passado conturbado e moderar as inseguranças de seu presente difícil. Como um menino de onze anos de idade, não pude fazer muito para ajudar Kader Mia enquanto ele jazia a sangrar com a cabeça apoiada em meu colo. Mas imagino um outro universo, não além de nosso alcance, no qual ele e eu podemos, juntos, afirmar nossas muitas identidades em comum (até mesmo enquanto os singularistas ferozes uivam às nossas portas). Temos que garantir, acima de tudo, que nossa mente não seja dividida ao meio por um horizonte.

---

4 Derek Walcott, "Names", em *Collected Poems: 1948–1984* (Nova York: Farrar, Straus & Giroux, 1986).

# ÍNDICE REMISSIVO

Abu Ghraib, 22
Academia Britânica 130
Academia Real Sueca, 145
Acequias, construções muçulmanas
   na Espanha, 83
Afeganistão, 87, 88, 90–91, 154
África, 21, 53, 64, 77, 100, 104, 106,
   109–112, 114, 143, 148, 153
   afro-americanos, 21, 47
   colonialismo e, 99, 109–112, 141
   democracia na, 68–69, 110–112
   epidemia na, 106, 119, 152
   guerra fria na, 109–112
   humilhação da, 99–100, 141, 153
   identidade com, 21, 53
   militarismo e fornecimento
      de armas na, 109
   música de, 127
   viagens de Ibn Battuta, 77–78
África do Sul, 16, 53, 69, 86, 106, 110
African Political Systems (Fortes
   e Evans-Pritchard), 111
Agente racional, 38, 39
Agnosticismo, 51, 63, 124, 169
Agra, 33, 65, 79
Ajuda e assistência ao
   desenvolvimento, 144–145
Albaneses, 59
Alemanha, alemães, 26–27,
   47, 64, 66, 119, 183–184
Alfabetização, 120–124, 148
"Álgebra" e "algoritmo," origem de, 82
Aliança Mundial para Vacinas
   e Imunização, 150
Al-Jabr wa al-Muqabalah
   (al-Khwarizmi), 82
Al Qaeda, 22, 163, 175

América Latina, 141, 143, 148
Anedotas, estereotipagem
   cultural em, 118
Angola, 109–110
Antissemitismo, 26–27, 47, 65, 183
Apartheid, 25, 69, 106
Apostasia, 32, 92–94
Árabes, 25, 83, 102, 153
Arábia Saudita, 77, 82
Argumentative Indian, The, 51,
   62, 70, 102, 103, 108, 169
Ashoka (filme), 65
Ásia e identidade asiática, 28,
   37, 70, 99, 104–105, 106–108,
   122–124, 138, 148, 154, 170, 180
Ásia Ocidental, 138, 154, 165
Ásia Oriental,
   influência do Japão na, 123
   valores asiáticos na, 99, 106–108
Astronomia, 83, 101–102, 138
Ataques de 11 de setembro, 57, 60, 82
Ateísmo, 51, 63, 79, 169
Atenas, democracia em, 66–67
Ativismo da imprensa em, 86
Autopercepção reativa, 103–108
   como "o outro" (análise de
      Bilgrami), 105, 113
   fundamentalismo e, 105, 107, 112–114
   valores asiáticos e, 106–108
   vantagem espiritual comparativa
      como, 104–105
Autoridade religiosa, voz cada vez mais
   ouvida de, 30, 90–91, 94, 170–172
Báctria, democracia em, 67–68
Bagdá, 68, 80, 187–188
Bangladesh, nativos de, 32, 82, 170–171, 180
Beautiful Mind, A (Nasar), 145

Bélgica, 109
Bengala, bengalis, 32
Big Sea, The (Hughes), 21
Birmânia (Mianmá), 102, 122
Bollywood, 62, 65
Bósnia, 13
"British Multicultural Model in Crisis"
    (artigo do Le Monde), 161
Buda e budismo 63, 67, 70, 113, 122
Burundi, 182
Cairo, 68, 80
Calcutá, epidemia de fome em (1943), 152
Capital social, 21, 22
Caribe, 37, 53, 191
Carta de Juramento (1868), japonesa, 122
Carvaka, autor agnóstico, 63, 169
Católicos romanos, 30–31
Caxemira, 175
Charia, 78, 85
Chicago, Illinois, arranha-ceus em, 82
Chili, e a propagação de seu uso, 165
China, chinês, 37, 47, 63, 102,
    107, 122, 138, 140
    globalização e, 70–71, 121–122, 138, 141, 170
    imprensa e, 70
Choque de civilizações, teoria
    do, 28–29, 57–76
    caracterização rudimentar
        na, 61–77, 113–114
    diversidade interna ignorada
        pelo, 29, 62–63, 71, 75–76
    e interações entre civilizações, 29, 65–71
    identidade singular aceita pelo,
        28–29, 58–59, 61–62, 71, 75, 185
    pretensa singularidade de valores
        ocidentais e, 60, 64–71
    profundidade ou aparência?, 59–61
    visão de Huntington sobre
        o, 28–29, 57–59, 62–65
Cidadania, 24, 45–46, 91, 164, 171, 188
Ciência, 14, 30, 76, 114, 122
    contribuições árabes e muçulmanas
        à, 32, 64, 82–83, 140–141, 171
    contribuições chinesas à, 69,
        138, 140–141, 170
    contribuições indianas à,
        101–102, 103–104, 140
    desconfiança pós-colonial da, 104–106
    globalização e, 64, 136, 138, 140, 189
    "Ocidental," 32, 64–66, 103, 105, 170, 189
Cingapura, 107–108
Civilização ocidental, valores
    ocidentias, 28–29, 57, 189
    acerto de contas com a, 105, 106–107
    democracia e, 65–69
    fundamentalismo e, 103, 112–114
    globalização ligada à, 136–141

obsessão pós-colonial com a,
    99–100, 103–108, 112–114, 138
raízes globais da, 65–70, 189–190
resistência à, 22, 99–100, 103, 105,
    107, 111–114, 139–142, 190
suposta singularidade da, 60, 64–71
suposta superioridade da, 104–105, 189
Civilizações, 189–190
    "amizade entre", 11, 14, 30
    arbitrariedade das definições
        raciais de, 66
    identidade singular com base
        em, 10–11, 14, 23, 28–31, 58,
        60–61, 71, 75, 80–81, 184–185
    ingredientes de, segundo
        Bacon e Carlyle, 138
Clash of Civilizations and the
    Remaking of the World Order, The
    (Huntington), 28–29, 57–59, 62–65
Classe,
    como fator na identidade, 10, 14, 24,
        28–29, 32, 42, 45, 160, 168, 181–182, 188
    filiação singular e, 42–43
    visão de Marx de, 42
Código Fundamental da Educação
    (1872), japonês, 123
Códigos indumentários, de
    mulheres muçulmanas, 77
Colonialismo e pós-colonialismo, 14,
    99–114. cf. Autopercepção reativa.
    África, 64, 100–112, 109
    humilhação como legado do, 100, 141
    obsessão com o Ocidente no,
        99, 103–108, 112–114, 138
    sentimento de inferioridade
        e, 100, 101–105
Com base em religião, 10–14, 28–33,
    75–76, 81, 89–91, 154–156, 160, 166,
    168–176, 169, 169–177, 180–182, 186–187
    violência e, 10, 13, 21–23, 33,
        39, 89, 91, 180, 186
Comissão Independente
    sobre a África, 100
Compromissos sociais, como um
    fator de identidade, 24, 160
Comunidade humana, 11, 13,
    22, 23, 26, 33, 61, 130
Conceito tubular de arranha-ceus, 82
Concílios budistas, antigos, 67
Condições de vida, 87, 137, 141–151, 151–154
Conferência da Mesa-Redonda
    Indiana (1931), 172–176
Conferência de especialistas
    islâmicos em Amã (2005), 92
Conferência Mundial sobre Direitos
    Humanos (1993), Viena, 107
Conflito cooperativo, 144–146

Confronto sectário,
  identidade singular e, 13–14, 15,
    39, 71–72, 90, 171, 174, 181, 186
  mudanças de identidades e, 27–28
Congo, 22, 109–110
Conhecimento, 133, 147.
  *Ver também:* Literatura;
  matemática; ciência
  de outras culturas e estilos de
    vida alternativos, 128–130
  globalização do, 69–70, 82–83, 136, 138
  liberdade cultural e, 125–126
  técnico, 83, 148
  valor do, 84
Conselho de Vacinas, 150
Contextos sociais, identidade
  e, 41–47, 85, 184–185
Córdoba, 80
Coreia do Sul, 119–122. *Ver*
  *também* História coreana,
  educação da, 120–122, 125
  globalização e, 141
Crianças,
  escolas religiosas e, 31, 128–130
  pobreza de, 133
Cristãos, cristianismo, 81, 84–85, 112
  escolas financiadas pelo estado
    britânico para, 30, 128–129, 168
  inquisições e, 33, 65
  na Índia, 63–64, 78, 169, 174, 184
  renascidos, 84, 125
Crítica antiglobalização, 133–156, 190–191
Critical and Miscellaneous
  Essays (Carlyle), 138
Critique of the Gotha
  Programme (Marx), 42
Cruzadas, 80
Culinária tandoori, 165
Cultura, 14, 59–60, 114, 117–122,
    124–126, 128, 139–142, 159,
    165–168, 170–171, 176, 181
  como fator da identidade, 181, 184
  conservação da, 125, 126, 128, 166
  desenvolvimento econômico e, 118–123
  educação e, 120–123, 125
  epidemias de fome atribuídas a, 118–119
  mudança e, 125
Culture Matters (Harrison e
  Huntington, orgs.), 119–120
"Cultures Count" (Huntington), 119–120
Curdos, 91, 187
Curry, 162, 165
Curry em pó, 165
Daca,
  independência de Bangladesh e, 180–181
  tumultos hindu-muçulmanos
    em, 179–181

Daily Telegraph (Londres), 163
Declaração de Amã (2005), 92–93
Decline of the West, The
  (Oswald Spengler), 64
Democracia, 94–95, 103, 105, 110
  como "governo por debate", 67
  global, 17, 149–150, 154–156, 190
  globalização e, 134, 148–149, 154–156, 190
  hostilidade à, com base em
    equívoco, 103, 106, 107–108, 111
  na África, 68, 110–112
  Na Índia, 67–68, 173–176
  no Irã, 67
  no Iraque, 22, 65, 90–91, 187
  raciocínio e, 65, 159, 190, 191
  raízes globais da, 65–69
  valores asiáticos e, 67, 107–108
Desconsideração da identidade, 38–41
Desenvolvimento humano, 87, 125
Desigualdade,
  globalização e, 147–152
  identidade e, 154–156
  mulheres e, 167–168, 173, 174, 188
Development as Freedom, 109
Direitos de patentes, 144, 146, 149, 189
Direitos de propriedade intelectual, 150
  patentes, 144, 146, 149, 189
Direitos de voto, importância
  dos, 66, 90–91, 160, 162, 164
Direitos e liberdades individuais,
  64, 86, 106–107, 111
Direitos humanos, 11–12, 22,
  64–65, 84, 86, 108
Direitos minoritários, 33, 80, 86
  Em Cingapura, 107
Distúrbios hindu-muçulmanos
  (anos 1940), 21, 28, 180–182, 191
Distúrbios hindu-muçulmanos
  em (1944), 179–182
Diversidade cultural,. *Ver*
  *também,* Multiculturalismo.
  liberdade cultural e, 127–128
Diversidades diversas, 11, 13–14, 30, 62
Doenças, 109, 133, 150
  AIDS, 106, 109, 142, 149, 153
"Dover Beach" (Arnold), 12
Economia de mercado, 146–148,
  149–150, 152, 155, 189
Educação, 190. *Ver também* Escolas
  e alfabetização
  cultura e, 120–124, 125
  de funcionários britânicos
    do império, 101
  escolas religiosas financiadas pelo
    estado, 30, 128–130, 168, 169
  fundamentalista islâmica, 87
  globalização e, 140, 142, 148, 149, 150, 189

ÍNDICE REMISSIVO  195

indianos versus ocidentais,
  pretenso contraste, 139–141
multiculturalismo e, 161,168,170
na África, 109,142
na Coreia versus Gana, 120–121
no Japão, 122–124
Educação e, 122
Egito, antigo,
  e Grécia antiga, 66
  Maimônides no, 33,80
Elemento antiocidental na, 137–138
Engenheiros bérberes, 83
Enquiry Concerning the Principles
  of Morals, An (Hume), 155–156
Entendimento entre culturas e
  intercâmbio 50–52,77–78,165
Epidemia de AIDS, 106,109,142,149,153
Epidemia de fome em, 119,152
Epidemias de fome, 118–119,152
Escolas britânicas financiadas
  pelo estado, 30,129,168
Escolas e educação, 10,11–14,21–33,
  38–39,41–43,59–61,60–61,63,
  71,89,94,154–155,180–188
Escolas religiosas, financiadas pelo
  estado, 31,87,128–130,168
Escolha, 39–52,79,188
  identidade de comunidade e, 49–52,160
  identidades plurais e, 11,14,24–25,
    26,37–38,42,45–46,160
  multiculturalismo e, 159,165–166,168
  negação de, 11,13,27–28,33
  raciocínio e, 14,27
  restrições a, 24–25,46,129
Espanha, 68,80,82–83
Estados Unidos, 22,37,45,47,53,60,
  68,70,94,100,107,109,110–114,
  117,120,122–123,125–127,142,
  154,159–161,165,187,189
Estrutura jurídica, importância de, 148
  direitos sobre patentes e, 144,149,189
Ética,
  global, 135,156
  identidade comunitária e, 48,49–54
Ética confuciana, 64,137
Etnia, 14,22,45,46,166
Europa,
  democracia na, 66–67,67–68
  globalização e, 136,138,140–141
  iluminismo na, 66–67,70,137
  inquisições na, 33,65,80
  renascimento na, 70,75,83,137–138
  tolerância e liberdade na,
    65,106,107–108
Exames especiais para alunos
  de curso secundário (GCSE)
  no Reino Unido, 162–163

Excomunhão, 92–93,94
Êxodo (filme), 43
Faerie Queene, The (Spenser), 118
"Far Cry from Africa, A" (Walcott), 53
Filtros de lealdade, conceito
  de Akerlof, 40
Formação de capacidades, 120–121,
  122–124,125–126,128–130,
  160,167–168,169–172
Fórum da Civilização Mundial
  (2005), Tóquio, 15
França, 45–46,57,64,69–70,109,164
Fundação Daniel Pearl, 92
Fundamentalismo,
  autopercepção reativa e, 103,105,112–114
  como uma resposta à supremacia
    ocidental, 105,112–114
  cristão, 84,125
  "Future of Islam, Democracy, and
    Authoritarianism in the Muslim
    World, The" (Anwar), 94
  hindu, 63,85,185–186
  islâmico, 29,31–32,68,76,86–87,
    90,94,105,112–114,129,137,171
  judaico, 85,152
Gana, 119–121
Gays, repressão social de, 126
Globalização, 13–14
  como ocidentalização, 136–142
  contribuições intelectuais e,
    70,83,136–141,170,189
  crítica da,. Ver Crítica da antiglobalização.
  econômica,. Ver Globalização econômica.
  em perspectiva histórica, 70–71,
    82–83,136–141,170
  estado global, não necessário para a
    democracia global, 148–156,191–192
  provincianismo versus, 139–142,189
Globalização e, 69,82–83,140–141
Globalização econômica, 136,141–156,190
  cultura e, 125
  desigualdade na, 141–146,151–156
  economia de mercado e, 146–148
  justiça na, 142–151,189
  omissões e ações da, 143,148–149
  pobreza e, 141–148,148–154,189
  violência e sentimento de
    injustiça na, 151–154
Globalização econômica e, 141–142,
  146,150–151,156,190–191
Glocus et Locus, 17
Godos, 66
Gora (Tagore), 54
Gosto estético, 24,32,76
Governo mogol e tolerância, 33,
  65,68,78–79,169–170

Grã-Bretanha, 9, 46, 53, 62,
   63, 101, 160–176, 188
   alimento na, 162, 165
   anos como estudante do
      autor na, 59, 161–162
   aumento do papel de clérigos
      islâmicos na 90, 91
   direitos de voto de cidadãos da
      Commonwealth na, 160, 162, 164
   distúrbios raciais na, 161
   império da, 100–102, 104, 109, 119, 141, 187
   liberdade cultural na, 128,
      161–165, 165–168
   relações da Irlanda com a, 118, 168
   terrorismo na, 129, 160, 175
   "teste do críquete" e, 162, 163–164
   vista como uma "federação de
      comunidades", 129, 171, 188
Grécia, antiga, 65
   democracia na, 66
   sobrevivência de clássicos da, 83, 170
Grécia, moderna, 52, 120
Grupos como fontes de
   identidade, 10, 11–12
   contrastantes versus não
      contrastantes, 45–46
   existência transitória e contingente
      de alguns grupos, 43
   rejeição de egoísmo estreito e, 41, 48
Guerra fria, 109–110, 111, 154
Gujarat, violência contra
   muçulmanos em, 174, 186
Hábitos alimentares, 24, 62,
   118–119, 165, 165–166
Herança científica e matemática dos,
   32, 69, 82–83, 138, 140–141, 170
Hibri 163
Hibridação, 163
Hindus, hinduísmo, 79–80,
   90, 113, 169, 171, 173–175
   escolas financiadas pelo estado
      britânico para, 30, 129, 168
   globalização da ciência e da
      matemática e, 83
História coreana, 70, 119–122. Ver
   também, Coreia do Sul
History of Mathematics (Eves 140
Homem econômico (agente
   racional), 39–41
Humilhação,
   como legado colonial, 99–100, 141
   desigualdade e, 152, 153, 185
Hutus, 21, 23, 59, 182, 183
Ideias, globalização e, 136, 139–142
Identidade,. Ver também: Classes
   específicas de identidade específicas,
   classe e, 10, 13–14, 23, 28–29, 32,

42–43, 45, 160, 168, 188
   como de outras pessoas, 13
   complexidade da, 9–12
   compromissos sociais e, 24, 160
   condição social e, 28
   cultura e, 180, 184
   lado positivo da, 21, 22, 23, 37
   língua e, 14, 29, 32, 46, 47, 160, 168, 170, 180
   literatura e, 32, 160, 168, 170, 180
   localizações e, 25, 28
   moralidade e, 14, 48, 50, 94
   nacionalidade e, 10, 11, 28–29, 46
   política e, 14, 25, 27–29, 32, 46,
      47, 160, 168, 170, 180
Identidade adquirida de
   Byron na Grécia, 52
Identidade autopercebida,. Ver
   também: Autopercepção reativa,
   imputação versus, 25–27, 48
Identidade comunitária, 11,
   21–23, 49–54, 187–188
   como capital social, 21, 22
   como identidade singular,
      11, 21–23, 184–185
   escolha e, 49–52, 160
   exclusão e, 22
   multiculturalismo e, 160,
      166–168, 170–173
   suposição de, como prioridade
      predeterminada, 23, 24, 160
Identidade global, 135–136, 188–191
Identidade histórica, preocupação
   com perda da, 37–38
Identidade imputada versus
   autopercepção, 26–28, 47
Identidade social,. ver Identidade
   comunitária; identidade,
Identidades plurais,
   como fonte de esperança para
      harmonia, 11, 14, 33
   como identidades rivais, 23–24
   contextos sociais e, 41–45
   descolonização da mentalidade
      e, 104, 111–112, 112–114
   escolha e, 10–11, 14, 22–24, 26–27,
      37, 42, 43, 44–48, 160
   identidades contrastantes e não
      contrastantes, 45–46
   política e, 84–88, 160, 168, 170, 171, 187
   reconhecimento da, 23–24, 38
   suposição singularista versus,
      10–11, 13, 31–32, 38, 41–42, 60–61,
      76, 80–81, 94, 160, 171, 175, 183, 191
Ijtehad (interpretação religiosa
   no islamismo), 80
Iluminismo, europeu, 66–67, 70, 137–138

Imigrantes, 22, 108, 126–130,
161–169, 169–172
Imprensa, desenvolvimento
da, 70–71, 138, 168
Imprensa e, 70–71, 172
Independência de, 32, 82, 170, 180
Independência de Bangladesh
e, 32, 82, 170–171, 180
India Calling (Sorabji), 167
India: Development and
Participation, 150
Índia, indianos, 64–65, 107, 164
colonialismo britânico na, 100–102,
104–105, 119, 139, 187
democracia na, 67–68, 68, 173–176
diálogo aberto na, 79, 170
eleições na, 63, 174
grupos não hindus na, 62–63,
78–79, 169, 172, 184
independência da, 46–47, 119
literatura ateísta e agnóstica
da, 51, 62–63
massacre de Amritsar na (1919), 100
relações mundiais, 133–135, 170
tolerância e pluralismo na, 33,
64, 67, 78–79, 174
trabalho matemático e científico
na, 64, 75, 83, 101, 104, 138, 170
tumultos hindu-muçulmanos
na, 21, 28, 179–182, 191
violência de Gujarat e, 174, 186
vista como uma civilização
hindu, 62–65, 75, 184, 185
Indonésia, 58, 85
Indústria bélica, 110–111, 148–149, 189
Informação imperfeita, economia
de mercado e, 146–148
Injustiça, sentimento de, 151–156
Violência e, 151–154
Inquisições, 33, 65, 80
Instituto Real Britânico de Assuntos
Internacionais, 174
Intolerância, 31, 61, 89
Irã, 127
Irã, iranianos, 69, 83, 102, 125, 140
antiga prática de democracia no, 67
Iraque, 22, 65, 68, 80, 88,
90–91, 187–188, 190
Irlanda, irlandês, 30–31, 117–118, 152, 168
Irrigação, 83
Islamismo, muçulmanos, 21, 25, 30–33,
59, 65, 68, 75–95, 153, 184–188
abordagem "exclusivo-legal" versus
"inclusivo-substancial" ao, 125
Al Qaeda e, 22, 163
constituição de dezessete
artigos (604 d.C.) no, 67

debate público e, 64, 68, 79, 80, 169–170
definição de, 30–33, 89–91,
91–93, 112–114, 186
denúncia de terrorismo, 93
difusão de, 113
diversidade intelectual e, 31–33, 78–83
educação no, 122, 125
em Bangladesh, 32, 77, 171
escolas britânicas financiadas
pelo estado para, 168
escolas britânicas financiadas
pelo estado para, 13  30, 129
estereotipagem de, 59, 60
excomunhão e, 92–93
fundamentalismo e, 29, 31, 68, 76,
84–85, 90, 105, 112–114, 129, 137, 171
globalização e, 123–125, 142
imprensa no, 64
interesses não religiosos e prioridades
diversas de, 76–77, 78–80
Japão, japonês, 17, 45–46, 47–48,
102, 107–108, 110, 122–124, 125
na Índia, 22, 28, 33, 62, 65, 68,
78, 169, 173, 175, 184, 185
no Paquistão, 22, 86–87, 92, 129
restauração Meiji (1868) no, 122
riqueza de identidades de, 93–94, 187
sunita, 77, 91, 187
terrorismo e, 30, 31, 84–85,
88–93, 103, 114, 129, 153–154
tolerância e, 31, 32–33, 78–80, 89, 92
variações culturais de, 77–78
xiita, 77, 91, 187
Israel, 13, 22, 26, 153
Istambul, 68
Itália, 25, 47
Iugoslávia, 21, 59
Iwaltan, Ibn Battuta em, 77–78
Jainistas, 68–69, 79, 169–170, 184
Janela Indiscreta (filme), 59
Jeddah, 82
Jihad, 186–187
Jogos,
experimentais, presunção de
egoísmo testados em, 40
globalização de, 125
John Hancock Center, 82
Jordânia, 92
Judeus, 26, 54, 85, 90
na Índia, 63, 78, 169–170
nazismo e, 27, 47
tolerância muçulmana e, 33, 78–79
Justiça, 86, 105, 135, 142–151, 149–150,
155–156, 168, 172, 190
de multiculturalismo, 159, 168
divisão de benefícios e, 144–146
intelectual, 189–190

pobreza global e, 142–146
possibilidade de aumento
em, 146–148, 189
Jya-ardha, jya (em sânscrito,
meia corda, corda), 140
Kosovo, 13
Latim, traduções do árabe
para o, 82–83, 170
Lenços de cabeça, 77
Leviathan (Thomas Hobbes), 142
Liberdade,
como suposto valor ocidental, 64, 65,
99, 103, 105–106, 106–107, 108
cultural, 15, 125–128, 159, 166, 168, 172
de pensamento, 31–33, 64–65, 67–69,
81, 84, 167–168, 169–172, 179–191
hostilidade à, com base em
equívoco, 99, 103, 106–108
identidades plurais e, 14, 23, 24, 53–54
multiculturalismo e, 159–176
religiosa, 33, 64, 79
restrições da, 47–48
valores asiáticos e, 106–108
Liberdade e, 125–128, 159, 165–168, 172.
*Ver também* Multiculturalismo.
generalizações sobre a, 117
globalização e, 125, 135, 137
heterogeneidade de, 125
identidade islâmica e variações
culturais e, 77–80, 170
identidade singular com base
em, 9–14, 59–60, 167, 183–184
Liberdade religiosa, 33, 64, 78–80
Línguas e identidade, 14, 28–29, 32,
46, 47, 53, 160, 168, 170, 180, 181
Literatura, 30, 32, 114, 167, 170, 174, 189
e identidade, 30, 32, 160, 168, 171, 179, 189
Literatura de, 32, 53–54, 82, 180
Lokayata, filosofia cética e
agnóstica, 63–64
Londres,
ataques terroristas em, 130, 161–163
conferência da Mesa-Redonda
Indiana em (1931), 172–176
Long Walk to Freedom (Nelson
Mandela), 69
Lugares, como fator na
identidade, 24, 28–29
Macarthismo, 60–61
Magna Carta, 67
Magnetos, 138
Mahabharata, 26
Malária, 109, 153
Malásia, malasios, 85, 102
Manchester Guardian, 167
Maratas, 79
Marrocos, 78

Martinica, 37
Massacre de Amritsar (1919), 100
Matemática, 30, 69, 82, 83,
114, 139–140, 189–190
globalização e, 138, 140–141, 170, 188
herança árabe e muçulmana em, 32,
69, 75, 82–83, 138, 140–141, 171
trabalho indiano em, 70, 82,
101, 104, 139–142, 168
Medicina, 106, 111, 142, 150
Membros de comunidade, 23, 24, 38, 49, 52
Microcrédito, 143, 148
Mídia e debate público, 67,
86, 107, 125, 161, 190
em Bangladesh, 86
no Paquistão, 86
Milagre da Ásia Oriental, 124
Militarismo na África, 109–111
Miniaturização de humanos,
11, 14, 30, 38, 184, 191
Monde, Le (Paris), 161
Monoculturalismo, plural,
165–168, 170, 172
Monoculturalismo plural versus
multiculturalismo, 165–168, 170, 172
Moralidade,
e identidade comunitária, 48,
49–51, 52–54, 93–95, 168
solidariedade global e, 135–136, 142–156
Movimento Hindutva, 63, 85, 185–186
Muçulmanos,. *Ver* Islamismo,
Muçulmanos sunitas, 77, 91, 187
Mudanças de identidade,
violência e, 27–28
Mukti Bahini (brigada da liberdade), 180
Mulheres em, 77
Mulheres, papel das, 27, 50, 77, 78,
86, 101, 145–146, 167, 173, 188
Multiculturalismo, 14, 125–128, 159–176
diversidade como valor em
si mesma e, 159
duas abordagens ao, 160–161, 165–168
liberdade cultural e, 125–128,
159, 166, 168, 172
monoculturalismo plural
versus, 165–168, 170, 172
na Grã Bretanha, 30, 160–168,
170–172, 175–176
prioridade da razão e, 169–172
Música, 25, 32, 62, 125, 127, 180
Nacionalismo,
anticolonial, 104
identidade e "o outro" e, 10, 28–29,
46, 47, 54, 108, 163, 174–175, 187
Nações Unidas, 87–88, 182, 190
Nazismo, 27, 47, 64, 183–184

ÍNDICE REMISSIVO **199**

Negócios e comércio, 30, 65–66,
110, 122–123, 125, 130, 137, 142,
147, 148–150, 188–189
Neocolonialismo, uso do termo, 103
Novum Organum (Bacon), 138
Ódio, identidade singular e, 13, 21, 183
Ônus da dívida, 109, 143
Organização familiar e desigualdade
sexual, 27, 50, 77, 144, 165
Oriente Médio,
sentimento de injustiça no, 152–153
técnicas de irrigação no, 83
tradição de debate público no, 67
Ornament of the World,
The (Menocal), 80
Ostrogodos, 65, 66
"outro, o," análise de Bilgrami do, como
identidade reativa, 105, 113, 114
Países Baixos, 160
Países do G8, 110, 144, 149
Países em desenvolvimento,
globalização e, 143–144
omissões e ações de globalização
em, 149–150
vendas de armas a, 110–111, 149
Pakistan Times, 86
Palestina, palestinos, 13, 22, 113, 153
Paquistão, 62, 86–88, 162, 187
criação do, 22, 179–180
e terrorismo, 92
extremismo islâmico no, 86–87
madrasas fundamentalistas no, 129
mídia no, 86
separação de Bangladesh
do, 32, 82, 170, 180
sociedade civil no, 86–88
"teste do críquete" e, 162, 163
Paquistão Oriental, 179, 180
Parses, 63, 79, 169–170, 184
Partido do Congresso Indiano, 174, 175
Pataliputra (hoje Patna),
concílio budista em, 67
Penicilina, 111
Pesquisa médica, 150–151
Pilgrim's Progress (John Bunyan), 100
Pobreza, 133
como causa de falta de liberdade, 181
cultura e, 118
eliminação da, 141–146, 148,
148–151, 151–153
globalização e, 141–147, 149–154, 189
justiça e, 142–146
violência e, 151–154, 181
Política, 30, 59, 64, 135
com base em religião, 13, 90–91, 129, 186
como fator na identidade, 14, 21,
27–29, 32, 46, 47, 160, 168, 170, 180

escolha e restrições e, 46–47
identidade comunitária e, 49–50
identidades plurais e, 84–88,
160, 168, 170, 172, 188
tolerância em, 32–33, 64,
65, 67, 68, 79, 81, 189
Política fascista, na Itália, 25, 47
Políticas de economia doméstica e
globalização, 143, 146, 147, 150, 151, 189
Pólvora, 138
Portrait of the Anti-Semite (Sartre), 26
Portugal, 83, 164
império de, 64, 109
Pós-colonialismo,. ver Colonialismo
e pós-colonialismo,
Prisioneiros, tratamento desumano de, 23
Produtos agrícolas, exportação de
países mais pobres, 109, 143
Produtos farmacêuticos, 142, 149, 150, 189
Produtos têxteis, 109, 142
Profissões, como identidades, 14,
24, 28, 32, 45, 160, 168
Programa de Desenvolvimento
das Nações Unidas, 87
Propriedade de terras e reforma, 47, 148
Protestantes, protestantismo, 30, 138
Raça,
discriminação e, 25, 27, 47, 100–101
identidades e, 21, 52–53, 66, 105, 117, 191
Raciocínio, 33, 43, 45, 46,
49–54, 84–85, 183, 188
como suposto valor
"ocidental", 99, 105–106
democracia e, 65–69, 134–135, 190
escolas confessionais e, 30, 128–130, 168
hostilidade ao, com base em
percepção errônea, 99, 105
identidade comunitária e, 49–52
identidades plurais e, 11, 14–15,
30, 42, 43, 130, 159
influência versus determinação e, 50–51
multiculturalismo e, 159, 165, 168–172
negação do, 33, 84
prioridade do, 27, 47–48, 52, 159–162
público global, 14, 134
Rahi aql (o caminho da razão),
defesa de Akbar do, 79, 170
Rajastan, 79
Regulamentos antitruste, 146
Religiões, 47
"diálogo entre", 11, 14, 90
e identidade, 9–14, 28–33, 75–76,
77–78, 80–81, 88–91, 154–155, 160,
167, 168, 170–176, 180–182, 186
o mundo como pretensa "federação"
de, 10, 13, 28–31, 57–58, 166–167
violência com base em, 14, 129, 185

Renascimento, europeu, 70, 83, 137
Re-thinking Multi-culturalism
(Parekh), 167
Retribuição, violência como,
105, 106, 153–154
Revolução Industrial, 70, 137
Romanos, antigos 65, 170
Ruanda, ruandenses, 13, 22, 182
Sânscrito,
matemática e, 83, 102, 138, 140–141
obras astronômicas em, 102, 138, 140
Sarvadarshanasamgraha ("reunião
de todas as filosofias"), 51
Saúde, 109, 143, 146, 147, 151, 189
remédios e, 111–112, 142, 149, 150
Sears Tower, 82
"seno", uso do termo, 140–141
Separação tâmil no Sri Lanka e
"Tanil Tigers", 59, 183
Sérvios, 21, 59, 183
Sexo, 14, 24, 27, 32, 45, 50, 77, 78, 87,
145–146, 160, 173, 174, 188
Shiv Sena, 79
Simpósio Symi (2005), 17
Siques, 28, 63, 90, 129, 168, 184
Sistema de castas, 26, 47
Sistema decimal, 69, 83, 138
Sociedade civil, 88–89, 91
em Bangladesh, 32, 77, 180
fortalecimento da, 14, 17, 95
multiculturalismo e, 165–166, 168, 171
Solidariedade global e, 135–138
Sri Lanka, 59, 122, 183
Stockholm International Peace
Research Institute, 110
Subdesenvolvimento, supostas
explicações culturais para o, 119–121
Subjection of Women, The (Mill), 27
Sudão, 13, 22
Susa (Shushan), no Irã antigo,
democracia em, 67
Tailândia, 122
Talebã e política afegã, 88, 91, 154
Tecnologia, 82–83, 104, 122, 133
globalização e, 82, 138, 140–142
Teóricos culturais, 24–25, 38
Terminal Hajj, 82
Terrorismo, 13, 14, 30, 31–32, 57, 60–61,
82, 103, 105, 114, 129, 149, 153–154,
161–163, 175–176, 186, 189
"Teste do críquete", de Lord Tebbit, 162, 163
Timor, 13
Tolerância, 32–33, 64, 67, 68, 79, 81, 169–172
como valor ocidental, 64
da violência, 86, 189
muçulmanos e, 31, 33, 78–80, 89, 93
religiosa, 33, 64, 93–94

Tolo racional, 40
Traduções árabes de textos antigos
em grego e sânscrito, 83, 102, 170
Tumultos na França (2005), 108, 160, 165
Turn in the South, A (Naipaul), 37
Turquia, 77
Tutsis, 21, 23, 59, 182
União Soviética, 110, 154
Universidade de Bóston,
Centro Pardee na, 14
Universidade de Oxford,
conferências Romanes na, 15
Upanishads, 79
Uso do termo, 135
Vacinas, 150
Vajracchedikaprajnaparamita
(Sutra do Diamante), 70
Valores asiáticos, 67, 99, 106–108, 137
Vietnã, 107
Vindaloo, 165
Viquingues, 65
Visão da "descoberta" da identidade,
24–25, 27–28, 29, 47, 49, 52–54
Visão singularista da identidade
(filiação singular), 10–11, 14, 21–33,
39, 41–42, 59–61, 61–62, 63–64,
71–72, 89, 94, 154–155, 181–188
com base em civilização, 10, 11, 13–14,
24–25, 28–31, 58, 61, 71, 75, 81, 184–185
com base em comunidade,
11, 22–24, 184–185
com base em cultura, 11–14,
58–59, 167, 184
com base em religião, 22, 129, 186
como retribuição, 105, 106, 153–154
contra mulheres, 27, 50
cultivo da, 182–184
difamação e, 26
distúrbios hindu-muçulmanos,
21, 27–28, 179–182, 191
em Gujarat, 174, 186
identidade singular e, 10, 13, 21–23,
31–33, 33, 39, 89, 90, 180–185, 185–186
identidades plurais versus,
10–11, 14, 26, 38, 41–43, 61, 77–78,
81, 94, 160, 171, 175, 183, 190–191
pobreza e, 151–154
teoria do choque de civilizações
e, 28–29, 58, 61, 71, 75, 185
violência, 10–14, 165
Visigodos, 66
Vue jianliang ming (seno de
intervalos lunares), 140
"What Is a Muslim?" (Bilgrami), 105, 112
White Mughals (Dalrymple), 101
World Trade Center, 82
Xiitas muçulmanos, 77, 91, 187

# ÍNDICE ONOMÁSTICO

## A

Abd al-Rahman III, califa, 68, 81
Abdul Haq, 79
Abdullah II, rei da Jordânia, 93–95
Abul Fazl, 169
Abu Muhammad Yandakan al-Musufi, 78
Agarwal, Bina, 16
Akbar (filho de Aurangzeb), 79
Akbar o Grande, imperador,
    33, 68, 79, 169–170
Akerlof, George, 16, 40–41, 147
Alberuni, 102
Alexandre o Grande, 68–69
Ali, M. Athar, 169
Alkire, Sabina, 16
Anand, Sudhir, 16
Annan, Kofi, 111
Anwar, Syafi'i, 85, 94
Appiah, Kwame Anthony, 53, 105, 111
Arnold, Matthew, 12
Arrian, Flavius, 68
Arrow, Kenneth, 146
Aryabhata, 83, 101, 138, 140
Ashoka, imperador, 65–66, 67
Ash, Timothy Garton, 160
Aurangzeb, imperador, 33, 78–79
Azharuddin, Mohammad, 174

## B

Bacon, Francis, 70, 134, 138
Bassetti, Piero, 17
Bauer, Joanne, 107
Bell, Daniel A., 107
Benabou, Roland, 40
Bhabha, Homi, 16, 163
Bilgrami, Akeel, 16, 105, 113

Brittain, Vera, 168
Brown, Gordon, 144
Bruno, Giordano, 33
Bunyan, John, 100
Byron, George Gordon, Lord, 52

## C

Carlyle, Thomas, 138
Cashdan, Elizabeth, 22
Chatterjee, Partha, 104
Chen, Lincoln, 16
Chen, Martha, 16
Churchill, Winston, 119
Clive, John, 101
Clive, Lord, 165
Colorni, Eugenio, 47
Colorni, Eva, 47
Condorcet, Marquês de, 66
Confúcio, 65
Cooper, John F., 107
Cummings, William K., 123

## D

Dalrymple, William, 101
Dara Shikoh, 78
Darwin, Charles, 42, 112
Davis, John B., 40
De Mauny, Erik, 26
Desai, Meghnad, 16
Dev Sen, Antara, 16
Diógenes, 64, 68
Donne, John, 38
Donnelly, Jack, 107
Drèze, Jean, 109, 150

## E

Edgeworth, Francis, 146
Eliot, T. S., 15
Engels, F., 42
Epicuro, 64
Evans-Pritchard, Edward, 111–112
Eves, Howard, 140
Eyres, Harry, 83

## F

Faiz, Faiz Ahmed, 86
Farmer, Paul, 150
Forster, E. M., 46–47
Fortes, Meyer, 111
Friedman, Thomas, 175
Fromkin, David, 14, 16
Fukuda-Parr, Sakiko, 16
Fukuyama, Francis, 16

## G

Gandhi, Indira, 174
Gandhi, Mohandas (Mahatma), 16, 39, 46, 167, 172–176, 187–188
Gandhi, Sonia, 174
Gangolli, Ramesh, 140
Gates, Henry Louis, 16, 105
Geldorf, Bob, 144
Gerardo de Cremona, 140
Gibbon, Edward, 101
Gibbs, H. A. R., 78
Gladstone, William, 15
Glennerster, Rachel, 150
Gluck, Carol, 123
Goldston, James A., 161
Green, Peter, 68

## H

Habib, Irfan, 79, 169
Hajime, Nakamura, 68
Haq, Khadija, 87
Haq, Mahbub ul, 87–88
Haqqani, Husain, 86, 87
Harrington, Roby, 16
Harrison, Lawrence, 119–120
Hasdai ibn Shaprut, 81
Henry, Julie, 163
Hicks, John, 146
Hobbes, Thomas, 142
Hopkins, J. F. P., 78
Horton, Richard, 150
Hughes, Langston, 21
Hume, David, 155–156, 190
Huntington, Samuel, 28, 57, 59, 62–64, 75, 106, 111, 119–121

## I

Ibn Battuta, 77–78
Iwaltan, qadi de, 77

## J

Jahangir, Asma, 16, 86
Jahan, Rounaq, 16
Jain, Devaki, 16
Jalal, Ayesha, 16, 85
Joan 48–49
Jolls, Christine, 40
Jones, William, 102

## K

Kabir, Ananya, 16
Kader Mia, 179–181, 191
Kalam, Abdul, 174
Karzai, Hamid, 91
Kepel, Gilles, 85
Khan, Ali Akbar, 62
Khan, A. Q., 88
Khan, Fazlur Rahman, 82
Khan, Iqtidar Alam, 80
Khan, Khafi, 79
Khan, Shaharyar M., 182
Khilnani, Sunil, 16
Khwarizmi al-, 82, 138
Kim, Quee-Young, 121
Kim, Shin-bok, 121
Kim, Yung Bong, 121
King, Martin Luther, Jr., 39
Kirman, Alan, 16, 40
Kondo, Seiichi, 16
Kranton, Rachel, 40–41
Kremmer, Michael, 150
Kumarappa, J. C., 173
Kumon, Shumpei, 123
Kymlicka, Will, 49, 185

## L

Lange, Oscar, 146
Lawrence, George, 69
Lebow, Richard Ned, 118
Lee Kuan Yew, 107–108
Levtzion, N., 78
Lewin, Shira, 40

## M

Maalouf, Amin 53
Macaulay, Thomas Babington, 101, 139, 140
Madison, James 66
Maffetone, Sebastiano, 16

Maimônides, 33, 80
Mamdani, Mahmood, 93
Mandela, Nelson, 39, 69–70
Mansbridge, Jane J., 40
Marglin, Frédérique Apffel, 50
Marglin, Stephen A., 50
Markam, Inga Huld, 16
Marmot, Michael, 150
Marx, Karl, 42
Mayer, Tom, 16
McGinn, Noel E., 121
Menocal, María Rosa, 80
Mericle, David, 17
Mill, James, 101–102, 104–105
Mill, John Stuart, 27, 66
Mirza, Sania, 174
Mobuto Sese Seko, 109
Mohsin, Jugnu, 16
Mokyr, Joel, 118
Moore, Charles A., 68
Mulhall, Stephen, 49
Mumtaz Mahal, 79
Mussolini, Benito, 47

**N**

Naidu, Sarojini, 173
Naipaul, V. S., 37
Nasar, Sylvia, 145
Nash, John, 145
Nash, Ogden, 182
Naughtie, James, 187
Nesbit, Lynn, 16
Nice, Richard, 44
Nussbaum, Martha, 16

**O**

Oe, Kenzaburo, 16
Osmani, Siddiq, 16

**P**

Papandreou, George, 17
Parekh, Bhikhu, 167
Parker, Richard, 16
Passin, Herbert, 123
Pataudi, Mansur Ali Khan, 174
Pearl, Daniel, 91–92
Pearl, Judea, 92
Perry, Matthew, 122
Platão, 64
Prasad, Pushpa, 79
Preminger, Otto, 43
Premji, Azim, 174
Putnam, Robert, 16, 22

**Q**

Qaiyum, Abdul, 173
Qizilbash, Mozaffar, 16

**R**

Rabin, Matthew, 40
Rajagopalachari, C., 173
Ramphele, Mamphela, 106
Rana, Kumar, 16
Rao, Vijayendra, 117
Rashid, Ahmed, 87
Rawls, John, 49
Reed, Jan, 83
Rehman, I. A., 86
Ricardo Coração de Leão, 80
Robbins, Amy, 16
Roberts, Andrew, 119
Robeyns, Ingrid, 16
Robinson, Joan, 47
Robinson, Mary, 182
Rosenblum, Nancy L., 49
Rosovsky, Henry, 123
Rothschild, Emma, 16
Rovane, Carol, 16
Ryan, Alan, 27

**S**

Sachs, Jeffrey, 144
Sahl, Mort, 43
Saladin, imperador, 33, 80
Salbi, Zainab, 16
Sambhaji, rajá, 79
Samuelson, Paul, 146–147
Sandel, Michael, 16, 49, 52
Sartre, Jean-Paul, 26
Savimbi, Jonas, 109–110
Sellers, Peter, 26
Sen, Indrani, 16
Sethi, Najam, 16, 86
Shah Jahan, imperador, 78
Shakespeare, William, 26, 130
Shankar, Ravi, 62
Shivaji, 79
Shotoku, príncipe, 67
Singh, Manmohan, 174–175
Smith, Adam, 40, 119, 146
Snodgrass, Donald R., 121
Sobhan, Rehman, 16
Sócrates, 64
Sorabji, Cornelia, 168–169
Soros, George, 148
Spengler, Oswald, 64
Spenser, Edmund, 118
Stepan, Alfred, 16

Stewart, James, 59
Stiglitz, Joseph, 147, 149
Suiko, imperatriz, 67
Sunstein, Cass, 40
Suzumura, Kotaro, 16
Swift, Adam, 49

## T

Tagore, Rabindranath, 54, 175
Takayoshi, Kido, 123
Taylor, Charles, 49
Tebbit, Lord, 162–164
Teresa, Madre, 39
Teschl, Miriam, 16, 40
Tevoedjre, Albert, 100
Thaler, Richard, 40
Tharoor, Shashi, 16
Thatcher, Margaret, 173
Tinker, Irene, 144
Tirole, Jean, 40–41
Tocqueville, Alexis de, 66, 68
Tomás de Aquino, São, 65
Trevelyan, Charles Edward, 118–119

## V

Varahamihira, 83, 101
Vatikiotis, Michael, 85
Vaughan, Rosie, 17

## W

Walcott, Derek, 53, 191
Walras, Leon, 146
Walton, Michael, 117
Walzer, Michael, 49
Weibull, Jörgen, 41
Weil, Robert, 16
Wieseltier, Leon, 16
Wilde, Oscar, 13
Wittgenstein, Ludwig, 9
Wong, W. S., 107
Woodham-Smith, Cecil, 119
Worlmald, B. H. G., 134

## Y

Young, G. M., 139

## Z

Zakaria, Fareed, 107
Zakaria, Rafiq, 174
Zarqawi, Abu Musab al-, 92
Zubaydi, Sa'Doon al-, 187

CADASTRO
# ILUMI/URAS

Para receber informações
sobre nossos lançamentos e
promoções, envie e-mail para:

cadastro@iluminuras.com.br

Este livro foi composto em *The serif* pela *Iluminuras* e terminou de
ser impresso em agosto de 2015 nas oficinas da *Graphium Gráfica*,
em São Paulo, SP, em papel off-white 70g.